AF534819

Katharina B. Gross lebte und studierte im Ruhrgebiet, bevor es sie in den Norden verschlug. Trotzdem hat sie ihre Heimat nicht vergessen, weshalb viele ihrer Romane in Essen und Umgebung angesiedelt sind. Die Liebe zum Schreiben entdeckte sie bereits in der Grundschule, doch bis sie einen Roman zu Papier brachte, dauerte es mehrere Jahre. Ihr erster Roman erschien 2017 – und es wird garantiert nicht der Letzte sein.

KATHARINA B. GROSS

Drawn to you

WIR ZWEI

Überarbeitete Neuausgabe Juni 2024

Drawn to you

ISBN 978-3-98778-999-1
E-Book-ISBN 978-3-98778-991-5

Dies ist eine überarbeitete Neuausgabe des bereits 2021 bei Ullstein Buchverlage GmbH, Berlin 2021 erschienenen Titels Herzkribbeln: Philipp & Simon (ISBN: 978-3-95818-613-2).

Covergestaltung: Anne Gebhardt
Umschlaggestaltung: ARTC.ore Design
Unter Verwendung von Abbildungen von
shutterstock.com: © Krakenimages.com
Lektorat: Cara Kolb
Satz: dp DIGITAL PUBLISHERS GmbH
Druck und Bindung: Books on Demand GmbH, Norderstedt

Kapitel 1

Als ich ihm begegne, haut mich sein Anblick um. Wortwörtlich, denn ich stolperte über meine eigenen Füße und ich fiel der Länge nach hin. Normalerweise bin ich überhaupt nicht tollpatschig. Die Bücher, die ich in den Händen halte, landen neben mir auf dem Fußboden. Zum Glück habe ich bereits mein Mensa-Tablett mit dem Mittagsessen weggebracht. Nicht auszudenken, wenn sich auch noch die Reste der Nudeln mit Tomatensoße bei dem Sturz über meinen Klamotten verteilt hätten.

So sitze ich hier auf dem Mensa-Boden zwischen den Tischreihen und starre diesen Traum von einem Mann an, während er lässig auf mich zukommt. Er bückt sich und hebt eins der Bücher auf, das ihm vor die Füße gerutscht ist. Mit einem amüsierten Grinsen betrachtet er den Einband, dann schaut er mich aus dunklen Augen an, die unter dem etwas zu langen Pony eben noch verborgen waren.

»Gedichte?«, fragt er und hebt eine Augenbraue, als wolle er mir damit signalisieren, wie ich nur auf die Idee kommen könnte, Gedichte zu lesen. Tja, als Literaturstudent komme ich um solche tiefgründigen Werke nicht drum herum. Am liebsten würde ich jetzt cool reagieren, irgendeinen Spruch loswerden, doch ich bleibe bloß stumm auf dem Boden hocken, während ich ihn wie ein Vollidiot anstarre. Mein Körper will sich gar nicht vom Fleck bewegen. Null. Keine Reaktion. Ich bin wie erstarrt.

Super Philipp, ganz große Klasse, spätestens jetzt halten dich die restlichen Studierenden für einen Vollidioten. Nicht nur, dass ich wie ein totaler Nerd aussehe – nicht wirklich groß, eher durchschnittlich, blonde Locken, spießige Klamotten und eine dicke Hornbrille – nein, nun werde ich auch noch als Tollpatsch abgestempelt. Mein erstes Semester hat gerade erst begonnen und schon werde ich zum Gespött der Leute. Großartig, dabei habe ich noch ganze drei Jahre Bachelorstudium vor mir!

Der unbekannte Typ streckt mir seine Hand entgegen. Wie gebannt starre ich auf seine schlanken Finger. Wie kann man nur so schöne Hände haben? Und überhaupt, dieser Kerl ist so verdammt sexy, da bleibt mir die Spucke weg. Sein Haar ist kurz und hat den Ton von dunkler Schokolade, lediglich der Pony sticht hervor, der ihm lang in die Stirn fällt und ein verwegenes Aussehen verleiht. Jetzt erkenne ich, dass seine Augen dunkelbraun, beinahe schon schwarz sind. Er trägt ein weißes Shirt mit Aufdruck, in dem seine breiten Schultern und der flache Bauch sehr gut zur Geltung kommen, eine blaue Jeans im Used-Look und dazu passende Chucks. Ich kann nichts weiter tun, als ihn anzustarren.

Er grinst mich an und sieht sich dann kurz um. »Also, wenn du meine Hand nicht langsam nimmst, wird es wirklich peinlich«, sagt er schließlich.

»Oh!« Schnell ergreife ich die mir dargebotene Hand und lasse mir von ihm auf die Beine helfen. Verlegen klopfe ich unsichtbare Staubfusel von der Hose. Er reicht mir mein Buch.

»Du solltest besser aufpassen, wo du hinläufst«, bemerkt er.

Ich nicke stumm. Sein Lächeln beschert mir weiche Knie. Es ist aufrichtig und so warm, dass mein Herz plötzlich wie wild in meiner Brust pocht. Er nickt mir zu und geht an mir vorbei zu einer Gruppe Studierender, die an einem Tisch am Fenster sitzt. Eilig sammele ich meine restlichen Bücher vom Boden auf, stecke sie in den Rucksack und verschwinde aus der Mensa zur nächsten Vorlesung.

***

»Hey, die Pizza ist da«, höre ich meinen Mitbewohner Markus aus dem Wohnzimmer rufen. Das wurde auch Zeit, ich habe schon einen Bärenhunger. Sofort erhebe ich mich von meinem Schreibtischstuhl und eile zu ihm. Ich arbeite gerade an einer Gedichtinterpretation, die mich seit Tagen beschäftigt. Mein Mitbewohner sitzt auf dem Sofa, einen großen Pizzakarton auf dem Schoß und ein Bier vor sich. Ich hole mir ebenfalls ein Bier aus dem Kühlschrank und setze mich zu ihm.

»Iss schnell, sonst wird sie kalt«, meint er mit vollem Mund und beißt ein weiteres Stück von seiner Pizza ab. Seitdem ich mit Markus in der WG zusammenwohne, gibt's öfter Fast food, als meinen Eltern lieb wäre. Meine Mutter achtete immer darauf, dass ihr Lieblingskind mit ausreichend Vitaminen versorgt wurde.

Ich schnappe mir meinen Karton und öffne den Deckel. Ein köstlicher Duft nach Oregano, Knoblauch und geschmolzenem Käse weht mir entgegen, der mir das Wasser im Mund zusammenlaufen lässt. Ich nehme ein Stück heraus und beiße genüsslich hinein. Das ist auch einer der Vorteile, nicht mehr zu Hause zu wohnen. Pizza und Bier zum Abendessen, bei dieser Mischung würde meine Mutter vermutlich nur den Kopf schütteln. Aber hey, ich bin erwachsen, also was soll's?

Nach meinem einundzwanzigsten Geburtstag bin ich zum Studieren von zu Hause ausgezogen und habe mich im Studentenwohnheim in der Nähe der Uni eingemietet.

Meine Eltern wohnen ebenfalls in Essen in einem schönen Einfamilienhaus. Sie können es nicht verstehen, warum ich mir die Mühe mache, in eine kleine Zweizimmerwohnung zu ziehen, die ich sogar noch mit jemandem teile, wenn doch daheim genug Platz ist. Aber ich will auf eigenen Beinen stehen. Sollte ich Heimweh bekommen, sind es nur ein paar Haltestellen bis zu meinen Eltern.

Mein Mitbewohner Markus zappt mit der Fernbedienung durch das Abendprogramm, während er genüsslich auf seiner Pizza kaut. Er ist ebenfalls einundzwanzig, studiert Mathe und Sport auf Lehramt, weil er unbedingt Gymnasiallehrer werden will. Außerdem spielt er Fußball und fährt Motorrad. Seine haselnussbraunen Augen, die oft zerzausten braunen Haare und sein strahlendes Lächeln bringen nicht nur Mädchen um den Verstand. Denn dass Markus auf Männer steht, habe ich spätestens am ersten Wochenende nach seinem Einzug in die WG mitbekommen. Ich bin nachts aufgewacht und wollte mir etwas zu trinken holen, als ich ihn mit jemandem – und das war eindeutig ein

Kerl – im Wohnzimmer auf dem Sofa erwischt habe. Wir haben eine offene Wohnküche, das war unvermeidlich. Es hat mich nicht weiter gestört, dennoch hätte er wenigstens anstandshalber in sein Zimmer gehen können, schließlich ist dies nicht allein seine Wohnung. Weil ich so lässig reagierte, klärte er mich am Morgen auf, dass er schwul ist. Ich habe damit kein Problem, immerhin bin ich selbst schwul und wollte dieses Thema sowieso nicht vor ihm verheimlichen. Wäre er nicht als Erster mit der Wahrheit rausgerückt, so hätte ich ihn darauf angesprochen und es ihm erzählt.

Männlicher Besuch geht seit dem Abend fast jedes Wochenende bei uns ein und aus. Markus macht keinen Hehl aus seinen vielen One-Night-Stands. Und es sind eindeutig bloß One-Night-Stands, denn nie bleibt jemand zum Frühstück oder kommt ein zweites Mal, soweit ich es mitbekommen habe.

»Du siehst aus, als hättest du länger keinen Spaß mehr gehabt«, sagt Markus aus heiterem Himmel und reißt mich damit aus meinen Gedanken. Sein Bier ist bereits leer, und er greift nach meinem, um das letzte Stück Pizza damit runterzuspülen.

»Wie kommst du plötzlich drauf? Und wie definierst du Spaß?«, frage ich irritiert und verdrehe sogleich die Augen. »Meinst du etwa das, was du jedes Wochenende in deinem Bett treibst?«

»Nicht nur im Bett. Ich habe es auch in der Küche auf dem Tresen getan, als du bei deinen Eltern warst«, entgegnet Markus mit schelmischem Grinsen, und ich verziehe angewidert mein Gesicht. So etwas will ich mir definitiv nicht vorstellen. Erst recht nicht, wenn ich esse. Ich bin zwar nicht prüde, doch meine sexuellen Erfahrungen beschränken sich auf ein paar schlechte Pornos, die ich mir im Internet angeschaut habe, und auf das, was ich mit meiner rechten Hand mache. Mich mit einem wildfremden Mann einzulassen, kam mir noch nicht in den Sinn.

»Nein, im Ernst. Nicht nur Sex. Ich meine Spaß, vielleicht Party, ein bisschen tanzen, mit Freunden ausgehen. So etwas eben.« Er zuckt mit den Achseln. »Seitdem wir zusammenwohnen, habe ich nicht mitbekommen, dass du ausgegangen bist.«

»Hab noch nicht viele Freunde an der Uni, wie dir vielleicht aufgefallen ist. Die meisten, mit denen ich zur Schule gegangen bin, studieren in ganz Deutschland zerstreut«, antworte ich wahrheitsgemäß. »Und ich gehe nicht gern auf Partys.«

Markus beäugt mich mitleidig und legt seine Hand auf mein Knie. »Du brauchst eine Ablenkung, dann kommst du vielleicht auch zum Zug. Mir ist schon ein paar Mal dein sehnsuchtsvoller Blick aufgefallen, wenn ich jemanden mitgebracht habe. Viel Kontakt zu anderen Männern hattest du bisher nicht, oder? Also, du weißt schon, wie ich das meine ... Weil du eben noch Jungfrau bist.«

»Mach dich nur lustig.« Dass ich mit einundzwanzig noch keinen Sex hatte und zu allem Übel auch noch ungeküsst bin, ist mir echt peinlich. Nicht, dass ich nicht schon verliebt war. Das war ich wirklich oft. Nur leider eben in Typen, die mich nicht bemerkt oder ignoriert haben. Aber Markus hat recht mit seiner Vermutung. Eine ganze Weile denke ich bereits darüber nach, ob ich meinen Kumpel darum bitten sollte, mich von diesem

Umstand zu befreien. Schließlich hat er genug Erfahrungen mit Männern, sicher würde es ihm nicht so viel ausmachen, mit mir zu schlafen, statt jedes Wochenende jemand neuen in einem Club aufzureißen. Mit ihm könnte ich es mir durchaus vorstellen, schließlich sind wir Freunde, kommen gut miteinander aus, und ich vertraue ihm.

»Wenn's dich so sehr stört, dann kannst du auch … könnten wir … ich meine, dir ist doch eh egal, welcher Kerl in deinem Bett landet.« Diese Worte auszusprechen fällt mir nicht leicht, obwohl der Gedanke eine ganze Weile in meinem Kopf ist. Aber wenn's irgendjemand sein soll, der mich von meiner Jungfräulichkeit erlöst, dann bitte ganz sicher kein wildfremder Kerl aus einem Club!

»Was …?« Hinter Markus' Stirn arbeitet es, dann fällt der Groschen. »Nein! Philipp! Das kann ich nicht machen.«

»Wieso? Passe ich nicht in dein Beuteschema? Stehst du nur auf muskelbepackte Machos, die nichts als Stroh in der Birne haben?«, brumme ich missmutig. Ich hätte nicht gedacht, dass er auf meinen Vorschlag so geschockt reagiert.

Markus sieht mein betretenes Gesicht, rutscht näher an mich heran und legt seine Arme um mich. »O nein, so war das nicht gemeint. Ich stehe total auf blond und niedlich, das kannst du mir glauben. Da wärst du sofort der Erste auf meiner Liste, ehrlich. Aber du bist mein Freund. Sex unter Freunden ist für mich tabu.« Er senkt den Kopf und küsst meine Nasenspitze.

Ich seufze. In den drei Wochen, die wir nun zusammenwohnen, habe ich Markus wirklich sehr lieb gewonnen. Die Idee war nur ein dummer Vorschlag und ist mir bloß rausgerutscht.

Er löst sich von mir und grinst. »Du kommst am Samstag einfach mal mit mir in den Club. Vielleicht lernst du ja jemanden kennen, der dir gefällt, und dann löst sich dein Problem bestimmt von ganz allein«, meint er zwinkernd und wuschelt mir durchs Haar.

Kapitel 2

Samstagabend kommt schneller, als mir lieb ist. Skeptisch stehe ich vor dem Spiegel und betrachte mein Erscheinungsbild. Die obligatorischen karierten Hemden, die zu meiner täglichen Garderobe gehören, seitdem ich fünfzehn bin, habe ich gegen ein schwarzes Shirt mit rotem Aufdruck auf der Brust eingetauscht, das ich in den Tiefen meines Kleiderschranks gefunden habe. Ein Geschenk meiner Mutter, das ich noch nie getragen habe. Meine dunkelblaue Jeans sitzt eng und betont meine schlanken Beine. Das Haar hat mir Markus frech gestylt, damit es nicht so langweilig aussieht wie in der Uni. Außerdem habe ich meine Brille gegen Kontaktlinsen eingetauscht. Mit Brille in einen Club zu gehen ist ein absolutes No-Go, wenn man jemanden aufreißen will, hat mein Mitbewohner mir erklärt. Und es sei eine Schande, meine schönen Augen hinter den dicken Brillengläsern zu verstecken, meinte er.

»Bist du so weit?«, fragt Markus und steckt seinen Kopf zur Tür meines Schlafzimmers herein. Er mustert mich und pfeift anerkennend. »Wow. Du siehst heiß aus!«

»Danke«, sage ich verlegen. Tatsächlich gefalle ich mir ebenfalls in diesem Outfit. Markus schnappt sich seine Jacke und öffnet die Tür, lässt mir den Vortritt. Na dann, auf geht's!

***

Das *Blue Heaven* ist ein ziemlich angesagter Schwulenclub in einem Industriegebiet außerhalb der Stadt. Dorthin geht Markus immer, wenn er feiern und spontanen Sex haben will. Zwar habe ich bereits einiges im Internet über diesen Club gelesen, bin aber noch nie hier gewesen. Allein habe ich mich nie getraut. Zwar wussten meine Freunde vom Abi über meine Homosexualität Bescheid, doch mit ihnen war ich eher in Clubs für Heterosexuelle, wenn ich mich überhaupt dazu durchringen konnte, feiern zu gehen.

Der Türsteher winkt uns hinein. Drinnen ist die Hölle los, halb nackte Typen drängen sich an Markus und mir vorbei auf die Tanzfläche oder an die Bar. Ich weiß gar nicht, wohin ich zuerst schauen soll. Mein Kopf dreht sich hin und her, erstaunt sehe ich mich zu allen Seiten um. Wahrscheinlich ähnele ich gerade dem Wackeldackel im alten Golf meines Vaters. Markus lacht mir aufmunternd zu und zieht mich zur nächstgelegenen Bar, wo er bei einem blonden, wirklich attraktiven Barkeeper eine Runde Bier für uns beide bestellt. Markus will erst langsam anfangen und nicht gleich mit dem harten Zeug starten, ich vertrage Alkohol sowieso nicht so gut, weshalb Bier okay ist.

Kaum haben wir das erste Bier geleert, steht auch schon ein attraktiver Kerl neben Markus und legt ihm die Arme um den Oberkörper.

»Hallo Süßer«, raunt er ihm ins Ohr und wohl noch einiges andere, denn Markus grinst anzüglich und leckt sich über die Lippen. Dann rutscht er vom Hocker und lässt sich von dem Kerl ausgiebig küssen.

»Phil, kann ich dich für einen Moment allein lassen? Dauert auch nicht lange«, ruft er mir über den Lärm der Musik hinweg zu. Ich nicke, und Markus verschwindet mit dem Typen auf der Tanzfläche. Seufzend nippe ich an meinem Bier und lasse meinen Blick durch den Mainroom schweifen. Viele der Männer bewegen sich so aufreizend, dass man es als Aufforderung zu *mehr* nicht verleugnen kann. Vielleicht sollte ich einfach rübergehen und jemanden antanzen? Irgendwann muss ich mich überwinden und aus meinem Schneckenhaus herauskommen. Laut Markus bin ich schließlich kein hässliches Entlein, das sich vor der Welt verstecken muss. Ein bisschen Spaß kann mir nicht schaden, dafür bin ich ja hier. Das Bier beginnt bereits in meinem Blutkreislauf zu zirkulieren und mir etwas mehr Mut zu machen.

»Du bist wohl neu hier«, höre ich eine Stimme dicht hinter mir, als ich gerade von meinem Hocker aufstehen will. Ich drehe mich um und starre überrascht in zwei dunkle Augen. Verdammt, das ist doch tatsächlich der Typ von letzter Woche, dem ich in der Unimensa begegnet bin. Heute sieht er sogar noch besser aus als bei unserem ersten Zusammentreffen. Seine Jeans ist eng, betont seine schlanken Beine perfekt, während das Shirt eher locker seinen Körper umspielt. Der dunkle Pony fällt ihm wieder in die Stirn, und er streicht ihn sich hinters Ohr, um mich besser ansehen zu können.

Mein Gegenüber ist nicht minder erstaunt über meinen Anblick. Anerkennend lässt der Mann seinen Blick über meinen Körper wandern und dass ihm gefällt, was er sieht, steht ihm deutlich ins Gesicht geschrieben.

»Wahnsinn! Ich hätte dich beinahe nicht wiedererkannt ohne die Brille und in diesen Klamotten. Du siehst echt heiß aus!«, staunt der Kerl, was mich zum Erröten bringt. Das ist jetzt wirklich ein lustiger Zufall! Erst treffe ich meinen absoluten Traummann in der Mensa und dann steht er hier vor mir und findet mich ... heiß? Ich traue meinen Ohren kaum. Aber dass er mich überhaupt erkannt hat, freut mich so ungemein, dass mein Herz gleich einen Takt höherschlägt.

Er lächelt mich an und streckt mir seine Hand entgegen. »Ich bin Kai«, stellt er sich vor.

Zögernd ergreife ich seine Hand. Hoffentlich schwitzen meine Finger nicht, das wäre echt peinlich. »Ich heiße Philipp«, krächze ich. Meine Stimme scheint irgendwo auf dem Weg aus meinem Mund verloren gegangen zu sein. Zumindest hört sie sich in meinen Ohren ganz fremd an.

»Möchtest du vielleicht tanzen?«, fragt Kai und lächelt aufmunternd.

Ob ich tanzen will? Mit ihm? Ich? Ich hätte sogar ja gesagt, hätte er mich aufgefordert, nackt aus dem Fenster zu springen.

»K... klar!« Ich hüpfe etwas zu enthusiastisch vom Barhocker und falle in seine Arme, denn hätte er mich nicht gehalten, hätte ich die Balance verloren und wäre erneut am Boden zu seinen Füßen gelandet.

»Oh, du gehst ja ran.« Sein Lachen und das amüsierte Funkeln seiner Augen lassen mich sofort erröten. Ein Glück, dass es hier so dunkel ist und er meine glühenden Wangen nicht sehen kann. Etwas unbeholfen will ich mich von ihm lösen, doch er lockert die Umarmung nicht. Also schmiege ich mich an seinen Körper und schaue unsicher zu ihm auf. Mir schlägt das Herz bis zum Hals, zum Takt des Technobeats aus den Boxen.

»Mh, das gefällt mir«, raunt er mir ins Ohr und zieht mich noch etwas fester an sich. Seine Hände wandern zu meinem Hintern und packen fest zu. Wow, es überrascht mich, dass er so forsch ist. Eigentlich habe ich gar nicht damit gerechnet, ihn hier zu treffen und ihm gleich so nah zu sein. Bisher bin ich wohl viel zu zurückhaltend gewesen, für Kai scheint so ein intimer Körperkontakt beim Tanzen nichts Neues zu sein. Bevor ich irgendwie auf seine Nähe reagieren kann, spüre ich auch schon seine Lippen auf meinem Mund. Als er mit der Zunge zwischen meine Lippen dringt, halte ich den Atem an.

Wow.

Wahnsinn.

Passiert das hier gerade wirklich oder träume ich?

Mein Herz hämmert wild gegen den Brustkorb. Ich zerfließe, vergehe vor Verlangen. Alles um mich herum verschwimmt in bunten Farben, ich schließe die Augen, um das Gefühl seiner Lippen noch mehr genießen zu können. Dieser Kuss raubt mir die Sinne, ich bin völlig benebelt und kann nur noch fühlen und schmecken. Ich presse meine Lippen fester auf Kais, ermuntere ihn dadurch zu einem wilden Tempo. Er küsst mich hingebungsvoll und massiert weiter meinen Hintern. Es ist offensichtlich, was Kai von mir will. Ich bin völlig von der Rolle, Erregung breitet sich von den Zehenspitzen bis zu den Haarwurzeln in mir aus, rauscht heiß durch meine Adern und Blut sammelt sich zwischen meinen

Beinen. Dass mich mein erster Kuss so heiß macht, hätte ich im Leben nicht gedacht!

»Oh, wie ich sehe, hast du bereits jemanden kennengelernt«, sagt jemand hinter mir, ein Lachen dringt zu mir durch. Kai löst sich von mir, und ich fahre herum. Markus ist wieder da. Sein anzügliches Grinsen ist überdimensional und lässt darauf schließen, dass es ihn amüsiert, mich auf frischer Tat zu ertappen.

»Hey, ich wollte euch jetzt wirklich nicht stören«, sagt mein Kumpel direkt und hebt abwehrend die Hände. »Ich habe mich nur gewundert, ob es tatsächlich Phil ist. Weil ich nämlich gleich fahren wollte. Bleibst du noch hier?« Markus sieht mich fragend an, und ich nicke automatisch.

»Schon okay, kein Problem«, meint Kai schulterzuckend und rückt ein wenig von mir ab. Unsicher schaue ich zu ihm. So schnell das Verlangen über mich gekommen ist, so schnell überkommt mich nun die Verlegenheit, dass ich mich sofort an den erstbesten Mann geklammert habe, der mir seine Zunge in den Hals steckte.

»Wir sehen uns dann ... äh, in der Uni?«, frage ich zaghaft, weil ich insgeheim hoffe, dass der Kuss gerade keine einmalige Sache gewesen ist. Es funkt zwischen uns, das spüre ich.

»Auf jeden Fall«, erwidert Kai grinsend und leckt sich über die Lippen.

Kapitel 3

In den nächsten Tagen kann ich kaum schlafen und bin so nervös, dass ich während der Vorlesungen kaum aufpassen kann. Mein Literaturprofessor hatte mich diese Woche bereits mehrmals ermahnt, weil ich zu spät gekommen bin. Außerdem habe ich ein Seminar geschwänzt, weil ich ziemlich lange in der Mensa gehockt bin und gewartet habe, dass mir Kai erneut über den Weg läuft.

Immer wieder suchen meine Augen nach Kai, sobald ich irgendwo auf dem Campus unterwegs bin. Das Unigelände ist groß, und ich weiß nicht einmal, was er studiert, und hoffe dennoch, ihm über den Weg zu laufen. Weil ich den Club so überstürzt verlassen habe, bin ich nicht einmal auf die Idee gekommen, mit ihm Nummern auszutauschen. Der Kuss hat mich einfach viel zu überrumpelt, sodass ich zu keinem weiteren Gedanken fähig gewesen bin. Nun bereue ich es bereits, nicht länger im Blue Heaven geblieben zu sein. Vielleicht hätte mich Kai ja noch mal geküsst.

Dass ich ihm damals in der Mensa begegnet bin, war reiner Zufall. Vielleicht isst er normalerweise nicht hier? Ob er auch im Wohnheim wohnt? Ich kenne nicht mal seinen Nachnamen, geschweige denn sein Studienfach oder ob er überhaupt hier zur Uni geht. Vielleicht war er ja nur zufällig hier und hat einen Freund besucht. Immer, wenn ich einen dunkelbraunen Schopf sehe, beginnt mein Herz zu rasen, und ich sterbe beinahe vor Aufregung, nur um dann enttäuscht festzustellen, dass es nicht Kai ist, den ich gesehen habe. Die ganze Woche über zerbreche ich mir den Kopf, wie und wo ich ihn nur wiedersehen könnte. Je näher das Wochenende rückt, desto ungeduldiger werde ich, denn es besteht immer noch die Möglichkeit, ihn im Blue Heaven zu treffen.

***

In der Unibibliothek ist gerade wenig los, sodass ich genug Ruhe habe, um ein wenig für meine Hausarbeit zu recherchieren. Ich stelle mich auf die Zehenspitzen und strecke meine Hand, um ein Buch aus dem oberen Regalfach herauszuziehen. Ich mag die Atmosphäre hier in der Bibliothek, fühle mich wohl inmitten von Büchern, weshalb ich in der freien Zeit zwischen Vorlesungen oft hierherkomme.

»Philipp.« Der Klang meines Namens jagt mir einen wohligen Schauer über den Rücken. Meine Nackenhärchen richten sich auf, und ich bekomme eine Gänsehaut. Auch ohne mich umzudrehen, weiß ich, dass es Kai ist, der dicht hinter mir steht. Langsam ziehe ich das Buch über die Geschichte der klassischen Literatur aus dem Regal, drücke es mit beiden Händen gegen meine Brust und drehe mich langsam zu ihm um. Mein Herz schlägt in doppeltem Tempo, und auch wenn ich das Buch so fest gegen meinen Brustkorb drücke, glaube ich, dass er es hier in der Stille der Bibliothek hören kann.

Ehe ich ihn begrüßen kann, reißt er mich stürmisch in seine Arme, als hätten wir uns jahrelang nicht gesehen. Überrascht schnappe ich nach Luft. Mein Blut rauscht mir in den Ohren. Ich atme seinen betörenden Geruch ein, bin ganz berauscht von ihm.

»Ich habe dich überall gesucht«, flüstert er in mein Haar, und mein Puls beschleunigt sich augenblicklich, als ich seinen Mund an meinem Ohr spüre. Kurz hält er inne, sieht mich fragend an. Ich lächle schüchtern, was er wohl als Zustimmung sieht, sich mir erneut zu nähern. Erst küsst er sanft die freie Stelle hinter meinem Ohr, dann nimmt er mein Ohrläppchen zwischen die Zähne und knabbert daran. Unwillkürlich stöhne ich, und es ist mir im selben Moment peinlich, weil diese wilde Begrüßung seine Wirkung auf mich nicht verfehlt hat. Ich spüre die Erregung eindeutig in mir aufsteigen.

»Kai, warte ... nicht hier ... die Leute ...«, stammele ich nun doch schüchtern und schiebe ihn etwas von mir, schaue mich verstohlen nach allen Seiten um. Wir stehen zwar nicht im Eingangsbereich der Bibliothek, doch die Regale sind nur spärlich mit Büchern gefüllt und bieten nur wenig Schutz vor den neugierigen Blicken der anderen Studenten.

»Sorry«, murmelt er und sieht mich fragend an. »Weiß hier keiner, dass du schwul bist?«

Ich schüttele den Kopf. Es ist ja nicht so, dass ich meine sexuellen Vorlieben absichtlich verbergen würde, doch angesprochen habe ich es bei meinen Kommilitonen in der Uni bisher kaum.

»Heißt das also, dass ich dich hier besser nicht küssen sollte?«, hakt Kai nach. Mit glühenden Wangen schiebe ich mir meine Brille auf der Nase zurecht und schaue betreten auf meine Schuhe.

Kurz entschlossen nimmt mir Kai das Buch weg, stellt es einfach wahllos zwischen die anderen und schnappt meine Hand. »Komm mit«, raunt er mir zu, zieht mich dabei bereits hinter sich aus der Bibliothek. Ich habe Mühe, ihm so schnell zu folgen und stolpere ungeschickt hinter ihm her nach draußen. Die Sonne blendet mich, als wir auf der Straße stehen, und ich blinzle verwirrt zu Kai hoch, der immer noch mein Handgelenk umklammert hält. Zielstrebig führt er mich in den Schatten hinter dem Bibliotheksgebäude.

»Hier okay?«, fragt er. Verwirrt sehe ich ihn an, verstehe nicht, was er meint, als er auch schon die Brille von meiner Nase zieht. Sein Gesicht verschwimmt kurz vor mir, dann taucht er wieder ganz nah vor mir auf, und ich versinke in seinen wunderschönen Augen. Er beugt sich noch weiter zu mir herunter und verschließt meinen Mund mit einem sanften Kuss, der mir den Atem raubt. Als seine Zunge fordernd über meine Unterlippe streicht und um Einlass bittet, lasse ich ihn gewähren. Zitternd klammere ich mich an ihn, weil ich Angst habe, umzukippen. Meine Beine bestehen nur noch aus Wackelpudding, denn seine Zunge in meinem Mund macht mich zu einer willenlosen Marionette. Seit unserem ersten Kuss bin ich wie besessen von seinen Lippen.

Seine Hände streichen über meinen Rücken und wandern dann zielsicher unter den Saum meines Hemdes, schieben sich darunter und legen sich auf meinen

Bauch. Wäre ich nicht gerade völlig benebelt durch diesen fabelhaften Kuss, würde ich mich verlegen zurückziehen, denn ich bin viel zu dünn und nicht gerade durchtrainiert wie mein Mitbewohner Markus, der regelmäßig joggen geht und Fußball spielt. Kai scheint kaum zu stören, dass ich so mager bin, denn er streichelt meinen Bauch, wandert mit den Fingerspitzen immer tiefer, bis sich seine Hand in den Bund meiner Jeans schiebt. Erschrocken stöhne ich in den Kuss und löse mich sofort von ihm, sodass er seine Hand wegzieht. Meine Gedanken wirbeln wild durcheinander. Es ist mitten am Tag, und wir befinden uns in der Öffentlichkeit. Da kann er mir doch nicht einen runterholen wollen?! Geht er etwa immer so ran oder habe ich ihm einen Grund geliefert, was ihn so selbstsicher hat werden lassen? Sein Verhalten verwirrt mich, obwohl mein Körper ganz eindeutig seine Zustimmung gibt.

»Was ... hast du vor?«, will ich keuchend wissen.

Kai sieht mich aus unschuldigen Augen an. »Wollte dir nur was Gutes tun«, antwortet er seelenruhig. »Dachte, es würde dir gefallen?«, und streichelt mich weiter.

O Mann, das ist gar nicht gut. »Es hätte jemand vorbeikommen können ...« Irritiert betrachte ich sein Lächeln. Peinlich, wenn uns hier jemand erwischt. Und überhaupt, wieso hat es Kai plötzlich so eilig? Ich meine, ich finde ihn zwar superheiß, und mein Herz schlägt Purzelbäume, sobald er überhaupt in meine Nähe kommt, aber wir kennen uns kaum, haben uns nicht einmal richtig miteinander unterhalten. Sollte man nicht erst miteinander ausgehen, bevor es zur Sache geht? Irgendwie bin ich mir nicht sicher, ob das bei

Schwulen anders läuft. Damit habe ich noch keine Erfahrungen ... Okay, Markus lebt mir aber auch immer wieder vor, wie schnell es rundgehen kann ...

Ich schiebe ihn von mir und bin mir plötzlich gar nicht mehr so sicher, ob ich es beenden will. Mein Körper protestiert und möchte weiterhin seine volle Aufmerksamkeit spüren, doch mein Kopf sagt etwas anderes.

Kai seufzt ergeben, vermutlich enttäuscht über meinen Rückzieher, und streicht sich die Haare aus der Stirn. »Also gut. Sorry, habe ein wenig übertrieben«, gesteht er. Erst glaube ich, er würde mich noch einmal küssen, doch dann tritt er einen Schritt zurück und reicht mir meine Brille, die ich mit zittrigen Händen auf meine Nase schiebe.

»Ähm ... wollen wir uns vielleicht ...«, beginne ich zaghaft und greife nach seiner Hand, als er sich bereits zum Gehen wendet. »Irgendwo treffen. Vielleicht morgen? Und uns näher kennenlernen?« Ich ziehe mein Smartphone aus der Gesäßtasche hervor und halte es ihm entgegen.

»Klar. Meld dich einfach bei mir«, erwidert er, nimmt das Handy und tippt sogleich seine Nummer ein. Anschließend bekomme ich doch noch meinen Abschiedskuss.

Kapitel 4

»Meinst du, ich kann so ins Kino gehen?«, frage ich Markus und drehe mich vor ihm um meine eigene Achse. Er sitzt im Schneidersitz auf dem Sofa und nippt an einer Cola, während ich ihm mein Outfit für das Date mit Kai, das wir vereinbart haben, präsentiere. Vor ihm liegt ein Buch über die hohe Kunst der Mathematik. Keine Ahnung, warum man sich gerade für ein Mathestudium einschreibt. Mit diesem Fach konnte ich bereits im Abi nichts anfangen und bin froh, dass ich keine Mathevorlesungen habe. Denn für mich ergeben all die Formeln, Zahlen und Buchstaben keinen Sinn. Literatur liegt mir einfach viel mehr, weshalb ich mich dafür eingeschrieben habe. Was ich damit jedoch nach dem Studium machen werde, weiß ich noch nicht genau. Es gibt einige Möglichkeiten, dafür habe ich jedoch noch etwas Zeit.

»Du siehst rattenscharf aus«, kommt von ihm prompt, was mir die Röte auf die Wangen treibt. »Wäre ich Kai, ich würde dir auf der Stelle diese Klamotten vom Leib reißen und dich –« Er grinst mich anzüglich an und leckt sich über die Lippen, ehe er wieder in sein Buch schaut. Ich wollte eigentlich nur *gut* aussehen, *rattenscharf* war nicht ganz meine Absicht, immerhin gehen wir nur ins Kino.

Für mein Date mit Kai bin ich heute nach der Uni extra shoppen gegangen, da ich mich in meinen etwas zu weiten Hosen und den karierten oder gestreiften Hemden unter Kais prüfenden Blicken nicht wohlfühle. Das dunkelblaue Shirt und die schwarze Jeans sitzen eng an meinem Körper. Die Hose habe ich sogar extra eine Nummer kleiner gekauft, in der Hoffnung, sie würde meinen etwas zu dünnen Hintern besser zur Geltung bringen. Meine Haare habe ich mir so gestylt wie letzte Woche im Club. Sie sind etwas zerzaust und hängen mir frech ins Gesicht. Außerdem trage ich erneut Kontaktlinsen, auch wenn meine Augen ein wenig trocken und noch nicht an die Linsen gewöhnt sind. Aber ich will für Kai gut aussehen, denn scheinbar stört ihn meine Brille beim Küssen, sonst hätte er sie mir das letzte Mal sicher nicht einfach so abgenommen ...

»Phil, du solltest wirklich mehr aus dir machen. Du bist so ein hübscher Kerl.« Markus schlägt sein Mathebuch zu und steht vom Sofa auf. Er legt Daumen und Zeigefinger an sein Kinn und macht ein ernstes Gesicht, während er mich von oben bis unten mustert. Diese Leibesvisitation macht mich irgendwie nervös, trotzdem bleibe ich reglos stehen und warte seine Reaktion ab.

»Ist das doch zu viel? Wir wollten nur ins Kino«, frage ich verunsichert.

Markus unterbricht seine Musterung und legt mir beruhigend die Hände auf die Schultern. »Keine Sorge, wenn dieser Kai an dir interessiert ist, dann ist dein Outfit nicht von großer Bedeutung.«

»Aber ich will gut aussehen«, protestiere ich und zupfe dabei an meinen etwas zu langen Haarsträhnen herum.

»Siehst du auch. Echt sexy.« Markus knufft mich lachend in die Wange. Dann wird sein Gesichtsausdruck abermals ernst. »Aber Philipp, versprich mir eins, ja?«

»Was denn?«

»Tu nichts, was du nicht auch willst, okay? Lass dich zu nichts drängen, hörst du.«

»Wie kommst du denn drauf, dass Kai mich zu etwas drängen würde? Wir gehen bloß ins Kino«, verteidige ich ihn, denn mir gefällt Markus' Tonfall ganz und gar nicht.

Er zuckt bloß mit den Schultern. »Ich weiß nicht. So, wie er mir im Blue Heaven aufgefallen ist ... Ich mache mir nur Sorgen um dich. Es wäre dein erstes Mal mit einem Mann, und ich will wirklich nicht, dass du enttäuscht wirst, das ist alles.«

»Danke, aber du brauchst dir keine Sorgen machen«, entgegne ich lächelnd, lege ihm dabei kurz die Hand auf den Arm. Ich fühle mich bei Kai sicher, da wird schon nichts schiefgehen.

***

Pünktlich um zwanzig Uhr stehe ich vor dem CinemaxX am Berliner Platz und warte auf mein Date. Mein Herz hüpft aufgeregt in meiner Brust, und meine Nervosität steigt mit jeder Minute immer weiter an, denn von Kai ist noch nichts zu sehen. Aufgeregt schaue ich auf mein Handy, trete dabei unruhig von einem Fuß auf den anderen. Habe ich mich in der Uhrzeit oder beim Treffpunkt geirrt? Ich schaue mich nach allen Seiten um, erkenne ihn endlich vor der Ampel auf der anderen Straßenseite. Die Ampel zeigt grün und die Menschenmasse überquert die Straße. Kai schlängelt sich durch die Menge und eilt die Stufen zum Kino hinauf.

»Hey, Süßer«, ruft er und zieht mich sogleich ungestüm an sich. »Sorry, dass du warten musstest. Meine Bahn hatte Verspätung.«

»Macht nichts. So lange warte ich noch nicht«, lüge ich, denn eigentlich ist er fast dreißig Minuten zu spät. Aber ich bin froh, dass er überhaupt gekommen ist. »Wollen wir reingehen? Ich habe die Karten schon besorgt.« Ich zeige ihm die beiden Tickets für den neuen Actionstreifen mit Mark Wahlberg, die ich eben noch an der Kasse abgeholt habe. Kai ist der Film egal gewesen, und ich hatte keine Ahnung, was er gern mag, deshalb habe ich mich einfach von der Dame an der Kasse beraten lassen. Mit dem neusten Blockbuster kann man sicher nichts falsch machen.

»Danke. Dann bezahle ich aber das Popcorn, okay?«

Wir holen uns Popcorn und etwas zu trinken, dann betreten wir den dunklen Kinosaal. Die Werbung läuft bereits, während wir nach unseren Plätzen suchen. Das Kino ist leer, nur vereinzelt sitzen einige Leute in den vorderen Reihen. Unser Platz ist in der letzten Reihe, und ich weiß nicht, ob das von mir so eine gute Idee gewesen ist, denn mit den Kontaktlinsen kann ich nicht ganz so weit gucken. Bei Gelegenheit muss ich mir unbedingt neue in meiner aktuellen Stärke zulegen. Doch meine Sorge, was den Film betrifft, ist völlig unbegründet. Denn sobald dieser angefangen hat, kann ich mich sowieso nicht mehr konzentrieren. Bereits beim Vorspann spürte ich Kais Hand auf meinem Oberschenkel und seine Lippen an meinem Hals ...

Was wir uns die letzten neunzig Minuten angesehen haben, könnte ich beim besten Willen nicht wiedergeben, sollte mich jemand danach fragen. Jedoch kann ich ganz genau beschreiben, wie sich Kais Lippen anfühlen, wie er schmeckt und wie es ist, wenn seine Hände mich überall berühren. Ich bin sowieso überrascht, wie wir es so lange im Kino ausgehalten haben, ohne aufzufallen. Mein Stöhnen konnte ich nur mit sehr viel Mühe unterdrücken.

»Willst du noch mit zu mir?«, fragt er nah an meinem Mund, als wir an der frischen Luft sind, und küsst mich erneut, ehe ich überhaupt auf seine Frage antworten kann. Der Kuss raubt mir das letzte bisschen Verstand, der noch irgendwo in dem hintersten Winkel meines Hirns lungert. Benommen nicke ich und denke nicht an Markus' Warnung. Ich spüre, dass meine Wangen vor Erregung gerötet und meine Lippen von seinen gierigen Küssen geschwollen sind.

Kai lächelt mich an und nimmt meine Hand.

***

Bis zu seiner Wohnung müssen wir nicht weit fahren. Er wohnt in Essen-Rüttenscheid, einer angesagten Wohngegend in einem hübschen Mehrfamilienhaus etwas abseits der Hauptstraße. Wir betreten den dunklen Hausflur, und Kai steuert zielstrebig die erste Tür im Erdgeschoss an, öffnet diese und macht Licht im Flur. Neugierig sehe ich mich um. Ich folge Kai ins

Wohnzimmer, das geräumig und gemütlich ist. Mit schicken Designermöbeln, nicht so billiges Zeug von Ikea wie in meinem Zimmer.

»Willst du was trinken? Cola? Bier?«, fragt er mich und verschwindet durch die Tür in die angrenzende Küche.

»Bier«, rufe ich ihm nach und setze mich aufs Sofa. Nun werde ich doch nervös und hoffe, dass ich mit etwas Alkohol im Blut entspannter werde. Kai kommt mit zwei Flaschen Becks zurück und drückt mir eine davon in die Hand. Wir stoßen an, und ich nehme einen kräftigen Zug, ehe ich die Flasche auf dem kleinen Glastisch vor mir abstelle. Sofort ist Kais Gesicht ganz nah vor mir, ich sehe ein freudiges Funkeln in seinen Augen und schließe meine erwartungsvoll, als sich sein Mund auf meinen senkt. Wir versinken in einen leidenschaftlichen Kuss. Seine Hände greifen nach dem Saum meines Shirts und schieben es nach oben. Überrascht löse ich den Kuss, was Kai nutzt und mir das Shirt über den Kopf zieht.

»Äh, Kai, warte mal. Ich dachte ... sollten wir uns nicht besser kennenlernen?«, frage ich verwirrt, denn ich habe nicht damit gerechnet, dass er sich so an mich ranmacht. Gänsehaut breitet sich auf meinem bloßen Oberkörper aus, und ich schlinge instinktiv die Arme um mich. »Tun wir doch gerade, Süßer.«

Er küsst mich erneut und drückt mich mit seinem Gewicht nach hinten aufs Sofa, sodass ich unter ihm begraben werde. Die Schwere seines Körpers ist mir nicht unangenehm, und ich reagiere sofort auf diese Berührung. Doch in meinem Kopf herrscht ein einziges

Chaos. Ich bin mir wirklich nicht sicher, ob ich das Richtige tue ...

»Aber ich meine ... also ... ich weiß so gut wie nichts über dich. Wie ist dein Nachname? Wie alt bist du? Was studierst du oder was machen deine Eltern?«, sprudeln die Fragen unkontrolliert aus mir heraus. Seufzend löst Kai die Umarmung und richtet sich ein Stück auf. Lässig streift er sich sein Shirt vom Körper, das neben meinem auf dem Boden landet. Mit offenem Mund starre ich ihn an. Meine Augen wandern über seine breiten Schultern weiter hinab über die gut definierte Brust, den trainierten Bauch und die schmale Taille. Jegliche Zweifel, die ich eben noch hatte, verflüchtigen sich sofort. Sein Anblick erregt mich, und ich spüre meinen harten Schwanz in den Boxershorts pochen.

»Ich heiße Kai Wagner, dreiundzwanzig, studiere BWL, Masterstudium, Mutter Anwältin, Vater Architekt«, rattert er grinsend einige Fakten herunter, während er feuchte Küsse auf meinem Oberkörper verteilt. Nach zwei Küssen höre ich kaum noch hin.

»Einzelkind, Schuhgröße dreiundvierzig, Lieblingsfarbe blau, Fußballverein Bayern München, ich hatte als Kind mal einen Hund namens Struppi, ähm ... hab' ich was vergessen?«, fragt er amüsiert und lässt kurz von mir ab. Ich schüttele abwesend den Kopf. Seine Küsse bringen mich völlig aus dem Konzept, ich kann seinen Ausführungen kaum richtig folgen. Scheiß aufs Kennenlernen. Das hier ist eindeutig besser!

»Sehr gut.« Ich werde mit einem feuchten Zungenkuss belohnt. »Und jetzt sorge ich dafür, dass du mich noch etwas besser kennenlernst.«

Mit flinken Fingern öffnet Kai meine Hose.

Kapitel 5

Ehe ich mich versehe, liege ich bereits nackt unter Kai. Mein Herz hämmert unaufhörlich gegen meinen Brustkorb, ich bin völlig benebelt von den neuen Gefühlen, die wie eine Flut über mir hereinbrechen.

Verdammt, was mache ich hier eigentlich? Sobald mein Hirn protestieren will, dass es mir hier eindeutig zu schnell geht, wird jeglicher klare Gedanke durch unsere wilden Küsse im Keim erstickt. Wahnsinn, dieser Kerl hier ist so verdammt heiß und was er mit mir anstellt, hätte ich letzte Woche kaum zu träumen gewagt. Vielleicht sollte ich einfach meinen Verstand abschalten und auf meinen Körper hören? Der ist nämlich gerade damit beschäftigt, auf Kais Liebkosungen zu reagieren.

Wie von selbst ziehe ich die Beine an und schiebe meine Knie auseinander, damit Kai mehr Platz dazwischen hat. Er ist ebenfalls nackt, und es ist nicht zu leugnen, was gleich zwischen uns passieren wird. Sein harter Schwanz ist eindeutig bereit ...

Ich bin höllisch aufgeregt, und meine Haut kribbelt unter seinen Berührungen, als Kais Mund über meinen Bauch wandert und sanfte Küsse auf jede freie Stelle meines Körpers verteilt. Erregt bäume ich mich unter ihm auf und greife mit der Hand in seinen braunen Schopf, als er mit seiner Zunge heiß über die Spitze meiner Eichel leckt, nur um dann meine pochende Erektion gleich darauf komplett in den Mund zu nehmen.

O mein Gott! Das ist ja Wahnsinn!

Und ich Idiot hatte erst noch Bedenken, ob ich das hier wirklich tun sollte. Scheiße, ich würde am liebsten nichts anderes mehr tun, so geil ist dieser Blowjob gerade! Seine Hand streicht fordernd zwischen meinen Beinen. Kurz darauf spüre ich seinen Finger gegen meine Öffnung drücken und ich versteife mich.

»Entspann dich, Süßer. Es wird dir gefallen, vertrau mir«, raunt er mir heiser ins Ohr, als er wieder zu mir hochkommt. Er küsst mich gierig, saugt an meiner Unterlippe und knabbert leicht dran. Ich erwidere seinen Kuss mit derselben Leidenschaft, die mich einen Moment von seinem Finger abgelenkt, den ich deutlich in mir spüren kann. Als Kai ihn vorsichtig bewegt und etwas krümmt, muss ich unwillkürlich stöhnen. Die Erregung pulsiert durch meine Adern, mir wird unsagbar heiß, und ich drücke ihm mein Becken entgegen. Das Verlangen meines Körpers schaltet mein Hirn nun vollständig aus. In diesem Moment will ich an nichts anderes mehr denken als an die Lust, die Kai mir bereitet.

Kai grinst mich frech an und entzieht mir seinen Finger, was eine Leere in mir zurücklässt. Dann langt er mit der Hand in die Schublade unter dem Couchtisch und befördert eine Tube Gleitgel und ein Kondompäckchen zu Tage. Überrascht sehe ich die Sachen an, die er auf den Tisch legt.

»Warum hast du das denn im Wohnzimmer liegen?«, frage ich ihn irritiert. Ich bewahre meine Kondome in meinem Nachttisch auf, für den Fall, dass ich jemanden mit nach Hause bringe. Bisher sind sie jedoch nie zum Einsatz gekommen.

»Man muss doch allzeit bereit sein«, entgegnet Kai mit einem süßen Lächeln und reißt das Kondompäckchen auf, rollt es geschickt über seine Erektion und greift nach der Tube. »Dreh dich um.« Sein Tonfall lässt keine Widerworte zu.

Ich folge seiner Aufforderung und drehe mich auf den Bauch, ignoriere mein rasendes Herz und den heimtückischen Gedanken, ob ich das Richtige tue. Kai umfasst meine Hüften und zieht mich abermals hoch, sodass ich auf allen vieren vor ihm knie. Ich spüre das kalte Gel an meinem Hintern und bekomme eine Gänsehaut. Dann ist er auch schon hinter mir und drängt sich unnachgiebig in mich hinein. Ein stechender Schmerz durchbohrt mich, der mir die Tränen in die Augen treibt. Ich keuche auf, beiße mir auf die Unterlippe und vergrabe mein Gesicht im Sofakissen.

Scheiße, tut das weh!

»Ist das geil«, presst Kai atemlos hervor und verharrt kurz in seiner Position. Natürlich habe ich gehört, dass das erste Mal nicht gerade ein Zuckerschlecken ist, doch diesen Schmerz habe ich in meiner blinden Verliebtheit irgendwie unterschätzt. Die Lust verschwindet so schnell, wie sie gekommen ist. Ich wimmere leise, ohne mich zu bewegen, während er sich immer weiter in mich schiebt und erst innehält, als er mich völlig ausfüllt.

»Entspann dich«, höre ich ihn leise murmeln. Der hat leicht reden. Ich atme flach und versuche, mich an dieses eigenartige Gefühl in meinem Hintern zu gewöhnen. Kais Hände legen sich sanft auf meine Schultern, streichen beruhigend über meinen Rücken, wandern weiter runter zu meinem schmerzenden Hintern und massieren ihn. Ein Stöhnen entfährt mir, diese Massage entspannt mich tatsächlich ein wenig. Nun spüre ich seine langsamen Bewegungen, Kai zieht sich ein wenig aus mir zurück und stößt erneut zu. Es brennt immer noch, aber zu dem Schmerz mischt sich auch noch ein anderes, schöneres Gefühl. Es breitet sich in meinem ganzen Körper aus, verbrennt mich von innen. Kais Stöße werden immer schneller und härter, er hat seine Zurückhaltung verloren und treibt mich immer weiter an. Ich werfe stöhnend meinen Kopf in den Nacken, dränge mich ihm entgegen, um ihn noch tiefer in mir zu spüren. Seine Hand krallt sich in meine Locken, dirigiert mich weiter in seinem eigenen Tempo, sodass ich mich einfach fallen lasse und mich seinen Stößen hingebe. Mit zittrigen Fingern greife ich nach meinem Schwanz, massiere ihn fahrig zu unserem Rhythmus. Immer näher komme ich meinem Orgasmus, und als Kai schneller wird, kann ich mich nicht länger zurückhalten. Mit einem Aufschrei ergieße ich mich in meine Hand. Auch Kai folgt mir nur wenige Augenblicke später. Schwer atmend lässt er sich auf mich fallen. Mein Atem geht stoßweise, und dass er mich zudem noch fest ins Polster drückt, fördert nicht gerade, dass ich mich schneller beruhige. Etwas ungeschickt stemme ich mich hoch, um ihm zu signalisieren, dass diese Position unbequem wird. Kai zieht sich aus mir zurück und krabbelt von mir runter.

»Sorry, Süßer«, murmelt er mit einem entschuldigenden Lächeln und reicht mir ein Taschentuch. Ich drehe mich umständlich auf den Rücken und mache mich sauber. Dann bleibe ich für einen Moment ruhig liegen, lege meine Hände flach auf den Bauch und sehe an die weiße Zimmerdecke, versuche, in mich hineinzuhorchen, um dem unbestimmten Gefühl nachzuempfinden, das sich in meiner Brust breitmacht. Tja, so ist es also, keine Jungfrau mehr zu sein. Und ich muss sagen, es fühlt sich gut an.

***

»Guten Morgen, Süßer«, raunt eine tiefe, männliche Stimme dicht an meinem Ohr, als ich benommen die Augen öffne. Etwas verwirrt blinzle ich. Wo bin ich? Eine warme Hand wandert über meinen Bauch, und ich spüre Lippen in meinem Nacken. Ach richtig, ich bin immer noch bei Kai.

»Morgen«, brumme ich verschlafen. Ich schmiege mich an den warmen Körper hinter mir und werde mit einem weiteren Kuss in den Nacken belohnt. Dann löst sich Kai von mir.

»Komm, steh auf. Ich mache uns Frühstück.« Mit diesen Worten lässt er mich allein im Bett zurück. Ich betrachte seine nackte Gestalt, als er das Zimmer verlässt, ohne sich wenigstens die Boxershorts überzuziehen. Ein dümmliches Grinsen stiehlt sich in mein Gesicht, und ich kuschele mich noch für einen Moment in die weiche Bettdecke. O Mann! Wenn ich nur an gestern Nacht denke, beginnt mein Herz wie verrückt gegen meinen Brustkorb zu hämmern.

Nachdem wir im Wohnzimmer fertig waren, haben wir im Schlafzimmer weitergemacht, konnten nicht die Finger voneinander lassen. Hoffentlich sind die

Wände hier nicht ganz so dünn wie in meiner WG im Wohnheim, denn wir sind nicht gerade leise gewesen.

Ich umarme das Kissen und vergrabe meine Nase tief in dem weichen Stoff und sauge Kais Moschusduft in mich ein. Am liebsten würde ich hier für immer liegen bleiben, doch morgen ist wieder Uni und Markus wartet sicher schon auf mich. Ich habe ihm nicht Bescheid gegeben, dass ich über Nacht wegbleibe, weil ich es selbst kaum vermutet habe. Ihm eine Nachricht zu schicken habe ich schlicht und ergreifend vergessen, weil Kai mich einfach überrumpelt hat.

Kaffeeduft weht ins Schlafzimmer und macht es mir ein wenig leichter, aus dem gemütlichen Bett auszustehen.

Kapitel 6

»Da bist du ja endlich«, höre ich Markus bereits aus dem Wohnzimmer rufen, als ich die Tür hinter mir zuziehe. Sogleich kommt er zu mir in den Flur und umarmt mich fest. »Ist alles okay mit dir? Ich habe mir Sorgen gemacht, als du nicht nach Hause gekommen bist.«

Er rümpft die Nase, als er mich aus seinen Armen entlässt. »Du riechst nach einem anderen Mann«, stellt er fest, und ich erröte unter seinem prüfenden Blick, was ihn auflachen lässt. Zwar liegt immer noch Besorgnis in seinen braunen Augen, doch ich kann auch Erleichterung und Neugier darin erkennen.

»Sorry«, murmele ich. »Habe einfach nicht daran gedacht, mich zu melden, weil –« Als er meine glühenden Wangen sieht, entspannt er sich sichtlich.

»Mann, Philipp! Ich hätte echt nicht gedacht, dass du beim ersten Date sofort aufs Ganze gehst. Aber du siehst zufrieden aus. Komm, erzähl wie war's«, drängelt er aufgeregt und dirigiert mich ins Wohnzimmer, wo wir uns gemeinsam aufs Sofa plumpsen lassen.

»Es war ... geil!«, fasse ich kurz zusammen, und meine Augen leuchten bei dem Gedanken an Kai. Wir haben es nach dem Frühstück noch mal getan, ganz ungeniert in seiner Küche. Verrückt, wie unersättlich dieser Mann ist. Und dass er ausgerechnet auf mich steht, ist echt unglaublich. Ich kann mein Glück immer noch kaum fassen ...

***

Die Wochen vergehen, und ich schwebe die ganze Zeit auf Wolke sieben. Mit Kai läuft es wunderbar. Wir sehen uns in jeder freien Minute, die ich neben meinem Literaturstudium erübrigen kann. Und wenn wir uns sehen, dann haben wir die meiste Zeit über Sex. Ich bin süchtig nach diesem Mann, seinen heißen Küssen und seinen Berührungen. Mein Leben ist gerade total perfekt. Ich würde ihn so gern meinen Eltern vorstellen, doch immer, wenn ich ihn darauf anspreche, weigert er sich. Es wäre noch zu früh, behauptete er jedes Mal aufs Neue.

»Scheiße!«, höre ich Markus aus seinem Zimmer fluchen, er reißt mich dabei aus meinen Gedanken, denn ich habe gerade über meinen Büchern gebrütet. Es ist nicht mehr lange hin bis zu den Semesterferien, und ich habe jetzt schon ein bisschen Angst vor den Prüfungen, weshalb ich jede freie Minute lerne, wenn ich nicht gerade bei Kai bin.

»Hey, was ist denn los?«, frage ich ihn, als ich seine Zimmertür aufschiebe.

Markus sitzt am Schreibtisch und starrt auf seinen Laptop. »Meine Miete konnte nicht abgebucht werden, das Konto wurde gesperrt. Ich kann keine Onlineüberweisung tätigen«, stößt er hinter zusammengebissenen Zähnen hervor und ballt seine Hände zu Fäusten. »Dieser Dreckskerl hat tatsächlich das Geld für diesen Monat nicht überwiesen!«

»Wer?«, frage ich irritiert und sehe ebenfalls auf den Bildschirm, auf dem Markus die Homepage seiner Bank aufgerufen hat. Ein großes rotes Kreuz wird angezeigt, als Hinweis, dass er keine Buchung tätigen kann.

»Mein Stiefvater. Verdammt, wie kann er nur?«

»Warum sollte er denn so etwas tun?«, wende ich ein. »Ich dachte, er würde für deinen Unterhalt aufkommen, solange du studierst.« Markus spricht kaum über seine Familie, meidet dieses Thema, sobald ich ihn darauf anspreche, weshalb ich auch nie genauer nachfrage. Ich weiß nur, dass sie sich nicht sonderlich gut verstehen.

»Jetzt bin ich quasi pleite, und die Miete steht noch aus. Ich war bereits letzten Monat ziemlich in Verzug und habe mir Geld bei einem Freund geliehen, das ich ihm ebenfalls noch zurückgeben muss.« Markus seufzt und fährt sich mit der Hand durchs Haar. Verzweifelt sieht er zu mir auf. »Wir hatten eine Abmachung ... Er unterstützt mich weiterhin, wenn ich mich unauffällig verhalte und nichts mache, was seinem guten Ruf schädigen könnte. Ich habe doch nichts getan ...« Dann weiten sich seine Augen erschrocken. »Scheiße ... Elias!«

»Wer ist Elias?«, frage ich verwirrt. War das ein neuer Freund? Na ja, davon hatte Markus reichlich viele in den letzten Monaten. War einer davon dieser Elias?

»Er war ... ist ... mein Ex«, flüstert Markus und seine Augen glänzen verräterisch. Schnell dreht er sich weg. Ich lege meine Hand auf seine Schulter und drehe ihn wieder zu mir, sodass er mich ansehen muss.

»Was ist denn los? Sprich mit mir. Ich mache mir Sorgen um dich.«

Markus schluckt hörbar den Kloß herunter, der in seiner Kehle steckt. »Ich ... als ich neunzehn war, bin ich von zu Hause abgehauen, weil es Stress mit Johannes, meinem Stiefvater, gab. Wegen Elias. Ich ... wir ... also, Elias und ich waren sehr verliebt und das passte unseren Eltern gar nicht. Johannes ist richtig ausgerastet deswegen und Elias' Vater wollte mich sogar vor Gericht bringen, weil ich angeblich seinen minderjährigen Sohn verführt hatte«, erzählt Markus mit bebender Stimme. Er zittert bei der Erinnerung an früher. »Und neulich ... da habe ich mich noch mal mit ihm getroffen. Es waren nur ein paar Stunden, und wir sind uns auch nicht nahegekommen, weil wir mittlerweile nur Freunde sind. Eli war bloß zufällig hier in Essen ... Außerdem ist er so gut wie volljährig.«

Ich nehme sanft seine Hand und ziehe ihn vom Schreibtischstuhl hoch. Willenlos lässt sich Markus von mir zum Bett führen. Gemeinsam lassen wir uns nach hinten in die Kissen sinken, und ich lege meinen Arm um Markus, drücke ihn an mich.

»Ich kann ihn einfach nicht vergessen, weißt du. Egal, mit wie vielen Männern ich auch schlafe. Immer wieder ist da Elias in meinem Kopf. Die Sache von damals, der Streit mit meinen Eltern – das alles lässt mir keine Ruhe!«, schluchzt er erstickt und reibt sich über die Augen. Ich merke, dass er mit aller Kraft versucht, nicht vor mir zu weinen. Beruhigend streiche ich ihm über den Rücken.

»Aber was hat es denn mit deinem Vater zu tun? Soweit ich weiß, wohnt er doch in Köln? Und dieser Elias? Woher sollte er also von dem Treffen erfahren haben?«

Markus zuckt die Achseln. »Keine Ahnung. Elias ist mit seinen Eltern weggezogen, als unsere Beziehung aufgeflogen ist. Wir haben uns vor zwei Jahren getrennt, allein deswegen, weil es so einen Skandal um unsere Beziehung gab. Aber ich denke immer noch an ihn«, gesteht er. »Bestimmt hat sein Vater bei Johannes angerufen, ich würde seinen Sohn belästigen. Anders kann ich es mir nicht erklären. Wie hätte er sonst davon Wind bekommen können? Was ich hier treibe, kann er doch kaum mitkriegen. Er wohnt in einer anderen Stadt, wir können uns nicht zufällig über den Weg laufen.«

»Hat er ein Problem mit deiner Sexualität?«, hake ich vorsichtig nach. Auch dieses Thema haben wir bisher nie angesprochen. Weil Markus immer so selbstbewusst rüberkam, bin ich davon ausgegangen, dass es keine Probleme mit seiner sexuellen Neigung gibt. Schließlich hatte er nach seinem Einzug hier reihenweise Männer in die WG gebracht.

Markus richtet sich ruckartig auf und befreit sich aus meinen Armen. »Ein Problem?«, sagt er verbittert. »Das ist milde ausgedrückt. Ein schwuler Sohn ist für ihn der Weltuntergang!«

»Du bist nicht sein Sohn«, bemerke ich trocken.

»Dann eben Stiefsohn. Ist für ihn dasselbe. Wir haben uns früher gegenseitig das Leben zur Hölle gemacht, bevor ich es in Köln nicht mehr ausgehalten habe, weißt du.«

»Bist du denn auf sein Geld angewiesen? Ich meine, wozu gibt es BAföG oder Studentendarlehen? Du könntest auch jobben gehen.«

Abermals schüttelt er den Kopf. »Ich war bereits beim Amt und auch bei der Bank. Beides fällt für mich weg. Meine Eltern verdienen einfach zu viel, sodass ich keinen Anspruch auf BAföG habe. Ein Darlehen bekomme ich nicht, solange mein Vater nicht als Bürge zustimmt, dass ich das Geld zurückzahlen kann. Und das mit dem Jobben schaffe ich nebenbei nicht. Du siehst doch selbst, wie viele Stunden ich in der Woche in der Uni hocke, da wird mich doch niemand zum Arbeiten einstellen. Ich wäre viel zu unzuverlässig, was die Arbeitszeiten betrifft. Hab es schon mal versucht, ganz zu Beginn des Studiums, wurde jedoch nach der Probezeit entlassen.«

»Ich kann dir was leihen, wenn du willst«, schlage ich vor.

Markus schnaubt. »Klar. Du kannst ja kaum die Miete für mich übernehmen.«

»Das nicht unbedingt«, wende ich ein. »Aber ich könnte meine Eltern fragen. Bestimmt helfen sie aus.«

»Lass mal, irgendwie schaff ich es diesen Monat«, winkt er ab und starrt verbissen an die Wand uns gegenüber. Zum Glück gibt es keine Studiengebühren mehr, da sind Miete und Unterhalt Markus' einziges Problem. Unruhig kaut er auf seiner Unterlippe herum.

»Du musst mit ihm sprechen. Ich meine, er kann dich doch nicht mit dem Geld erpressen. Vielleicht erklärst du ihm noch mal, dass du dich nicht mit Elias triffst? Außerdem steht dir der Unterhalt bis zum Ende deines Studiums doch zu.« Ich kenne mich mit solchen Fragen nicht aus, da müsste ich erst mal recherchieren. Aber irgendeine Lösung muss es doch für Markus geben ...

»Johannes hat für alles eine passende Ausrede«, zischt er wütend. »Auch wenn ich mit einem Anwalt bei ihm ankomme, glaube ich kaum, dass da was für mich rausspringt. Er kennt viele einflussreiche Leute und so.«

»Wenn du Hilfe brauchst, ich bin immer da«, muntere ich ihn auf und nehme ihn wieder in den Arm.

Markus lächelt mich dankbar an. »Danke Phil. Ich bin verdammt froh, dass du hier eingezogen bist«, flüstert er.

Kapitel 7

Die Sache mit Markus' Stiefvater stellte sich als komplizierter heraus als gedacht. Markus fuhr nach unserem Gespräch nach Köln, um mit Johannes und seiner Mutter zu sprechen. Es dauerte lange, ihn dazu zu überreden, doch schlussendlich musste er einsehen, dass ihm keine andere Wahl blieb.

Ich hörte drei Tage nichts von Markus und machte mir so langsam Sorgen. Wer weiß schon, was sein Stiefvater sich ausdachte, um ihn zur Vernunft zu bringen. Ich bin wirklich froh, dass meine Eltern verständnisvoll sind und mich lieben, wie ich bin.

Als ich am späten Donnerstagnachmittag aus der Uni komme, sehe ich Markus' Motorrad in der Einfahrt stehen. Schnell eile ich die Treppe hinauf zu unserer Wohnung. Bereits vor der Tür kann ich ihn fluchen hören.

»Markus?«, rufe ich durch den Flur, während ich mir eilig die Schuhe von den Füßen streife. Etwas rumpelt, fällt klirrend zu Boden, Markus schimpft. Schnell eile ich ins Wohnzimmer und sehe ihn an der Küchenzeile stehen. Mit zitternden Händen sammelt er Scherben einer Kaffeetasse vom Boden auf. Sofort bin ich bei ihm, knie mich hin und löse seine verkrampften Finger von den Überresten des Porzellans.

»Ich wollte Kaffee machen«, murmelt er leise. Ich schaue kurz auf. Die Dose mit dem Kaffeepulver ist umgekippt und das schwarze Pulver verteilt sich über den Küchentresen.

»Lass ruhig, ich räume es nachher weg. Ist okay«, sage ich sanft und drücke seine bebenden Hände, während ich ihm aufhelfe.

»Autsch«, entfährt es ihm. Ich schaue auf Markus' Finger. Er hat sich am Daumen geschnitten, Blut rinnt aus der kleinen Wunde.

»Ich bringe dir kurz ein Pflaster«, meine ich daraufhin und laufe ins Bad, hole das Päckchen mit den Pflastern, um die Wunde zu verarzten.

»Was hast du hier überhaupt angestellt?«, frage ich besorgt, als ich mich im Wohnzimmer umsehe. Jetzt erst bemerke ich das Chaos um uns herum. Die Sofakissen liegen auf dem Boden, Bücher und DVDs, die vorher ordentlich im Regal standen, ebenfalls. Prüfend mustere ich Markus, der mit gesenktem Kopf vor mir steht und wütend die Fäuste ballt.

»Dieser Kerl ... ich ... war so wütend ... er hat ...«

»Langsam. Atme tief durch, dann erzähl in Ruhe, was in Köln passiert ist. Komm, setz dich. Ich mache dir den Kaffee, okay?«

Markus nickt und trottet zum Sofa, auf das er sich fallen lässt, während ich die Kaffeemaschine anstelle. Das Wasser läuft durch, und der angenehme Kaffeeduft breitet sich im Wohnzimmer aus. Schnell putze ich das verschüttete Pulver vom Tresen und sammele die Scherben der zerbrochenen Tasse auf. Dann fülle ich zwei Becher mit schwarzem Kaffee und gehe zu Markus rüber. Dankend nimmt er den Becher entgegen, trinkt jedoch nicht, sondern dreht ihn bloß zwischen seinen Händen.

»Ich war bei meinen Eltern«, beginnt er leise und atmet tief aus. »Es war furchtbar! Nach zwei Jahren bin ich bei ihnen aufgetaucht, und die Atmosphäre war ... als sei ich ein Fremder!« Er seufzt. »Johannes sagt ... er will, dass ich zurückkomme. Aber nicht, um einen auf glückliche Familie zu machen. Ich soll in die Wohnung von seinem Kumpel Bernd ziehen, damit er mich im Auge behalten kann. Er will mich quasi an der kurzen Leine halten. Und ich soll mein Studium abbrechen. Weißt du, was er gesagt hat?« Markus sieht mich wütend an. »Er hat gesagt, wie ich mich denn überhaupt trauen würde als schwuler Mann Kinder unterrichten zu wollen. Ob ich mich denn nicht vor deren Eltern schämen würde. Hallo?! Bin ich ein kranker Pädophiler, oder was? Außerdem studiere ich Mathe auf Lehramt. Die *Kinder*, wie er sie nennt und die ich unterrichten werde, sind dann überwiegend volljährig! Johannes hat nicht mehr alle Tassen im Schrank ... und meine Mutter – sie stand bloß stumm daneben und hat nichts zu meiner Verteidigung gesagt! Verstehst du das ... meine eigene Mutter. Zu ihr habe ich auch kaum Kontakt, doch zumindest hatte ich noch die Hoffnung gehegt, dass sie sich auf meine Seite schlagen würde ...«

Gereizt stellt er den Becher auf den Tisch vor sich, sodass ein wenig Kaffee über den Rand schwappt. Fassungslos sehe ich ihn an. Wie kann der eigene Vater – Stiefvater – so etwas nur sagen?

»Und deine Mutter hat wirklich nichts dazu beigetragen?«, frage ich noch einmal, weil ich nicht glauben kann, dass so etwas möglich ist. Markus tut mir unsagbar leid, und ich fühle mich völlig hilflos.

»Ach, die hat nur stumm zugeschaut, wie er mich fertiggemacht hat!«, zischt er und fährt sich mit den Händen durchs Gesicht. »Sie liebt diesen Scheißkerl, egal, wie er mich behandelt. Keine Ahnung, warum. Ich habe ihn ja auch geliebt – er ist immerhin der einzige Vater, den ich kenne! Deshalb tut es immer noch so weh von meiner Familie abgelehnt zu werden ... Ich hab's nicht mehr ausgehalten und bin abgehauen.«

»Wo warst du denn die ganzen drei Tage?«

»Ach, danach bin ich durch die Gegend gefahren. Musste meinen Kopf freikriegen. Habe ein paar alte Freunde besucht ...«

»Alte Freunde ...«, sage ich gedehnt und mit vorwurfsvollem Blick. Ich kann mir sehr gut vorstellen, wo er gewesen ist. Sicher bei Elias, obwohl es die Situation nur noch schlimmer machen wird.

Markus zuckt mit den Schultern. »Was denn? Ich musste halt bisschen Druck ablassen und so.« Er dreht sich zu mir um, und ich erkenne, wie entschlossen er ist. »Philipp, ich werde hier bestimmt nicht ausziehen. Da kann er mir noch so oft den Geldhahn zudrehen ... Irgendwie werde ich über die Runden kommen. Dich kann ich doch nicht allein lassen.«

»Da hast du völlig recht!«, stimme ich ihm zu und erkenne endlich ein kleines Lächeln auf Markus' Gesicht.

Kapitel 8

Gelangweilt sitze ich in meinem Zimmer und surfe im Netz, weil ich einfach keine Lust mehr auf das Lernen habe. Mir raucht bereits der Kopf, sodass ich mir dieses Wochenende eine kleine Auszeit gönne. Es ist Samstagabend, und Kai hat wieder mal keine Zeit für mich. In den letzten Tagen hat er oft etwas anderes zu tun, bereitet ständig Vorträge oder Hausarbeiten vor. Es ist ja schön, dass er sich so in sein Studium kniet, aber ich werde das Gefühl nicht los, dass er mir aus dem Weg geht.

Diese Woche haben wir uns – bis auf die paar Stunden am Montag, die wir ausschließlich in seinem Bett verbracht haben – nicht gesehen. Ich habe nichts dagegen, in seinem Bett zu liegen, aber bis auf unser erstes Date im Kino sind wir noch nirgendwo zusammen hingegangen. Ein paar Mal habe ich ihn zu uns eingeladen, ich wollte ihm endlich Markus vorstellen, aber Kai hat ständig abgelehnt. Seinen Freunden aus der Uni hat er mich auch nie vorgestellt, dort begegnen wir uns kaum. Ab und zu sehe ich Kai mit irgendwelchen Leuten auf dem Campus, die ich für seine Clique halte, aber er winkt mich nie zu sich, wenn er mich bemerkt. Ich selbst traue mich dann auch nicht, einfach zu ihm zu gehen und durch einen Kuss oder eine Umarmung zu signalisieren, dass ich sein fester Freund bin.

Nachdem ich in den sozialen Netzwerken nichts Interessantes finden kann, um mir die Langeweile zu vertreiben, greife ich nach meinem Handy und wähle Kais Nummer, um wenigstens kurz mit ihm zu sprechen. Leider springt sofort die Mailbox an. Seufzend lasse ich mein Smartphone sinken. Was er wohl heute macht? Missmutig öffne ich YouTube und sehe mir ein paar Katzenvideos an, die meine schlechte Laune jedoch nicht vertreiben können. Wieder nehme ich das Handy zur Hand und wähle. Jetzt ertönt das Freizeichen und endlich höre ich seine schöne Stimme am anderen Ende der Leitung.

»Hallo?«

»Hey Kai, hier ist Philipp«, sage ich aufgeregt und sogleich beschleunigt sich mein Puls. Wir haben uns so lange nicht gesehen, nicht miteinander gesprochen, dass mein Körper bereits auf den Klang seiner Stimme reagiert. »Wie geht's dir denn? Habe vorhin versucht, dich zu erreichen, aber es war nur die Mailbox dran.«

»Ganz gut, Süßer. Sorry, habe mit einem Kumpel telefoniert«, entgegnet er sofort.

»Was machst du denn heute? Wollen wir uns vielleicht sehen?«, frage ich hoffnungsvoll. Ich lausche seinem Atem am anderen Ende der Leitung und warte gespannt auf Kais Antwort.

»Ähm ...«, beginnt er gedehnt und stockt kurz, ehe er weiterspricht. »Ich habe eigentlich ... ich muss noch etwas Wichtiges für die Uni erledigen, Süßer.«

»An einem Samstagabend?«, frage ich skeptisch. »Es ist doch nach acht. Was willst du denn da noch anfangen? Können wir uns nicht trotzdem kurz sehen, wenn du alles erledigt hast?«

Im Hintergrund höre ich etwas rascheln und jemanden murmeln. Was genau, kann ich nicht verstehen, doch Kai seufzt geräuschvoll. Was macht er und wer ist da bei ihm?

»Kai, bist du allein?« Ein mulmiges Gefühl breitet sich in meinem Bauch aus.

»Ach, es ist nur Thorsten. Wir müssen etwas recherchieren ... für den Vortrag nächsten Montag.«

»Ich dachte, du hättest den Vortrag bereits mit Sven vorbereitet«, werfe ich ein. Am anderen Ende bleibt es still, nur das Rascheln und ein leises Lachen, das eindeutig nicht von Kai stammt.

»Ja ... ähm ... Sven ist kurzfristig krank geworden, deshalb haben wir getauscht.«

»Ach so ...« Enttäuschung macht sich in mir breit. Dabei hätte ich mich wirklich gern mit meinem Freund getroffen. Ich vermisse seine Zärtlichkeiten so sehr, dass es beinahe wehtut, weil wir uns die ganze Woche nicht gesehen haben.

»Wir holen es nach, versprochen. Ich habe jetzt wegen der Uni echt viel um die Ohren, doch vielleicht kann ich mir nächste Woche etwas Zeit für dich nehmen. Wir könnten wieder ins Kino gehen, wie klingt das?«

»Das wäre super!«, entgegne ich glücklich. Sogleich verfliegt meine schlechte Laune.

»Gut, dann bis demnächst. Ich melde mich bei dir.« Eigentlich wollte ich noch ein bisschen mit ihm reden, doch er legt bereits auf. Betrübt lausche ich dem Piepen des Handys, dann lege ich es weg. Ich will gerade einen Film auf Netflix an meinem Laptop heraussuchen, mit dem ich mir die Zeit totschlagen kann, als es an meiner Zimmertür klopft und Markus den Kopf hereinsteckt.

»Phil, möchtest du mit mir essen und dann ins *Blue Heaven*? Ich muss hier raus«, fragt er und sieht mich erwartungsvoll an. Ich stehe auf, strecke ausgiebig meine Glieder, bevor ich kurz über den Vorschlag nachdenke. Etwas anderes als einen langweiligen Film schauen und dann früh ins Bett gehen, habe ich eh nicht geplant, außerdem bin ich bisher nur einmal in dem Club gewesen. Warum eigentlich nicht? Etwas Ablenkung kann mir heute auch nicht schaden, um meine Enttäuschung wegen Kai zu vertreiben.

***

Im *Blue Heaven* ist im Vergleich zu meinem letzten Besuch nicht viel los. Markus und ich sind auch früh dran, aber viel länger wollten wir auch nicht zu Hause rumhängen. Nachdem wir uns eine Pizza von unserem Lieblingsitaliener aus der Innenstadt gegönnt hatten, sind wir direkt in den Club gefahren. Nun sitze ich vor meinem Longdrink, während Markus ein Bier trinkt. Die Musik ist heute nicht so mein Fall und auch der Alkohol, den ich nun bereits deutlich spüre, kann meine Laune nicht heben. Ich vermisse Kai und werde den Gedanken nicht los, dass er etwas vor mir verbirgt.

»Komm Phil, lass uns wenigstens tanzen«, fordert er mich auf und zieht mich am Arm vom Barhocker.

Nur widerwillig lasse ich mich von ihm auf die Tanzfläche führen. Heute bin ich einfach nicht in Stimmung, weil mir das Telefonat mit Kai nicht aus dem

Kopf geht. Er klang so seltsam während des Gesprächs vorhin ...

»Du, lass gut sein«, sage ich und schiebe Markus von mir weg, der sich zu einer langsamen Melodie eng an mich schmiegt. »Ich kann nicht, sorry, Mann. Ich gehe wieder an die Bar, amüsiere du dich nur. Ich glaube, der Kerl hier hat Interesse an dir.«

Ich deute auf einen Blondschopf, der neben uns getanzt hat, und lasse Markus stehen. Aus dem Augenwinkel sehe ich, wie sich der Blonde bereits an meinen Kumpel heranmacht. Mühsam bahne ich mir einen Weg durch die tanzende Menschenmenge zurück zur Theke. Noch ein Bier wird meine Laune bestimmt heben. Vielleicht sollte ich mehr trinken, um meine Gedanken zu vertreiben? Kai hat sicher viel zu tun, und ich sollte nicht so misstrauisch sein.

Doch ehe ich die Bar erreiche, fällt mein Blick auf zwei Männer vor mir. Die Kerle knutschen, und es ist ziemlich offensichtlich, dass sie gemeinsam nach Hause gehen werden. Mir bleibt beinahe das Herz stehen, als ich den größeren der beiden erkenne.

Kai!

Ach du Scheiße!

Wie zur Salzsäule erstarrt bleibe ich stehen. Das kann doch nicht wahr sein. Das muss ein schlechter Scherz sein. Hat Kai vielleicht einen Zwillingsbruder, von dem ich nichts weiß? Niemals ist das da vorn mein Freund, der einem fremden Kerl gerade seine Zunge in den Hals steckt!

Erst als ich grob von hinten angerempelt werde, kommt wieder Leben in mich. Wut drängt sich an die Oberfläche, verleiht mir ungeahnte Kraft. Mit zwei

Schritten bin ich bei Kai und ziehe ihn an der Schulter von dem anderen weg.

»Sag mal, spinnst du?«, fährt mich Kai wütend an, erstarrt jedoch, als er mich erkennt. »Philipp? Was machst du denn hier?«

»Anscheinend nicht dasselbe wie du. Wie lange geht das schon so?«, frage ich ihn zähneknirschend. Ich muss meine ganze Selbstbeherrschung aufwenden, um nicht zu schreien. Das Adrenalin rauscht durch meinen Körper und lässt keinen Platz für Trauer. Ich bin so rasend vor Wut, dass mir alles um mich herum egal ist. Selbst Kais entschuldigende Miene kann mich nicht mehr beruhigen.

»Etwa so zwei Monate«, gesteht er unumwunden, während er mir fest in die Augen sieht. Zwei Monate ... zwei Monate ... das ist beinahe so lange, wie wir zusammen sind! Verdammt, habe ich mir seine Gefühle und unsere ganze Beziehung etwa nur eingebildet? Bin ich so naiv gewesen? Langsam sickert die Erkenntnis zu mir durch, dass Kai mit mir nie über Monogamie gesprochen hat, mir nicht einmal bestätigt hat, dass wir ein Paar sind ... Luft entweicht meinen Lungen, mir war nicht einmal bewusst, dass ich den Atem angehalten habe. Das kann doch nicht wahr sein! Warum passiert gerade mir so etwas? Hätte ich nicht zu Hause in meinem Bett bleiben können, statt ins *Blue Heaven* zu gehen? Dann wäre mir diese Szene erspart geblieben ... Und mein gebrochenes Herz, das mir bis zum Hals schlägt. Schmerz breitet sich in meinem Körper aus.

»Zwei Monate? Und du hast nicht mal den Arsch in der Hose, mir zu sagen, dass du neben mir noch andere Typen vögelst? Ich Idiot habe gedacht, ich wäre für dich etwas Besonderes!« Jetzt werde ich doch lauter. Tränen treten in meine Augen. Wütend blinzele ich sie weg, ich will vor ihm nicht weinen. Dennoch kann ich nicht verhindern, dass sie heiß über meine Wangen laufen. Ich bin dumm und naiv gewesen, mich so von Kai um den Finger wickeln zu lassen. Es war wohl nie seine Absicht, mein fester Freund zu sein. Ich habe mir alles bloß eingebildet. Anscheinend hat er mich nicht geliebt, sondern nur mit mir gespielt, während ich wie besessen von ihm gewesen bin ... Weil er nun mal mein erster Mann gewesen ist!

»Ich habe mich ernsthaft in dich verliebt, und was machst du? Spielst mit meinen Gefühlen und meiner Ahnungslosigkeit, lachst vermutlich noch darüber! Du bist echt ein mieses Arschloch, Kai Wagner!« Ich balle die Hände zu Fäusten, damit keiner sieht, wie sie zittern. Sein Betrug tut weh, so schrecklich weh. Mein Herz blutet. Ich habe diesem Mann vertraut, ihm wirklich alles von mir gegeben. Und was macht er? Betrügt mich mit dem Erstbesten, der ihm über den Weg läuft.

»Ach komm schon, Phil. Mach nicht so ein Drama draus, okay? Wir hatten doch unseren Spaß, oder nicht? Ich glaub kaum, dass du den Sex zwischen uns nicht genossen hast«, meint Kai, klingt dabei jedoch ziemlich überheblich und von sich selbst überzeugt. Er greift sogar nach meiner Hand, die ich sofort abschüttele.

»Ach ja? Und was ist mit Thorsten, Peter, Seven und ... äh ... wie heißt du?«, wende ich mich an den Typen, der neben Kai steht und diese Szene beobachtet.

»Michael«, antwortet er nervös.

»Danke.« Ich schaue Kai an. »Und Michael«, beende ich meine Ausführungen. »Mit ihnen hattest du auch noch Spaß, ja? Haben sie den Sex mit dir auch so sehr genossen wie ich?« Meine Augen blitzen wütend, obwohl ich Kai durch den Tränenschleier nur noch vage ausmachen kann. Kai kommt näher und legt mir die Hand auf die Schulter, aber erneut zucke ich zurück. Ich will nie mehr von ihm berührt werden. Ich fühle mich total schmutzig. Ich habe mit ihm geschlafen, habe ihm meinen Körper und mein Herz auf einem Silbertablett präsentiert – und was macht er? Er hat es mit Füßen getreten, während er nach dem Sex mit mir vermutlich gleich mit dem nächsten Mann ins Bett gegangen ist. Zitternd schlinge ich die Arme um meinen Oberkörper, kann gar nicht mehr aufhören zu schluchzen. Wieso muss er mir das nur antun?

»Beruhig dich. Nimm es nicht persönlich. Wir sind jung, lass uns doch Spaß haben. Das Leben ist zu kurz, um sich nur an einen Mann zu binden.« Seine Stimme klingt fremd in meinen Ohren, seine Worte ergeben für mich keinen Sinn.

»Spaß?!«, schreie ich ihn an, doch meine Stimme bricht und wird von der lauten Musik verschluckt. »Spaß? Bist du total bescheuert? Glaubst du, es macht mir Spaß, mit dir Sex zu haben, während du bereits überlegst, mit wem du als Nächstes schlafen kannst? Ich glaube, du spinnst! Mir reicht's endgültig!«

»Machst du etwa Schluss?«, will Kai wissen und so traurig sieht er dabei gar nicht aus. Wie kann man mit jemandem Schluss machen, mit dem man nicht einmal zusammen gewesen ist? Mein Herz zieht sich zusammen, nun weiß ich, dass er mich wirklich nie geliebt hat. Er fand es nur interessant, eine Jungfrau zu knacken. Scheiße, verdammt! Ich bin auf seine Masche reingefallen ...

»Ja, ich mache Schluss! Ich hoffe, wir sehen uns nie wieder, Arschloch!«, brülle ich, so laut ich kann, wische mir die Tränen aus dem Gesicht und mache auf dem Absatz kehrt. Dann renne ich aus dem Club. Dass Markus mir hinterherruft, ignoriere ich.

Die kühle Nachtluft umweht mich. Erst im Schutz meines Autos, das ich mit zittrigen Händen geöffnet und mich dann hinters Steuer gesetzt habe, brechen die Dämme. Ich senke meinen Kopf auf das Lenkrad und lasse den Tränen freien Lauf.

Irgendwann, ich weiß nicht, wie lange ich bereits im dunklen Wagen sitze, klopft jemand leise gegen die Fensterscheibe. Müde drehe ich den Kopf und sehe Markus' ernstes Gesicht. Er öffnet die Wagentür.

»Rutsch rüber. Ich fahre dich heim, hab bisher nur ein Bier getrunken.«

Ich klettere über die Mittelkonsole, dann lasse ich mich auf den Beifahrersitz plumpsen, lehne den Kopf zurück und schließe die Augen. Sie brennen vom vielen Weinen. Markus startet schweigend den Motor und fährt uns durch die Nacht zu unserer gemeinsamen Wohnung. Ich folge ihm wie ein Schatten hinauf, ziehe mir mechanisch die Schuhe aus und gehe in mein Zimmer. Markus folgt mir. Meine Hände zittern, als ich mir das Shirt ausziehen will.

»Komm, lass mich«, sagt er sanft. Er tritt näher zu mir, greift nach dem Saum des Shirts und zieht es mir über den Kopf. Das Kleidungsstück fällt geräuschlos zu Boden. Markus' warme Hände streichen sanft über meine

Schulter und meinen Rücken. Ich atme tief ein. Seine Berührung ist angenehm und meine Haut prickelt. Ich kann mein Zittern nicht länger unterdrücken, und Tränen sammeln sich abermals hinter meinen Augenlidern.

Dieser verdammte Mistkerl! Wie konnte er mir das nur antun? Warum war ich nur so blind, dass ich es nicht früher erkannt habe? So ein Typ wie Kai konnte jeden haben, nur ich war so naiv zu glauben, dass ausgerechnet jemand wie ich sein Herz erobern konnte. Er hat nur mit mir gespielt, weiter nichts. Meine Gefühle waren ihm egal.

»Shh, ist ja gut. Ich bin da. Du kannst ruhig weinen«, höre ich die sanften Worte. Schluchzend klammere ich mich an Markus. Seine Wärme tut gut, bei ihm fühle ich mich wohl. Warum konnte ich mich nicht in einen Mann wie Markus verlieben? Jemanden, der sanft ist. Dem ich wirklich etwas bedeute. Stattdessen habe ich mir den größten Playboy der Uni ausgesucht!

Mit verheulten Augen sehe ich meinen besten Freund an. Sein Gesicht verzieht sich zu einer qualvollen Miene und in seinen Augen spiegelt sich Schmerz wider. Mein Schmerz. Markus leidet, weil es mir schlecht geht. Ich starre auf seine Lippen, seinen geöffneten Mund. Vermutlich sagt er etwas zu mir, das ich nicht hören kann. Alles um mich herum steht still, das Blut rauscht in meinen Ohren.

Ich starre seinen Mund an, überwinde die letzten Zentimeter zwischen uns und küsse ihn. Ein wohliges Gefühl breitet sich in mir aus, als sich unsere Zungen sanft berühren. Ohne zu zögern, erwidert Markus den Kuss, legt mir seine Hand in den Nacken, um mich noch näher zu sich zu ziehen. Schiebe die Erinnerung an die letzten Stunden von mir, bis nur noch schwarze Leere in meinem Kopf übrig bleibt. Fühle seinen Kuss und die feste Umarmung. Es tut unsagbar gut, von ihm gehalten zu werden.

Er löst sich von mir und schiebt mich ein Stück von sich. Ernst sieht er mir in die Augen. Sein Blick ist besorgt. »Philipp ... wir sollten das hier nicht tun. Du bist verletzt und enttäuscht, das kann ich nur zu gut nachvollziehen. Aber wir sind Freunde ... ich kann dir nicht das geben, was du brauchst«, flüstert er traurig und streichelt meine Wange. »Du bist mir zu wichtig, als dass ich dich wegen so einer Sache verliere. Das würde ich nicht ertragen.«

Abermals stehlen sich Tränen aus meinen Augen. »Du wirst mich nicht verlieren, Markus. Niemals. Egal, was du tust. Ich will es, bitte! Nur einmal, heute Nacht. Zeig mir, wie sich Liebe anfühlt.« Ich weiß nicht mehr, was ich denken oder fühlen soll. Was richtig und was falsch ist. Mein gebrochenes Herz und mein Körper verlangen so sehr nach Liebe, nach Zärtlichkeiten, dass es fast schon wehtut. Ich will jede Erinnerung an Kai auslöschen. Und das kann ich nicht, wenn sich mein Körper an seine Berührungen erinnert.

Markus lächelt mild und traurig zugleich, nimmt mein Gesicht in seine Hände und küsst mir die Tränen von den Wangen. Er spürt genau, wie schlecht es mir geht und wie sehr ich Nähe zu einem lieben Menschen brauche. Langsam dirigiert er mich zum Bett und hilft mir mit meinen Klamotten. Dann entkleidet er sich ebenfalls. Das Mondlicht scheint durchs Fenster und spielt auf seinem nackten Körper, wirft Schatten auf sein Gesicht, sodass ich nicht in ihm lesen kann. Markus legt sich zu mir ins Bett und zieht mich eng an sich. Sein Mund wandert über meinen Hals, leichte Küsse verteilen sich auf meiner Haut. Ich erschaudere, genieße seine Wärme und seine Lippen auf meiner Haut.

»Bist du dir sicher?«, flüstert er noch mal und sieht mir ins Gesicht, versucht darin eine Antwort zu erkennen. Er will mir nicht wehtun, und ich weiß, dass er es nicht wird. Zaghaft nicke ich. Markus weiß genau, was ich brauche, er kennt mich gut. Es ist nicht der harte Sex, den ich mit Kai hatte und den er mehr genossen hat als ich. Es ist die Geborgenheit und die Nähe zu einem anderen Menschen, zu jemandem, dem man bedingungslos vertraut und der einen so akzeptiert, wie man ist. Genau das brauche ich in diesem Moment. Mein Herz ist gebrochen, und ich weiß nicht, ob es je heilen kann. Auch diese Nacht mit Markus wird die Scherben nicht zusammenfügen können, aber zumindest kann er mich für einen kurzen Moment von dem Schmerz in meiner Brust ablenken.

»Kai hat dich nicht verdient«, murmelt Markus und küsst mich erneut. »Ich wünsche mir so sehr, dass irgendwann jemand kommt, der dich als den wunderbaren Menschen sieht, der du bist. Solange werde ich auf dich aufpassen.« Er schlingt fest die Arme um mich und hält mich lange schweigend fest, während ich heulend das Gesicht an seiner Schulter vergrabe. Erst, nachdem mein Schluchzen leiser wird, regt er sich wieder. Ich starre an die Zimmerdecke. Der Raum ist dunkel, ich kann nur Markus' Schemen wahrnehmen, als er sich über mich beugt und mir noch einen zärtlichen Kuss gibt, bevor sich seine Lippen einen Weg über meinen bloßen Oberkörper bahnen.

Seufzend schließe ich meine Augen, versuche ruhig zu atmen und jede noch so kleine Berührung zu genießen. Erst bin ich noch ziemlich verkrampft, viel zu gefangen in meinem Kopf, in dem Kai immer noch die Vorherrschaft hat. Doch mit jeder Liebkosung entspanne ich immer mehr.

Meine Nacktheit macht mir gar nichts aus, auch wenn ich nicht in Markus verliebt bin, schäme ich mich nicht für diese Situation. Eigentlich bin ich ihm dankbar, dass er sich auf meine Bitte eingelassen hat.

Er schweigt die ganze Zeit über, lächelt mich liebevoll an, was mir erneut die Tränen in die Augen treibt. Ich strecke die Arme nach ihm aus, umfasse den Saum seines Shirts und signalisiere ihm dadurch, dass er sich ebenfalls ausziehen soll. Markus folgt meiner Aufforderung, rückt kurz von mir ab und entkleidet sich vollständig. Dann taucht er wieder über mir auf, und ich kann ihn endlich an mich drücken. Fest schlinge ich die Arme um ihn, küsse seine vollen Lippen, seine Wangen, seinen Hals. Versuche ihm ebenfalls etwas zurückzugeben und nicht nur wie eine leblose Puppe unter ihm zu liegen und darauf zu warten, bis er endlich in mich eindringt.

Wir küssen uns immer wieder, seine Hände gleiten über meine Seiten und zu meiner Hüfte. Markus wartet, drängt mich nicht, doch ich spreize die Beine unter ihm. Seine Nähe und seine Küsse erregen mich. Es ist eine ganz andere Art von Lust, die meinen Körper ergreift. Ruhiger und viel intensiver als bei Kai, viel vertrauter. Ich bin völlig entspannt, wenngleich ebenfalls aufgeregt.

»Ist es okay, wenn ich dich dabei ansehe? Bleib einfach so liegen, du musst dich nicht umdrehen.«

Ich nicke zustimmend und spreize meine Beine noch etwas weiter auseinander. Ein Funke Angst bleibt, den ich jedoch schnell beiseiteschiebe. Markus wird mir nicht wehtun, er ist schließlich mein bester Freund und nicht so wie Kai.

»Kondome und Gleitgel sind in der Schublade«, murmele ich leise. Mein Kumpel kramt eine Weile, bis er die Dinge gefunden hat. Mit immer höherschlagendem Puls beobachte ich ihn dabei, wie er das Gummi über seinen Schwanz rollt. Dann schließe ich erneut die Augen und warte, bis ich Markus zwischen meinen Beinen spüren kann. Seine Hand legt sich auf meine Erektion, er streichelt mich fest, jedoch nicht grob. Es ist genau die passende Mischung, die mich zum Stöhnen bringt. Mit der anderen Hand tastet er zu meinem Hintern. Sein gelbenetzter Finger ist kühl und lässt mich für einen Moment erschaudern. Markus zieht den Finger sogleich wieder zurück, weil er vermutlich denkt, dass er mir wehgetan hat.

»Hör bitte nicht auf«, sage ich mit bebender Stimme.

»Phil, ich weiß nicht ...«, entgegnet Markus leise. »Bist du sicher, dass wir es tun sollten? Ich meine ... Du bist mein bester Freund und es fühlt sich merkwürdig an, diese Dinge mit dir zu tun. Was, wenn es danach nicht mehr so sein wird wie früher?«

Ich will ihm die Sorge nehmen, seine Bedenken zerstreuen, doch ich weiß nicht wie.

»Du bist auch mein bester Freund. Glaub mir, ich bin verdammt dumm gewesen, mich auf Kai eingelassen zu haben. Hätte ich nur ein bisschen auf deinen Rat gehört, statt blindlings auf meinen Schwanz zu hören ...« Ich muss schlucken, denn der verräterische Kloß in meinem Hals hindert mich am Sprechen. »Ich bereue sehr, mit Kai geschlafen zu haben. Doch das hier – das zwischen uns – das werde ich niemals bereuen, Markus. Weil ich dir vertraue und mir sehr wünsche, nur für diese eine Nacht geliebt zu werden. Ich will Kais Spuren auf meinem Körper endlich loswerden, will seine Berührungen vergessen und mit neuen, viel schöneren Erinnerungen überschreiben. Dabei kannst nur du mir helfen, weil du mir wichtig bist.« Tränen stehlen sich in meine Augen, ich wische sie verstohlen weg, damit Markus sie nicht bemerkt. Doch das hat er bereits, denn er beugt sich noch mal zu mir vor und küsst sacht meine Augenlider.

»Danke, Phil. Danke, dass du mir vertraust«, flüstert er mir ins Ohr, saugt dann sanft an meinem Ohrläppchen. Eine Gänsehaut breitet sich auf meinem Körper aus, und ich drücke Markus noch fester an mich. Mein Schwanz pulsiert zwischen uns, meine Nervenenden spannen sich immer mehr an und konzentrieren sich nur noch auf die Erregung in meinem Inneren.

Erneut schiebt mein Kumpel einen Finger in mich hinein, ohne dabei aufzuhören, mich zu küssen. Hingebungsvoll saugt er an meiner Unterlippe, dringt mit der Zunge immer wieder in meinen Mund und raubt mir den Verstand, während er mich immer mehr weitet. Je länger er mich hinhält, desto ungeduldiger werde ich. Lust pulsiert heiß durch meine Adern, vermischt sich mit Adrenalin und verdrängt jedes Gefühl von Schmerz aus meinem Körper.

Ich dränge mich ihm entgegen, kann es nun kaum noch erwarten, mit ihm zu verschmelzen. Ein leises Lachen dringt an mein Ohr, dann zieht Markus seinen Finger zurück und ersetzt ihn sogleich gegen seinen Schwanz, der vorsichtig, beinahe schüchtern gegen meine Öffnung drückt. Atemlos dirigiere ich ihn, umfasse mit den Händen seine Hüften und zeige ihm, dass er nicht länger warten muss. Ich bin schon lange bereit für ihn.

Markus dringt quälend langsam in mich ein, lässt sich nicht von mir drängen. Mein Herz rast, überschlägt sich beinahe, als ich ihn endlich tief in mir spüre. Jetzt kann ich die Tränen nicht mehr zurückhalten. Heiß rollen sie über meine Wangen, spülen die Traurigkeit aus mir fort und lassen nur noch ein Gefühl von Sicherheit zurück. Sicher bemerkt auch mein Kumpel, dass ich erneut zu weinen begonnen habe. Statt sich aus mir zurückzuziehen, schließt er mich fest in seine Arme und nimmt einen langsamen, stetigen Rhythmus auf. Er versteht, wie sehr ich ihn und seine Nähe brauche, und dafür bin ich unglaublich dankbar. Ich vergrabe mein Gesicht an seiner Halsbeuge und lasse mich von ihm davontragen, in ein Land aus Lust und Liebe und Geborgenheit.

***

Später liegen wir nebeneinander. Mein Kopf ruht auf seiner Brust, und ich lausche Markus' Herzschlag, der sich langsam beruhigt. Tränen laufen über mein Gesicht und benetzen die warme Haut unter meiner Wange. Ich bereue nicht, dass ich mit Markus geschlafen habe. Viel mehr bereue ich die Sache mit Kai. Ich war so naiv und verliebt. Es hätte so viel mehr sein können, jedoch war es nichts weiter als heiße Luft.

Markus hält mich schweigend im Arm, streichelt tröstend meinen Rücken. Ich bin ihm wirklich dankbar, dass er jetzt bei mir ist und mich festhält, damit ich nicht allein bin. Keine Ahnung, wie lange ich weine, doch meine Tränen wollen nicht versiegen, und ich kämpfe auch nicht mehr krampfartig gegen sie an. In Markus' Armen fühle ich mich geborgen, hier kann ich weinen, ohne mich dafür zu schämen. Irgendwann gleite ich in einen traumlosen Schlaf, beschützt und umhüllt von Markus' Wärme.

Kapitel 9

Schon seit gut einer Woche verkrieche ich mich in meinem Zimmer. Zur Uni gehe ich nicht, aus Angst, Kai über den Weg zu laufen. Deshalb habe ich eine Erkältung vorgetäuscht und mich krankschreiben lassen, um nicht unentschuldigt zu fehlen. Außerdem kann ich mich im Moment sowieso nicht darauf konzentrieren. Das Einzige, was ich mache, ist weinen. Und wenn ich nicht gerade in Selbstmitleid versinke, dann liege ich einfach auf meinem Bett herum und starre an die Decke oder aus dem Fenster. Obwohl ich gehofft habe, dass mir der Sex mit Markus ein wenig über meinen Kummer hinweghilft, denke ich immer noch an meinen Ex-Freund ... Wobei er nicht einmal mein fester Freund gewesen ist. Viel mehr war ich sein Fuckbuddy!

»Phil, magst du etwas essen? Ich hab' Nudelauflauf gemacht«, höre ich Markus sagen. Er kommt in mein Zimmer und setzt sich neben mich aufs Bett. Ich sehe ihn nicht, spüre nur, wie sich die Matratze neben mir senkt. Starr sehe ich an die Wand vor mir.

»Hab keinen Hunger«, murmele ich heiser und muss mit den Tränen kämpfen, als sich Markus' warme Hand auf meinen Rücken legt, und er mich sanft streichelt.

»Süßer ... bitte ...«, fleht er.

Ich drehe mich zu ihm um. »Lass mich in Ruhe«, zische ich schärfer als beabsichtigt.

»Philipp …« Seine Stimme ist ein Flüstern, und er sieht unendlich traurig dabei aus, dass es mir wieder leidtut, ihn so angefahren zu haben. Ich seufze und setze mich im Bett auf, ziehe die Knie an und umschlinge sie mit den Armen. Markus ist der einzige Mensch, der von meinem Liebeskummer weiß und zu mir steht, seitdem Kai mich so kaltherzig betrogen hat. Ich bin ihm dankbar, doch ich ertrage seine Fürsorge und den mitleidigen Blick einfach nicht länger.

»Sorry.«

»Philipp, du siehst echt furchtbar aus. Wann hast du das letzte Mal richtig geschlafen? Geschweige denn etwas Vernünftiges gegessen? Chips und Cola zählen nicht.« Markus schüttelt missmutig den Kopf und deutet auf die leeren Verpackungen auf dem Fußboden.

»Keine Ahnung …«, murmele ich mit einem traurigen Lächeln und taste nach Markus' Hand. Sofort ergreift er meine und drückt sie leicht. Verlegen schaut er auf unsere ineinander verschränkten Finger. Ich weiß, er macht sich Vorwürfe, dass er auf mein Drängen nachgegeben und mit mir geschlafen hat. Aber das muss er nicht. Er hat mir in dieser Nacht einen Gefallen getan, hat mir geholfen, Kai wenigstens für einen Moment zu vergessen.

»Philipp, es tut mir leid … ich …« Erneut schweigt er, aber ich weiß genau, was er mir zu sagen versucht. Markus hat dieses Gespräch in den letzten Tagen oft angefangen, konnte jedoch nie sagen, was ihm auf dem Herzen liegt. Obwohl er das nicht mal muss, denn ich weiß, was er mir sagen will …

»Nein. Bitte, entschuldige dich bloß nicht dafür«, entgegne ich. Langsam führe ich seine Hand an meine Lippen und küsse sanft seine Finger. Es ist keine erotische Geste, nur ein Impuls der Zuneigung, dem ich nicht widerstehen kann. »Ich bereue diese Nacht nicht und das solltest du auch nicht tun. Es war wunderschön mit dir. Und es ändert nichts an meinen Gefühlen. Du bist und bleibst mein bester Freund, ich werde nichts von dir verlangen, glaub mir.«

Markus lächelt unsicher. »Bist du sicher, dass es so für dich okay ist? Nur Freunde?«

»Absolut.« Ich nicke. Markus atmet erleichtert aus und schlingt die Arme um mich.

»Mann, ich hatte solche Angst. Das glaubst du nicht!« Er wuschelt mir durchs Haar und ich muss sogar ein bisschen lachen. Vorsichtig löse ich mich aus seiner Umarmung.

»Du hattest da etwas von Nudelauflauf erzählt?«

***

»O mein Gott! Kind! Wie siehst du denn aus?«, ruft meine Mutter entsetzt, als sie mir am Samstagnachmittag die Haustür öffnet. Ich grinse breit. Mit meinem neuen Aussehen muss ich sie gerade ziemlich überrascht haben, was auch meine Absicht gewesen ist. Markus hat mir eine Typveränderung vorgeschlagen, um mich wegen meines Liebeskummers auf andere Gedanken zu bringen. Also habe ich, ohne lange darüber nachzudenken, einen Termin bei meinem Lieblingsfriseur gemacht und noch ein paar andere Kleinigkeiten an meinem Aussehen geändert, die sich sehen lassen können. Ich bin ziemlich zufrieden mit dem Ergebnis. Auch ich habe mich durch die Erfahrungen der letzten Wochen geändert, bin nicht mehr der Mann, der ich noch zu Semesterbeginn gewesen bin ...

»Generalüberholung«, verkünde ich stolz und trete an meiner Mutter vorbei ins Haus. Sie weiß nichts von Kai – und das wird auch so bleiben. Ich werde jegliche Erinnerung an ihn in meinem Herzen einschließen, tief vergraben, bis ich selbst kaum noch an ihn denken muss.

»General... was?« Sie mustert mich ungläubig, als könne sie gar nicht begreifen, dass ich der Sohn bin, den sie vor einundzwanzig Jahren zur Welt gebracht hat. Mein Grinsen ist überdimensional. Sie ist geschockt, also habe ich erreicht, was ich wollte. Philipp Friedrich ist neu geboren. Wäre sie nicht meine Mutter, hätte sie mich nicht erkannt. Auf der Straße ist sogar ein Kommilitone an mir vorbeigelaufen, obwohl ich ihn gegrüßt habe. Er musste zweimal hinsehen, bis er mich erkannte.

Meine sonst so schönen blonden Haare sind nun rabenschwarz. Rote Strähnen zieren den langen Pony, der mir frech in die Augen fällt. Ich habe die Länge gelassen, weil ich meine Locken liebe, aber sie sind hinten im Nacken nun ein wenig kürzer als früher. In meinem rechten Ohrläppchen steckt ein silberner Ohrstecker, zusätzlich zwei Piercings in der Ohrmuschel sowie einer auf der linken Seite. Ich habe mir nicht nur die Ohren durchstochen, sondern auch noch ein Lippen- und Zungenpiercing, die schon soweit abgeheilt sind, dass meine Lippe nicht mehr angeschwollen ist. Am schönsten finde ich jedoch mein Tattoo am Hals. Der kleine

Vogel wird zwar von meinen Haaren verdeckt, doch wenn ich meinen Kopf neige, kann man es deutlich sehen. Sicherlich hätte ich mir eine ganz andere Stelle auf meinem Körper aussuchen können, die weniger auffällig gewesen wäre, doch ich wollte es unbedingt an der Stelle haben, an der mir Kai damals einen Knutschfleck verpasst hat. Zwar will ich diesen Kerl vergessen, aber er ist es gewesen, der mir auch gezeigt hat, dass ich ganz anders sein kann. Dass ich mich verändert habe. Markus fand diesen Gedankengang von mir ziemlich merkwürdig, aber irgendwie wollte ich einfach eine Erinnerung an meine erste Liebe, obwohl sie so schmerzlich geendet hat.

Was von meinem natürlichen Aussehen geblieben ist, sind Locken und die strahlend blauen Augen, die ich mit schwarzem Kajal umrahmt habe. Markus meint, so kommen sie noch besser zur Geltung. Die Brille, die ich sonst immer wegen der Kurzsichtigkeit auf der Nase trage, habe ich gegen Kontaktlinsen in meiner Sehstärke ausgetauscht. Es ist schließlich eine Schande, so schöne Augen hinter dicken Brillengläsern zu verstecken. Auch meinen Kleiderschrank habe ich gründlich ausgemistet und bin mit Markus shoppen gegangen. Nun habe ich viele figurbetonte Shirts und Hosen, die aus meinem Körper einen echten Hingucker machen.

»Aber ... das schöne Blond!«, stammelt meine Mutter fassungslos, während sie mir in die Küche folgt. »Du kannst doch nicht ... Also wirklich, Junge!« Sie lässt sich auf einen Stuhl fallen und atmet tief durch. Während meines Liebeskummers habe ich meine Eltern nicht besucht, weshalb sich meine Mutter Sorgen um mich gemacht hat. Doch während unserer Telefonate konnte ich sie so weit abwimmeln, sodass sie mir wenigstens keinen Überraschungsbesuch in der WG abgestattet hat, bis ich bereit war, nach Hause zu kommen.

»Willst du ein Bier?«, frage ich schmunzelnd über ihren Schock und nehme mir ein Becks aus dem Kühlschrank. Meine Mutter schüttelt den Kopf. Langsam scheint sie mein verändertes Äußeres zu akzeptieren, zumindest weicht der Schrecken aus ihrem Gesicht. Ein Blick zum Herd macht deutlich, dass sie gerade mit den Vorbereitungen für das Abendessen beschäftigt gewesen ist, bevor ich buchstäblich mit der Tür ins Haus gefallen bin. Trifft sich gut, denn ich habe noch nichts zu Abend gegessen.

»Ich glaube, dein Vater hat noch Whiskey da. Den bräuchte ich jetzt dringender«, meint sie mit einem theatralischen Seufzen, doch dann lächelt sie.

Kapitel 10

Zwei Jahre später

Die ganze Sache mit Kai ist bereits zwei Jahre her, und trotzdem denke ich noch hin und wieder an ihn. Zu Beginn habe ich versucht, ihm in der Uni aus dem Weg zu gehen, auch wenn er mich womöglich sowieso nicht erkannt hätte mit den schwarzen Haaren und den anderen Klamotten. Zuerst ist es mir schwergefallen, doch mit der Zeit wurde es leichter. Der Schmerz verging und nun blicke ich nach vorn. Und die süßen Jungs, die ich in den letzten Jahren immer wieder kennenlernte, sind nicht ganz unschuldig daran, dass ich Kai mehr und mehr vergessen habe.

Vor Beziehungen hüte ich mich jedoch wie die Motte vor dem offenen Feuer, denn mit Liebe kann ich nichts anfangen. Es hat mir eindeutig gereicht, dass ich einmal wie ein verliebter Narr auf den Erstbesten hereingefallen bin. Ein weiteres Mal wird mir das nicht mehr passieren, das habe ich mir selbst geschworen.

Gut, dass man deshalb nicht auf Sex verzichten muss. Es ist nicht mal schwer, einen passenden Kandidaten zu finden, wenn man bloß genau hinsieht. Ich beschränke mich bei meinen Bekanntschaften jedoch stets auf schnelle Nummern im Darkroom des *Blue Heaven*, in dem ich mittlerweile Stammgast bin. Keine großen Gefühle, kein Trennungsschmerz, nur wilder, unverbindlicher Sex. Ab und an nehme ich jemanden mit in die WG oder gehe auch mal mit zu ihnen. Jedoch bleibe ich nie zum Frühstück. So ist es einfacher.

Zu Markus habe ich immer noch ein sehr enges Verhältnis, obwohl wir uns nie wieder nähergekommen sind, wie in der einen Nacht, in der ich in seinen Armen Trost gesucht habe. Es ist bei dem einen One-Night-Stand geblieben und keiner von uns hat diese Sache je wieder erwähnt.

So sehr wie ich mich nun austobe, so sehr schottet Markus sich von der Männerwelt ab. Er konzentriert sich nur noch auf sein Studium. Die Vereinbarung, die er damals mit seinem Stiefvater Johannes getroffen hat, war knallhart. Um sein Lehramtsstudium zu beenden, hat er einen harten Kompromiss geschlossen. Sein Stiefvater bezahlt weiterhin seinen Unterhalt, wenn er den Kontakt zu Elias und anderen Männern abbricht. Dafür nimmt er Johannes' Bedingungen in Kauf. Wenn Markus das Studium beendet, wird er vorerst ein längeres Praktikum in seiner Firma absolvieren. Wohin der Weg dann führt, steht noch nicht fest. Ich hoffe nur für Markus, dass er nicht an dem Druck verzweifelt.

***

»Du wirst mir nicht glauben, was heute passiert ist!«, ruft Markus aus dem Flur. Ich stehe gerade in der Küche und bereite unser Mittagessen vor. Es ist Mitte September, und wir haben noch knappe zwei Wochen Semesterferien. Markus macht zurzeit ein freiwilliges Praktikum in einem Gymnasium, während ich meine Freizeit entspannt in der WG genieße. Eine Hausarbeit wartet noch auf mich, die ich aber immer noch vor mir herschiebe. Bald sollte ich jedoch damit anfangen, wenn ich es noch zum Semesterbeginn schaffen will. Mein letztes Jahr vor dem Bachelorabschluss bricht an, weshalb ich mich wieder mehr auf die Vorlesungen konzentrieren sollte. In den letzten Jahren habe ich zwar nicht geschwänzt und auch gelernt, doch durch meine Wochenendaktivitäten sind meine Prüfungen nicht so gut ausgefallen, wie ich zu Beginn meines Studiums geglaubt habe.

Ich höre meinen besten Freund im Flur rumoren, dann kommt er zu mir und lässt sich auf den Hocker vor der Theke fallen. Grinsend drehe ich mich zu ihm um, den Kochlöffel auf meinen Freund gerichtet. In der Pfanne brutzelt Fleisch für eine Bolognesesoße.

»Das weißt du erst, wenn du es mir erzählt hast.« Neugierig betrachte ich meinen Mitbewohner. Er sieht verändert aus. Seine Augen leuchten regelrecht, und seine Wangen sind gerötet, als hätte er einen Dauerlauf hinter sich. Gestern lag auch dieses Funkeln in seinen braunen Augen. Ich habe mich jedoch gehütet, ihn darauf anzusprechen, weil ich keine voreiligen Schlüsse ziehen wollte.

»Ich hab' dir doch von diesem Typen aus dem Park erzählt?«, beginnt Markus aufgeregt.

»Von diesem kleinen hübschen Blondschopf, der dir den Kopf verdreht hat?«, entgegne ich frech und handele mir sogleich einen tadelnden Blick von Markus ein. Tatsächlich erzählte er mir vor ein paar Tagen von seiner Begegnung im Park. Dort traf er beim Joggen auf einen jungen Mann, der seine Neugier weckte. Natürlich wählte mein Kumpel seine Worte dabei so neutral wie möglich, doch ich habe ihm direkt angesehen, dass dieser Typ einen bleibenden Eindruck bei Markus hinterlassen hat.

»Und jetzt halt dich fest: Er ist in der Matheklasse, die ich seit heute vertretungsweise unterrichte.« Markus kann kaum verhindern, dabei rot zu werden. Süß, wie er mit aller Kraft versucht, sein Interesse an dem Typen vor mir zu verstecken, obwohl ich bereits ahne, dass er sich in ihn verguckt hat.

»Ist nicht wahr!«, entgegne ich überrascht und grinse wissend. »Dann meint es das Schicksal endlich gut mit dir. Was ist mit dem Jungen? Hat er angedeutet, dass er Interesse hat?«

»Quatsch, Philipp! Er ist süß, aber er ist ganz sicher nicht schwul und zudem einer meiner Schüler. Zumindest bis die Semesterferien enden.« Sofort legt sich ein Schatten über sein Gesicht.

»Was macht dich da so sicher?«, hake ich nach. Es ist ewig her, dass Markus einen Mann mit in die WG gebracht hat oder ein Date hatte. Ihn so glücklich zu sehen, wenn er über diesen Jungen spricht, deutet darauf hin, dass da mehr dahintersteckt, als er mir weismachen will. Ich würde es ihm wünschen, wenn der Typ ebenfalls Interesse an Markus hätte. Dass mein bester Freund verknallt ist, sehe ich ihm an der Nasenspitze an, auch wenn er es sich noch nicht eingestehen will. Ich war damals ebenso euphorisch, als es um Kai ging ...

»Nein, das glaube ich nicht. Ich habe ja kaum mit ihm gesprochen, und überhaupt ... Julian ist erst siebzehn. Auch wenn er Interesse hätte, ich würde nichts mit ihm anfangen, das weißt du. Nach der Sache mit Elias werde ich mich hüten, einen Minderjährigen zu *verführen*«, erklärt er leise und nutzt dabei den Wortlaut seines Stiefvaters. Johannes hat immer von Verführung gesprochen, wenn es um Markus' Homosexualität ging. Dabei ist Liebe viel mehr als bloße Verführung. Liebe ist unglaublich stark und kann jedes Hindernis überwinden, daran glaube ich immer noch fest, obwohl ich so bitter enttäuscht wurde.

Ich schüttele den Kopf über seine Worte, gehe jedoch nicht weiter auf dieses Thema ein. Mit Markus über Gefühle zu diskutieren hat nur wenig Sinn, wenn er sie sich selbst nicht eingestehen will.

»Woher weißt du eigentlich, wie alt er ist?«, entgegne ich also mit hochgezogenen Augenbrauen, drehe mich kurz zum Herd und rühre die Nudeln im Topf noch einmal um, ehe ich sie vom Kochfeld nehme. Auch die Pfanne mit der fertigen Soße stelle ich auf einen Untersetzer auf der Arbeitsplatte und hole zwei Teller aus dem Schrank.

»Ich habe ... sagen wir mal ... recherchiert«, meint Markus und versucht dabei ganz beiläufig zu klingen. Dennoch kann ich hören, wie aufgeregt er ist.

»Ihm auf Social-Media nachspioniert, willst du sagen«, korrigiere ich ihn lachend, während ich Nudeln und Soße auf die Teller gebe und diese auf die Theke stelle. Markus arrangiert das Besteck.

»Das Beste kommt noch: Stell dir vor, in der Pause hat Julian mich gefragt, ob ich ihm nicht Nachhilfe geben kann«, erzählt Markus weiter und schiebt sich eine Portion Nudeln in den Mund. Ich setze mich ihm gegenüber und beginne ebenfalls zu essen.

»Und du sagst, er wäre nicht an dir interessiert.« Ich bedenke Markus mit einem anzüglichen Blick. Eigentlich meine ich es nicht böse, doch es macht mir Spaß, ihn ein bisschen mit seinen Gefühlen aufzuziehen. Schließlich ist es lange her, dass er ein wenig aus sich herausgekommen ist. Es wäre schön, würde sich dieser Julian in Markus verlieben. Vielleicht muss ich ja etwas nachhelfen, weshalb ich mehr Informationen über Markus' Love Interest brauche.

»Mathenachhilfe, du Idiot! Es geht um Mathe – und nicht das, was du denkst«, verteidigt sich Markus mit vollem Mund.

»Als ob du weißt, woran ich denke«, erwidere ich mit einem unschuldigen Augenaufschlag. »Immerhin hast du so die Chance, ihn näher kennenzulernen.«

»Nein«, sagt er tonlos und starrt auf seinen Teller. Ich seufze, lege die Gabel beiseite. Meine Portion habe ich bereits aufgegessen, so einen großen Hunger hatte ich, während Markus nicht einmal die Hälfte geschafft hat. Entschieden schiebt er seinen Teller von sich, als hätte er keinen Appetit mehr.

»Hör mal, so kann es doch nicht weitergehen. Du benimmst dich, als wärst du jetzt schon tot, weil du jegliche Gefühle nicht mehr an dein Herz heranlässt. Selbst ich bin inzwischen über Kai hinweg – und dieser Mistkerl hat mir verdammt wehgetan! Hab doch einfach ein bisschen Spaß, so wie früher. Und wenn es mit Julian klappt, ist es doch super«, schlage ich vor, versuche dabei seinen Blick einzufangen, doch Markus sieht stur an mir vorbei. »Du hast auch Gefühle, und ich sehe doch, dass du bereits dein Herz verloren hast, obwohl du es in all den Jahren so sehr versucht hast, es zu verdrängen. Lass es zu, Markus. Vielleicht hast du ja Glück, und der Junge mag dich ebenfalls.«

Ich greife über den Tresen nach seiner Hand, doch er reißt sich von mir los und fährt sich mit den Händen durch sein kurzes Haar. Seine Zerrissenheit ist beinahe greifbar.

»Ach Philipp, ich weiß es doch auch nicht!« Er sieht mich unruhig an, als verlange er eine Antwort von mir, von der er nicht weiß, ob er sie überhaupt hören will.

»Ich werde eine Runde Motorrad fahren«, sagt er schließlich und verlässt die Küche.

***

Es ist bereits halb sieben, als ich die Wohnungstür aufgehen höre. Gott sei Dank, ich hatte befürchtet, er würde nach unserem Gespräch gar nicht mehr auftauchen. Schritte ertönen im Flur, und ich kann ausmachen, dass er nicht allein ist. Wen er wohl mitgebracht hat?

»Da bist du ja endlich, ich bin vor Sehnsucht fast gestorben«, sage ich in theatralischem Ton zu Markus, als ich einen kleineren Typen an seiner Seite bemerke, der mich schüchtern und verwirrt ansieht. Er sieht echt niedlich aus mit den etwas zu langen Haaren, die ihm frech in die Stirn fallen. Zudem ist er etwas kleiner als ich, da er Markus knapp bis zur Schulter reicht. Ich schätze ihn so auf einen Meter siebzig. Das muss sicher dieser Julian sein, über den wir beim Mittagessen sprachen. Nun verstehe ich, warum mein bester Freund sich solche Sorgen macht. Der Kleine hat wirklich schöne, tiefblaue Augen, die von dichten Wimpern umrahmt sind. Sein Gesicht ist fein geschnitten, wirkt noch sehr jungenhaft. Natürlich, er ist auch beinahe noch ein Kind mit seinen siebzehn Jahren. Die blonden Haare sind ein wenig zerzaust und die Wangen leicht gerötet, ich vermute, dass er mit Markus auf dem Motorrad mitgefahren ist. Der Blick, mit dem Markus den Kleinen verstohlen von der Seite mustert, spricht Bände. Mein bester Freund ist tatsächlich verknallt, kein Zweifel.

»Julian, das ist mein Mitbewohner Philipp«, stellt er mich vor und verdreht über meinen Spruch die Augen. »Hör nicht auf den Idioten. Er macht ständig solche Scherze, ist aber ansonsten ziemlich harmlos.«

»Julian, setz dich doch zu mir.« Mit der freien Hand klopfe ich auf den Barhocker neben mir, dann greife ich über den Tresen nach einem weiteren Bier, das ich eigentlich für Markus aus dem Kühlschrank geholt habe. »Für dich.«

Julian greift automatisch nach der Flasche, und ich reiche ihm den Flaschenöffner.

»Willkommen«, sage ich mit einem freundlichen Lächeln und proste ihm mit meinem Bier zu. Markus öffnet seine Lederjacke und wirft sie aufs Sofa. Das weiße Shirt, welches er drunter trägt, ist durchgeschwitzt und klebt an seinem Körper. Ich kann sehen, wie Julian gebannt auf seine Bauchmuskeln starrt, die kurz aufblitzen, als Markus sich die Haare aus der Stirn streicht und sein Shirt dabei ein Stück nach oben rutscht.

»Ich spring schnell unter die Dusche, okay? Du kannst auch in mein Zimmer gehen. Und lass dich von diesem Spinner hier nicht volltexten«, erklärt Markus, dann verschwindet er im Badezimmer.

»Mann, was für ein Anblick«, meine ich mit einem Seufzen und lecke mir über die Lippen. Ich sage diesen Satz betont provokant, um Julians Reaktion zu beobachten. Ein ertappter Ausdruck erscheint auf seinem hübschen Gesicht. Hat er etwa eben dasselbe gedacht? Er dreht die Bierflasche in seinen Händen, schweigt jedoch verbissen. Ich sollte mich verziehen, wenn ich den Jungen nicht weiter verunsichern möchte. Schnell trinke ich die letzten Schlucke von meinem Bier, dann rutsche ich vom Hocker. Eigentlich bin ich verdammt neugierig, wie es mit Markus und Julian weitergeht, doch vorerst muss ich mich in Geduld üben.

»Ich werde euch zwei Hübschen nicht stören, keine Sorge. Sein Zimmer ist gleich nebenan. Viel Spaß noch.« Mit einem vielsagenden Blick lasse ich ihn allein an der Theke zurück und verziehe mich in mein Schlafzimmer.

Kapitel 11

»Na, wie läuft's mit deinem neuen Freund?«, will ich neugierig wissen, als wir gemeinsam beim sonntäglichen Frühstück sitzen. Markus schnaubt und nimmt einen Schluck Kaffee. Auch ich nippe an meinem Getränk, lasse ihn dabei jedoch nicht aus den Augen.

»Er ist nicht mein *Freund*«, betont er, versucht sich dabei keinerlei Regung anmerken zu lassen, doch ich kenne ihn sehr gut. Ich merke gleich, dass ihm Julian mehr bedeutet, als er zugeben will. Seit gut einer Woche bekomme ich ihn kaum noch zu Gesicht, weil er tagsüber bei seinem Praktikum an der Schule ist und abends immer wer weiß wohin verschwindet. Vermutlich geht es um Mathenachhilfe, wobei ich mir kaum vorstellen kann, dass sich einer der beiden in dieser Zeit auf Mathe konzentrieren kann. Seit Julians Besuch hier in der WG bin ich mir fast schon sicher, dass auch er etwas für Markus empfindet.

Ich zucke die Achseln. »Wie du meinst. Aber dafür, dass du so tust, als würde dir Julian rein gar nichts bedeuten, ist er beim letzten Mal ziemlich lange hier gewesen. Ich habe euch im Flur tuscheln gehört, als er die Wohnung verlassen hat.« Mit einem unschuldigen Lächeln bestreiche ich mein Brötchen mit Nutella. Es ist echt selten geworden, dass wir beide zusammen frühstücken, weil Markus die Wohnung unter der Woche immer vor mir verlässt. Und am Wochenende bin ich es, der kaum zu Hause ist. Heute hingegen bin ich extra früh aufgestanden, um für uns beide Brötchen zu holen, weil die Bäcker sonntags nicht so lange geöffnet haben.

Eine Pause entsteht, in der sich jeder seinem Essen widmet. Ich glaube das Thema Julian ist bereits vom Tisch, als Markus mich doch noch mal ansieht. Dann dreht er den Kopf zur Seite und starrt an mir vorbei durch die geöffnete Tür in den Flur.

»Er ist nicht schwul ...«, murmelt er kaum hörbar, dann presst er die Lippen fest zusammen und schweigt erneut.

Ruhig lege ich das Brötchen, in das ich gerade beißen wolle, auf den Teller zurück und hebe skeptisch eine Augenbraue. »Bist du dir da sicher? Hast du ihn gefragt?«, hake ich nach, weil ich den Anschein hatte, Julian würde Markus etwas zu lange ansehen und ihn zu intensiv mustern, wenn er glaubt, es würde niemandem auffallen. Vielleicht ist Markus ja blind, doch mir sind Julians Blicke bei seinem letzten Besuch sofort aufgefallen. So guckt kein Mann, der sich absolut sicher ist, hetero zu sein. Dieses Funkeln in Julians blauen Augen geht deutlich über freundschaftliches Interesse hinaus.

Markus schüttelt leicht den Kopf, greift nach seinem Kaffeebecher und trinkt ihn in einem Zug leer. Seitdem er Julian begegnet ist, wirkt er stiller als sonst, irgendwie nachdenklicher. So, als würde er mit sich selbst hadern oder einen stillen Kampf austragen, den er zu verlieren droht. Ich sehe deutlich wie verknallt Markus in Julian ist, jedoch will er es sich selbst nicht eingestehen.

Wirklich schade, denn vielleicht könnte Julian ihn aus dieser Starre lösen, in der er sich seit Jahren befindet.

»Übrigens, bald ist das Freundschaftsspiel gegen die andere Uni – jetzt weiß ich gar nicht mehr, wie die Jungs sich nennen – willst du nicht endlich mal wieder mit zum Training kommen? Wir werden verlieren, wenn du nicht mitmachst«, wechselt Markus geschickt das Thema, um nicht länger über seine Gefühle zu Julian nachdenken zu müssen.

Ist ja klar, dass er davon ablenken will. Genervt verdrehe ich die Augen. »Ihr seid nicht auf mich angewiesen, weil ich sowieso nur hinter euch herlaufe, ohne dem Ball jemals in die Nähe zu kommen«, entgegne ich trocken. Keine Ahnung, warum ich überhaupt zugestimmt habe, bei der Fußballmannschaft vom Hochschulsport mitzumachen. Markus studiert Sport als Zweitfach, bei ihm war es kein Wunder, dass er dort mitmacht. Aber ich? Ich hab's echt nicht so mit Sport. Vielleicht einer der Gründe, warum ich Literatur studiere, denn ich bevorzuge Bücher der körperlichen Betätigung. Als Kind konnte ich mit Fußball gar nichts anfangen. Wenn meine Freunde in der Pause auf dem Schulhof dem Ball hinterherjagten, blieb ich fast immer bei den Mädchen aus meiner Klasse und hörte ihnen bei den Gesprächen über Jungs zu. Sie schwärmten und erzählten sich mit glühend roten Wangen, welchen Jungen sie aus der Schule toll fanden. Die Mädchen störten sich nicht an meinem Beisein, denn ich hing sowieso fast täglich mit meiner damaligen besten Freundin Carolin ab.

Natürlich träumte auch ich von einem Prinzen auf dem weißen Pferd, genau wie Carolin und die anderen aus meiner Klasse. Dass ich nie einer dieser Prinzen für ein nettes Mädchen sein werde, war mir früh klar. Mit zwölf schwärmte ich für unseren Klassensprecher Chris, mit fünfzehn für den Nachbarsjungen zwei Häuser weiter und mit achtzehn für meinen Biologielehrer. Es blieb jedoch bei den Schwärmereien. Die Sache mit Kai war meine einzige ernsthafte Beziehung. Obwohl die Geschichte nun zwei Jahre her ist, und ich seitdem unzählige Männer in meinem Bett hatte, tut die Erinnerung an Kai manchmal immer noch weh. Um mich von diesem Schmerz abzulenken, der in einsamen Stunden immer noch an die Oberfläche dringt, treffe ich mich jedes Wochenende mit einem anderen Mann – und spiele Fußball!

Es war Markus' Schnapsidee, mich eines Tages mit zum Training zu schleifen. Ich wollte eigentlich bloß zuschauen, doch das ließ er mir nicht durchgehen. Nachdem Markus durch seinen letzten Streit mit seinem Stiefvater seinen Ruf als Casanova an den Nagel gehängt hat, spielt er in der Hochschulsport-Mannschaft unserer Uni.

Beim ersten Training konnte ich kaum gegen die Sportstudenten bestehen, da ich trotz meines schlanken Körpers noch nie besonders sportlich gewesen bin. Dafür bin ich wegen meiner geringen Körpergröße ziemlich flink, sodass ich gut an den Reihen der Verteidigung vorbeikomme. Dennoch kann ich wenig zu einem Sieg beitragen, vor allem, weil ich ewig nicht mehr beim Training gewesen bin. Kurz denke ich über das bevorstehende Spiel nach, dann kommt mir eine Idee.

»Hast du ihn eingeladen?«, will ich wissen und stecke mir das letzte Stück meines Brötchens in den Mund.

»Wen?«, fragt Markus zurück, wohlwissend, wen ich meine.

»Na wen wohl. Stell dich doch nicht blöd. So einen niedlichen, blonden Kerl. Ungefähr meine Größe mit verdammt schönen blauen Augen«, rufe ich ihm ins Gedächtnis. »Wenn mich nicht alles täuscht, heißt er Julian und steht auf dich.«

Markus verschluckt sich an seinem Brötchen und muss husten. Er spült mit Kaffee nach, um den Hustenanfall zu stoppen. »Tut er nicht«, sagt er hastig, doch seine Augen verraten ihn. Bei der Erwähnung seines Namens beginnen sie erneut zu funkeln wie warmer Bernstein. Es wäre schön, wenn er seine Gefühle zulassen würde, statt sie vehement zu verleugnen. Durch den Ärger, den er in der Vergangenheit durch seine Homosexualität hatte, fällt es ihm nicht leicht, sich einzugestehen, dass ihn Julian total aus den Socken haut.

»Und ... kann schon sein«, murmelt er in seinen Kaffeebecher, als er meinem herausfordernden Blick nicht mehr standhalten kann.

»Was?«, hake ich nach.

»Vielleicht habe ich das Spiel kommenden Samstag in seiner Gegenwart erwähnt.« Markus schiebt seinen Teller weg und erhebt sich, ohne auch nur ein halbes Brötchen gegessen zu haben.

»So, ich werde jetzt eine Runde durch den Park joggen, um den Kopf freizubekommen. Außerdem brauche ich eine bessere Kondition, wenn wir nicht verlieren wollen. Du solltest diese Woche wirklich zum Training erscheinen, Phil«, erklärt er streng und verlässt den Raum, ohne meine Antwort abzuwarten. Genervt verdrehe ich die Augen. Markus und sein Fußball! Wir werden auch so verlieren, egal wie viel ich trainiere. Statt mir darüber weitere Gedanken zu machen, trinke ich meinen Kaffee leer, schnappe mir das angebissene Brötchen von Markus' Teller und verziehe mich in mein Zimmer an den Laptop.

Kapitel 12

»Alter, ich kann nicht mehr!«, lallt Paul neben mir, während er sich an meiner Schulter abstützt. Gemeinsam mit meinen Freunden wanke auch ich mehr, als dass ich gehe aus dem *Delta Club*, in dem wir unseren Fußballsieg feierten. Seit meinem Imagewechsel bin ich viel offener geworden, sodass ich mich mit einigen meiner Kommilitonen sehr gut angefreundet habe. Julians Kumpel Tim, der sich an meiner anderen Seite eingehakt hat, lacht leise vor sich hin. Auch er ist betrunken.

Irgendwie ist Julians Kumpel ganz niedlich. Und wenn ich meinem Instinkt trauen kann, dann ist er ebenfalls nicht so hetero, wie es den Anschein hat. Zwar hat er eben im Club einigen der Frauen tief in den Ausschnitt geschaut, aber mir sind auch seine Blicke auf meinen Hintern nicht verborgen geblieben.

Dass wir heute Nachmittag tatsächlich gegen die andere Mannschaft gewonnen haben, habe ich zu Beginn des Spiels nicht vermutet. Aber Markus war als unser Stürmer in Topform, was vermutlich auch Julian zu verdanken ist. Der Kleine saß tatsächlich mit seinem besten Freund Tim unter den Zuschauern und feuerte uns an, nachdem das Spiel begonnen hatte. Nach unserem Sieg konnte ich Julian und Tim überreden, gemeinsam mit weiteren Freunden vom Fußball noch in eine Cocktailbar in der Innenstadt zu fahren, um ein wenig zu feiern. Ich hoffe, dass Markus und Julian sich dabei ein bisschen näherkommen, und es funktioniert tatsächlich. Zumindest glaube ich das, denn mein Mitbewohner ist gemeinsam mit Julian in der Bar geblieben, als wir anderen verkündet haben, weiter durch die Clubs ziehen zu wollen. Ich bin gespannt, was ich morgen früh aus ihm herausbekommen werde, soweit Markus überhaupt in der WG übernachten wird. Von Tim weiß ich, dass Julians Mutter über das Wochenende zu ihrem Freund nach Köln gefahren ist und somit nicht zu Hause ist.

Paul stolpert gegen mich, sodass ich zur Seite wanke. Alkohol hat der Kerl noch nie wirklich vertragen, doch dieser Umstand hindert ihn nie daran, einfach weiter zu trinken. Das habe ich bereits bei der letzten Studentenparty mitbekommen, die die Jungs vom Hochschulsport veranstaltet haben.

»Weichei«, kommentiere ich Pauls Aussage mit einem schiefen Grinsen, während dieser sich bereits von mir abwendet und sich wie ein Affe an meinen Kommilitonen Heiko klammert. Ich habe zwar genauso viel getrunken wie die anderen Jungs, doch weil ich so viel getanzt habe, fühle ich mich um einiges besser. Außerdem sorgt die kühle Nachtluft dafür, dass sich der Nebel in meinem Kopf lichtet. Die anderen haben sich den ganzen Abend an der Bar einen Spaß draus gemacht, Tim abzufüllen. Ich schaue zur Seite, betrachte Tim, der neben mir her stolpert. Der arme Kerl wird morgen einen mordsmäßigen Kater haben, da bin ich mir sicher.

»Wollen wir noch weiterziehen?«, fragt er und sieht mich an. Skeptisch ziehe ich die Augenbrauen zusammen. In seinem Zustand lässt ihn doch niemand mehr in einen Club.

»Lass stecken«, brummt Paul. »Ich kann mich kaum auf den Beinen halten.«

»Und ich bringe diese Saufnase nach Hause«, schaltet sich Heiko ein. »Wir sehen uns Montag in der Uni.« Mit Heiko habe ich einige Vorlesungen zusammen, da er Germanistik als Zweitfach belegt hat. Außerdem sind wir uns schon häufig in der Bibliothek über den Weg gelaufen und ins Gespräch gekommen, weil wir dieselben Bücher ausleihen wollten. In den letzten zwei Jahren ist er mir wirklich ans Herz gewachsen.

Grübelnd lege ich meine Stirn in Falten. Eigentlich hätte ich schon Lust, noch im *Blue Heaven* vorbeizuschauen, bin mir jedoch nicht sicher, ob ich Tim einen weiteren Club zumuten kann. Weil er mich jedoch immer noch angrinst, gebe ich mich geschlagen und verabschiede mich von meinen Freunden, die eine andere Richtung einschlagen.

»Viel Spaß euch beiden«, sagt Heiko und winkt zum Abschied. »Aber pass auf, welchen Kerl du heute abschleppst!«

Lachend schüttele ich den Kopf, dann schnappe ich Tim am Arm, der sich bereits ziemlich tief über meine Schulter beugt, und führe ihn zur nächsten Straßenbahnhaltestelle. An der Uni habe ich mich kurz nach meiner Trennung zu Kai geoutet, die Jungs vom Fußball und meine Kommilitonen wissen über meine Homosexualität Bescheid und niemanden stört es. In der Zwischenzeit bin ich viel mutiger geworden, was zum

Teil auch meinem veränderten Aussehen zu verdanken ist. Mein neuer Look hat mir eine gehörige Portion Selbstbewusstsein verschafft.

Als die Straßenbahn kommt, helfe ich Tim hinein und dirigiere ihn auf eine Bank, setze mich neben ihn. Die nächsten zwanzig Minuten kann er sich an meiner Schulter ausruhen, ehe wir weiter feiern werden.

***

Tim an den Türstehern vorbei zu schleusen ist einfacher als gedacht. Glücklicherweise hat Dieter Schicht, mit dem ich schon vor Ewigkeiten im Darkroom gewesen bin. Sobald wir im Club sind, ziehe ich Tim hinter mir her an die Bar, wo ich für ihn und mich eine Flasche Wasser bestelle, die er widerstandslos austrinkt. Die frische Luft und das kleine Nickerchen, das er in der Straßenbahn gehalten hat, sorgten dafür, dass er wieder ein wenig nüchterner ist als noch vor einer halben Stunde. Während ich ebenfalls von meinem Wasser trinke, sieht Tim sich neugierig und mit großen Augen im Club um. Lächelnd lehne ich mich gegen den Tresen.

»Na, gefällt's dir hier?«, frage ich ihn.

Er nickt langsam. »Tolle Musik«, ist alles, was er hervorbringen kann, weil sich gerade ein Mann an seine Seite lehnt und wie zufällig sein Knie berührt. Sofort schenke ich dem Fremden einen bösen Blick und lege meinen Arm um Tims Schulter. Der andere versteht den Wink und bringt Abstand zwischen uns. Tim entspannt sich in meiner Umarmung, sodass ich den Arm runter nehme. »Und interessante Besucher«, setzt er hinterher.

»Noch nie in einem Schwulenclub gewesen?«, frage ich ihn mit wackelnden Augenbrauen. Er schüttelt den Kopf. Mein Gesicht wird ernst, und ich lehne mich zu ihm vor, bis sich unsere Nasenspitzen fast berühren. Tim gefällt mir, weshalb ich wissen will, woran ich bei ihm bin.

»Bereust du es, hergekommen zu sein?«, raune ich ihm ins Ohr.

Wieder schüttelt er den Kopf und hält meinem Blick stand.

»Sehr gut.« Ich winke den Barkeeper zu uns.

»Was darf ich euch bringen?«, fragt der blonde Mann und zwinkert mir zu. »Für dich das Übliche, Phil?«

Da ich fast jede Woche hier bin, kennen wir uns gut. Bis auf seinen Vornamen, der ebenfalls Kai lautet und mich zu Beginn stets an meinen Ex erinnert hat, ist der Typ echt in Ordnung und sogar total lustig. Ich nicke ihm zu.

»Für mich Tequila«, sage ich, »und Tim hätte gern noch eine Flasche Wasser.« Seit ich regelmäßig ins Blue Heaven gehe, halte ich mich nicht ausschließlich an Bier. Den einen oder anderen Shot vertrage ich mittlerweile, jedoch achte ich darauf, nicht direkt über die Stränge zu schlagen.

»Hey, ich will auch Tequila!«, protestiert mein Begleiter und boxt mir gegen die Schulter. Der Barkeeper lacht, dann holt er zwei Schnapsgläser unter dem Tresen hervor und füllt sie mit dem Alkohol, ehe er sie zu uns rüberschiebt.

»Hier. Die gehen aufs Haus«, meint er lachend. »Aber pass auf dein Date auf, Phil. Der Kleine sieht aus, als würdest du mit ihm keinen Spaß mehr haben, sollte er seine Grenzen nicht kennen. Nicht, dass er dir im Darkroom vor die Füße kotzt.«

»Danke für deinen fachmännischen Rat«, entgegne ich mit schiefem Grinsen. »Aber er ist kein Date, sondern nur ein Kumpel, der mich spontan begleitet. Wir tanzen bloß eine Runde, dann hauen wir wieder ab.« Ich habe eigentlich noch nicht einmal mit dem Gedanken gespielt, Tim als ein mögliches Date zu betrachten. Eigentlich wollte ich mit ihm den Abend ausklingen lassen, statt ihm gleich an die Wäsche zu gehen. Doch selbst dem Barkeeper scheint mein Ruf hier nicht verborgen geblieben zu sein.

»Date?«, krächzt Tim neben mir.

Erneut wende ich mich ihm zu, reiche ihm dabei eins der Schnapsgläser. »Keine Sorge, er wollte dich nur ein bisschen aufziehen, weil du hier neu bist. Ich werde dich nicht anrühren, außer du bittest mich darum«, sage ich in lockerem Ton, behalte ihn dabei jedoch genau im Auge. Irritiert krallt er seine Finger fest um das Schnapsglas mit dem Tequila. Es dauert einen Moment, dann lockert er die Schultern und schenkt mir ein Lächeln.

»Okay«, meint er bloß und kippt den Alkohol hinunter. Vorsichtig lege ich ihm die Hand aufs Knie, und als er sich nicht gegen die Berührung wehrt, atme ich erleichtert aus. Seine Nähe tut mir irgendwie gut. Keine Ahnung, ob es vielleicht nur am Alkohol oder der Atmosphäre hier liegt, aber er sorgt dafür, dass meine Rastlosigkeit, die ich sonst immer empfinde, für einen

Moment verschwindet. Die Wärme seines Körpers dringt durch den Stoff seiner Hose und überträgt sich auf meine Finger, breitet sich den Arm hinauf bis zu den Haarspitzen aus. Unwillkürlich erschaudere ich. Die Befangenheit, die uns beide kurz erfasst hat, löst sich binnen weniger Sekunden auf und plötzlich müssen wir wie auf Kommando lachen. Mit Tim Sex haben zu wollen kommt mir so absurd vor, dass ich über mich selbst den Kopf schütteln muss.

Ich bestelle uns weitere Drinks, die wir alle nacheinander trinken, während wir uns über alles Mögliche unterhalten. Hier an der Bar ist es zwar immer noch laut, doch nicht so schlimm wie mitten auf der Tanzfläche. Der Alkohol lockert unsere Zungen, und ich fühle mich so entspannt wie lange nicht mehr. Tim erzählt mir von seiner Bisexualität, bisher hat er jedoch kaum Erfahrungen mit Männern gemacht. Ich berichte ihm von meinem letzten One-Night-Stand, und dass es mit Männern eigentlich nicht viel anders ist als mit Frauen. Zwar hatte ich noch nie Sex mit einer Frau, doch wir sind alle Menschen, also warum einen Unterschied machen?

Die Musik ist gut, die Nacht schreitet voran, und ich genieße Tims Gesellschaft und die Aussicht auf die tanzenden Männer auf der Tanzfläche. Plötzlich wird mein Blick von einem Mann eingefangen, der in unserer Nähe mit jemandem knutscht. Sogleich versteife ich mich und mein Inneres zieht sich zusammen. Immer, wenn ich ihn im *Blue Heaven* sehe, ist es ein Schock für mich. Kai.

Ich habe meinen Ex geliebt – und er hat mich sehr verletzt. Eine eisige Faust schließt sich um mein Herz. Leider hat Kai immer noch eine anziehende Wirkung auf mich, obwohl ich eigentlich glaube, endlich über ihn hinweg zu sein. Zu blöd, dass es ihm nicht so geht.

»Hey, was ist los?«, fragt Tim und reißt mich aus meiner Starre. Er folgt meinem Blick zu Kai, dann sieht er mich eindringlich an. Unter seiner Musterung kann ich nicht anders, als ihm die Wahrheit zu erzählen. Bisher kennt nur Markus die Geschichte über Kai und mich, meine anderen Freunde wissen bloß wenige Details über meine vergangene Beziehung.

»Das ist mein Ex«, presse ich hervor und schlucke der Kloß in meinem Hals hinunter. »Es ist echt schon lange her, aber ich kann ihn einfach nicht vollends vergessen. Dieser Mistkerl hat sich in mein Herz gebrannt, obwohl ich mit allen Mitteln versucht habe, die Erinnerung an ihn mit anderen Männern zu überdecken. Leider erfolglos. Und wenn ich ihn mit anderen Typen hier sehe ... Es ist echt hart.«

»Und warum gehst du dann weiter hierher, wenn du Gefahr läufst, auf ihn zu treffen?«, will Tim ernst wissen.

Ich zucke die Achseln. »Vermutlich, um mir zu beweisen, dass es mir irgendwann nichts mehr ausmachen wird? Keine Ahnung ...«

Tim schaut noch einmal zu Kai rüber, der sich eng an den anderen Mann schmiegt und sich zum Takt der Musik bewegt. Dann springt er vom Hocker und ergreift meine Hand.

»Wir sind zum Feiern hergekommen, oder? Dann lass uns tanzen und Spaß haben«, fordert er mich auf. Tim hat recht. Ich sollte mich nicht so sehr von Kai beeinflussen lassen und Spaß haben. Also folge ich ihm auf die Tanzfläche, lege meine Arme um seinen Hals und lächle ihn an. Mit seinen achtzehn Jahren ist er gut einen Kopf größer als ich, sodass er neben mir irgendwie erwachsener wirkt. Aber vielleicht ist es auch sein Auftreten, mit dem er diese Selbstsicherheit ausstrahlt, während ich meine wahren Gefühle immer nur hinter einer lustigen Maske verstecke.

»Jetzt schalte deinen Kopf aus«, raunt er mir ins Ohr. Ich lehne meinen Kopf gegen seine Brust, schließe für einen Moment die Augen und atme tief ein. Versuche, mich auf den rhythmischen Klang seines Herzens zu konzentrieren, was mir sogar nach wenigen Sekunden gelingt. Ich lausche der Musik, spüre Tims warmen Hände auf meinem Rücken. Während wir uns langsam zur Musik bewegen, drehe ich den Kopf und schiele so unauffällig wie möglich zu Kai rüber, der immer noch mit dem fremden Mann beschäftigt ist. Entsetzt erkenne ich, wie er dem Typen seine Hand hinten in die Hose schiebt. In meinem Magen rumort es, sodass ich fürchte, mich gleich auf der Tanzfläche übergeben zu müssen. Wieso zur Hölle kann ich nicht aufhören, an Kai zu denken? Dieser Typ hat mich verletzt – dennoch sehnt sich mein Herz nach ihm! Ich hasse mich für diese Schwäche.

»Achte nicht auf ihn, Phil. Sieh nicht hin und schau mich an«, meint Tim. Sein heißer Atem streift mein Ohr und als ich seine Zähne sacht an meinem Ohrläppchen spüre, kann ich mich tatsächlich von Kais Anblick losreißen. Er zieht mich näher an sich heran, presst sein Becken gegen meins und schiebt ein Knie zwischen meine Beine. Dann vollführt er eine halbe Drehung, sodass ich keine Chance mehr habe, Kai weiter zu beobachten.

»Vergiss den Typen«, beschwört er mich. »Es wird ein anderer Mann kommen, der für dich alles tun wird, glaub mir. Du musst dich nur gedulden.« Sein fester Griff um meine Hüfte, die bestimmende Art, wie er mich beim Tanzen führt, sorgen dafür, dass sich meine Nervenenden nur noch auf Tim konzentrieren. Ich blende Kai aus, blende meine Umgebung aus und verliere mich in seinen braunen Augen, die im Licht der Discokugeln leuchten. Wärme breitet sich in meinem Inneren aus, mein Herz flattert auf einmal aufgeregt in meiner Brust. Und als Tim seinen Kopf senkt, schließe ich meine Augen erneut. Sein Kuss überrascht mich nicht wirklich, denn ich spürte die Spannung zwischen uns bereits an der Bar. Ich öffne den Mund, seufze leise, als seine Zunge auf meine trifft. Tims Kuss ist fordernd, jedoch ein bisschen unbeholfen. Es gefällt mir, von ihm geküsst zu werden, denn dadurch fühle ich mich besser. Er tröstet mich, sorgt dafür, dass ich den letzten Gedanken an Kai aus meinem Kopf verbanne und nur noch an das Hier und Jetzt denke.

Plötzlich reißt sich Tim von mir los und macht einen Schritt rückwärts, stolpert dabei gegen den Mann hinter sich und wird zurückgedrängt, sodass er erneut in meinen Armen landet. Erst fürchte ich, seine heftige Reaktion ist wegen des Kusses, doch als er sich die Hand vor den Mund hält, kann ich ahnen, was gleich passiert.

»Gott ... ich ... ich muss kotzen!«

Das hat mir noch niemand nach einem Kuss gesagt. Ich würde über diese Situation lachen, wenn ich nicht gerade panisch versuchen würde, Tim so schnell wie möglich durch den vollen Club zu den Toiletten zu zerren. Gerade noch rechtzeitig schaffen wir es in eine freie Kabine, ehe er auch schon den gesamten Mageninhalt von sich gibt. Röchelnd hängt er über der Kloschüssel. Ich hocke mich neben ihn und streiche ihm mitfühlend über den Rücken.

»Lass alles raus, dann geht's dir besser«, sage ich leise und warte geduldig, bis er sich hustend erhebt und aus der Kabine torkelt. Mit einer Hand stütze ich Tim und führe ihn zum Waschbecken, damit er sich den Mund ausspülen kann.

»Sorry«, murmelt er leise, lehnt seinen Kopf gegen meine Schulter und atmet heftig gegen mein Shirt. Sein Atem kitzelt meinen Hals. Beruhigend lege ich meine Arme um ihn.

»Ist doch nichts passiert, alles okay. Es ist vielleicht besser, wenn ich dich nach Hause bringe. Was hältst du davon?«

Tim nickt langsam. Das reicht mir als Zustimmung.

***

Ich schlage die Augen auf und starre an die weiße Zimmerdecke. Keine Ahnung, wie spät es ist, aber lautes Knallen und Krachen in der Wohnung haben mich geweckt. Stöhnend richte ich mich auf und fasse mir mit der Hand an den schmerzenden Kopf. Alles um mich herum dreht sich, sodass der Gedanke, mich ins Bett zu legen und zu schlafen, unglaublich verlockend ist. Doch der Krach, der dumpf durch meine geschlossene Zimmertür dringt, weckt meine Neugier. Ächzend krame ich in meiner Nachttischschublade nach Aspirin und nehme eine, ehe ich mich auf die Bettkante setze. Ein Blick auf mein Handy verrät mir, dass es noch ziemlich früh ist. Außerdem habe ich eine ungelesene Nachricht von Tim. Doch zuerst sollte ich nachsehen, wer unsere Wohnung zu Kleinholz verarbeitet.

Müde schleppe ich mich aus dem Zimmer und folge den Geräuschen, die aus Markus' Zimmer kommen. Wie es gestern wohl mit Julian gelaufen ist? Neugier breitet sich in mir aus. Doch ehe ich an seine Tür klopfen kann, wird diese mit einem Ruck aufgerissen und ein völlig übernächtigter Markus taucht vor mir auf. Er sieht entsetzt aus, denn vermutlich hat er nicht mit meiner Anwesenheit gerechnet. Markus dachte wohl, ich würde wie üblich bei irgendeinem Kerl übernachten und erst am Nachmittag zurückkommen. Ich mache einen Satz nach hinten, als er auch schon mit einer Reisetasche in der Hand an mir vorbeirauscht.

»Markus? Wo willst du denn hin?«, frage ich verwirrt und gehe ihm nach. Er wendet sich zu mir, fährt sich mit den Händen durchs Haar, sodass es ihm nur noch wirrer vom Kopf steht als zuvor. Sein Gesichtsausdruck wechselt von gehetzt zu gequält, sodass ich meine Übelkeit und Kopfschmerzen schlagartig vergesse. Tiefe Schatten liegen unter seinen rot unterlaufenen Augen. Der Dreitagebart und der müde Ausdruck in seinem Gesicht lassen ihn älter als die dreiundzwanzig Jahre aussehen. Jetzt erst bemerke ich, dass er seine Motorradkleidung trägt. Ohne mir zu antworten, schultert er die Reisetasche.

»Moment, was ist los?«, frage ich erneut und greife nach seinem Arm, doch er schüttelt meine Hand mühelos ab.

»Nichts ... Gar nichts. Ich brauche nur etwas Abstand, das ist alles«, gibt er tonlos zurück, sieht mich dabei nicht an.

Er lügt, das spüre ich sofort!

Als er die Wohnungstür öffnet, mache ich einen Satz nach vorn und stelle mich ihm in den Weg. Etwas stimmt hier nicht, und ich lasse ihn bestimmt nicht gehen, bevor er nicht mit mir gesprochen hat. Bedrohlich baue ich mich vor meinem besten Freund auf, in der Hoffnung, ihn aufhalten zu können. Er drängt sich an mir vorbei, doch ich packe ihn erneut am Arm.

»Mensch, Phil, lass mich in Ruhe!«, fährt er mich an, drängt sich an mir vorbei und schiebt mich dabei einfach zur Seite. Die Schärfe in seiner Stimme lähmt mich für den Bruchteil einer Sekunde. Das genügt ihm, um sich einen Vorsprung zu verschaffen. Ich komme zu mir, sehe ihm nach und mein Herzschlag beschleunigt sich. Kopflos nehme ich gleich zwei Stufen auf einmal hinab durchs Treppenhaus, beuge mich am ersten Treppenabsatz übers Gelände und sehe, wie Markus bereits die Eingangstür hinter sich schließt. Hastig stürzte ich ihm hinterher.

»Wieso rennst du davon? Was ist gestern Abend passiert, vor dem du flüchten musst?«, rufe ich ihm nach, als ich barfuß in den Hof renne. Doch Markus hört meine Worte nicht mehr. Er sitzt bereits auf seinem Motorrad und tritt aufs Gaspedal.

»Warte!« Noch ehe ich ihn erreichen kann, fährt er davon.

Zischend entweicht die Luft aus meinen Lungen, und ich fahre mir verzweifelt mit den Händen übers Gesicht. Scheiße, was war das denn? Eine Weile bleibe ich reglos im Hof stehen, sehe in die Richtung, in die Markus verschwunden ist. Erst als ich zu frieren beginne, erwache ich aus meiner Starre. Mir ist gar nicht aufgefallen, dass ich nur in Boxershorts hinausgerannt bin. Sofort gehe ich zurück zum Wohnhaus, doch als ich an der Klinke rüttle, bleibt diese verschlossen.

»Ach, das ist doch scheiße!«, entfährt es mir. Meinen Wohnungsschlüssel habe ich oben vergessen. Kann ein Sonntag noch schlimmer beginnen? Erst ergreift mein bester Freund Hals über Kopf die Flucht, und nun stehe ich auch noch halb nackt vor verschlossenen Türen. Gänsehaut überzieht meinen Körper, und ich schlinge zitternd die Arme um meine Schultern. Eine ältere Dame auf der gegenüberliegenden Straßenseite starrt mich mit missbilligendem Blick an, doch als ich sie frech angrinse, geht sie schnell weiter. Seufzend drücke ich auf einen beliebigen Klingelknopf und hoffe, dass mich jemand der Nachbarn reinlässt.

Kapitel 13

Am Montag komme ich in der Uni nur schlecht mit, weil ich in Gedanken immer nur bei Markus bin. Obwohl ich ihm mehrere Nachrichten geschickt habe, hat er sich nicht bei mir gemeldet. Sobald ich ihn anrufen wollte, sprang direkt die Mailbox an. Sein Verhalten bereitet mir Bauchschmerzen. Ich kenne Markus gut, in den letzten drei Jahren sind wir die besten Freunde geworden. Es muss am Samstag etwas Schlimmes passiert sein, anders kann ich mir seine überstürzte Flucht nicht erklären. Ob es wegen Julian ist? Oder ist es wegen seines Stiefvaters? Ich weiß nicht einmal, wohin er gefahren ist. Selbst unsere Freunde vom Fußball wissen keinen Rat, was mit Markus los sein könnte.

Nachdem ich den Vormittag irgendwie hinter mich bringe, schleppe ich mich müde zurück zur Wohnung. Zu Hause stelle ich mir eine Fertiglasagne in die Mikrowelle und verziehe mich mit meinem Mittagessen auf die Couch. Desinteressiert zappe ich durchs Fernsehprogramm und stochere in meinem Essen, doch mein Appetit lässt zu wünschen übrig.

Als es plötzlich an der Tür klingelt, lasse ich beinahe den Teller fallen, so hastig springe ich von der Couch. Ich haste in den Flur und betätige den Summer, in der Hoffnung, es könnte Markus sein. Doch als ich öffne, stehen bloß Tim und Julian vor mir. Ich lasse mir die

Enttäuschung darüber nicht anmerken und bitte sie lächelnd herein.

Julian drängt sich an mir vorbei und hastet ins Wohnzimmer, während Tim sich noch im Flur Schuhe und Jacke auszieht. Er scheint es nicht so eilig zu haben wie sein Kumpel. Verwirrt sehe ich Tim an, dieser zuckt jedoch bloß die Achseln.

»Wollt ihr etwas trinken?«, frage ich die beiden, gehe durchs Wohnzimmer in die Küchenzeile und öffne den Kühlschrank.

»Hast du Cola da?«, erkundigt sich Tim. Julian schweigt verbissen.

»Klar doch.« Mit einer Flasche Cola und drei Gläsern gehe ich zurück zu meinem Besuch, stelle alles auf dem Couchtisch ab und setze mich neben Julian, der seine Hände in den Stoff seiner Jeans gekrallt hat. Dass es ihm nicht gut geht, sehe ich an seiner angespannten Körperhaltung. Ihr Besuch hat etwas mit Markus zu tun, da bin ich mir sicher.

»Wo ist Markus und wann kommt er zurück? Warum hat er einfach so sein Praktikum an unserer Schule abgebrochen? Und wieso ist sein Handy aus?«, sprudelt es aus Julian heraus. Er versucht seine Stimme ruhig klingen zu lassen, doch seine Unsicherheit kann er nicht vor mir verbergen.

»Ich habe keine Ahnung. Er hat Sonntagmorgen Hals über Kopf einige Sachen zusammengepackt und ist abgehauen. Ich bin ihm hinterhergerannt und wollte wissen, was passiert ist, aber Markus hat nicht mit mir gesprochen. Sah ziemlich fertig aus, der arme Kerl.« Besorgt runzle ich die Stirn. »Bisher hat er sich auch bei mir noch nicht gemeldet.«

»Und du machst dir da keine Sorgen?«, will Tim wissen. Er sieht ebenfalls besorgt aus. Und mein flüchtiger Blick zu Julian macht klar, dass der Junge kurz vor einem Nervenzusammenbruch steht. Scheiße, was ist am Samstag nur zwischen den beiden vorgefallen, während ich gefeiert habe? Eigentlich habe ich geglaubt, ihnen einen Gefallen zu tun, wenn ich die anderen Jungs von ihnen weglotse ... So ein Drama wie jetzt wollte ich ganz sicher nicht heraufbeschwören.

»Na ja ...«, antworte ich seufzend und streiche mir die Haare aus den Augen. »Manchmal ist er ein bisschen seltsam, aber so durch den Wind habe ich ihn lange nicht mehr erlebt. Leider war ich Sonntag noch ziemlich verkatert, sodass ich Markus nicht wirklich aufhalten konnte, als er mit dem Motorrad davongefahren ist.«

»Es ist meine Schuld ...«, presst Julian hervor und kämpft sichtbar mit den Tränen.

»Woran bist du schuld?«, frage ich so sanft wie möglich, lege meine Hand auf seine, die er immer noch krampfhaft in die Jeans gekrallt hat. Das Zittern ist deutlich zu spüren und sofort habe ich Mitleid mit ihm. So sieht kein Mann aus, der keinerlei Gefühle hat. Julian ist ebenfalls verliebt in Markus ... Ist das der Grund, warum beide in dieser verzwickten Lage stecken? Haben sie überhaupt miteinander darüber gesprochen? Langsam habe ich die Befürchtung, dass noch ziemlich viele ungesagte Worte zwischen Markus und Julian stehen.

»Ich ... er ... Dass er weg ist.« Seine Stimme bricht, er kommt ins Stocken und muss erst einatmen, ehe er weitersprechen kann. »Wir ... er hat mich geküsst und ich … ich war so erschrocken darüber, dass ich ihn von mir gestoßen habe. Aber das wollte ich gar nicht. Er hat mich nur überrascht, weil ich gar nicht vermutet habe, dass er mich mag und … Ich wollte mich bei ihm entschuldigen, aber er ist einfach abgehauen. Seitdem erreiche ich ihn nicht mehr.« Tränen bahnen sich einen Weg über seine Wange. Ein lautes Schluchzen folgt, dann bricht er vollends zusammen, vergräbt sein Gesicht in den Händen und weint.

»O nein, weine doch nicht.« Ich drücke sanft seine Hand, fühle mich hilflos, weil ich nicht weiß, wie ich ihm helfen kann. Die Sache mit dem Kuss hat Julian ziemlich durcheinandergebracht. »Er hat dir dein Herz gebrochen, hm? Ich kann da leider nichts tun, um dich aufzumuntern, weil ich meinen Freund kenne. Es tut mir leid, Julian. Markus hatte es früher nicht immer leicht und neigt deshalb dazu, vor Problemen die Augen zu verschließen und davonzulaufen.«

»Problemen? Ich bin … ein Problem für ihn?« Julian starrt mich aus weit aufgerissenen, verquollenen Augen an.

»Nein, so meine ich das nicht«, versuche ich ihn zu beruhigen. »Es ist eher so, dass er gern alles mit sich allein ausmacht und dabei nicht selten die Menschen, die alles für ihn tun würden, um zu helfen, vergisst. Keine Ahnung, was in seinem Kopf vorgeht. Leider redet Markus nicht oft über seine Gefühle. Ich vermute, dass es ihn ziemlich fertigmacht, sich in einen seiner Schüler verliebt zu haben. Auch wenn es nur ein Praktikum war.«

Schweigend bleiben wir noch eine Weile auf unserer Couch sitzen. Julian hat seinen Kopf an Tims Schulter gelehnt und weint leise vor sich hin, während ich die beiden hilflos betrachte. Noch einmal versuche ich Markus anzurufen, aber es springt erneut nur die Mailbox an. Schöne Scheiße, da hat er wirklich etwas angerichtet!

***

Weil es Julian immer noch sehr schlecht geht, hatte Tim die glorreiche Idee, ihn mit ins *Blue Heaven* zu nehmen. Es ist gar nicht so blöd, den Kleinen auf andere Gedanken zu bringen, weshalb ich mich angeboten habe, sie zu begleiten. Zwar ist Julian noch nicht volljährig, aber da ich gute Kontakte zu den Türstehern habe, wird es kein Problem sein, ihn in den Club zu schleusen.

Top gestylt stehe ich zwischen wartenden Clubbesuchern in der Schlange und halte nach ihnen Ausschau. Als sie näherkommen, begrüße ich sie mit einer freundschaftlichen Umarmung, dann mustere ich Julian mit einem prüfenden Blick.

»Du siehst gut aus. Ich hab's mir ehrlich gesagt viel schlimmer vorgestellt«, sage ich mit einem zufriedenen Nicken, nachdem ich den Kleinen aus meiner Umarmung entlassen habe. Er ist nicht mehr ganz so verheult wie noch vor ein paar Tagen, Tim hat ihm vermutlich ein wenig mit seiner Frisur und dem Outfit geholfen. Unsicher sieht er sich nach allen Seiten um, als wir dem Eingang näherkommen, dann weiten sich seine Augen, Erstaunen und Angst zeichnen sich auf seinem Gesicht ab.

»Das ist doch nicht euer Ernst! Seid ihr total bescheuert? Tim, das hier ist ein Schwulenclub. Hier komme ich doch nie rein. Wir können genauso gut gleich wieder fahren.« Mit vor der Brust verschränkten Armen schaut er zwischen Tim und mir hin und her. Was hat er denn erwartet, wo wir hingehen, um ihn von seinem Liebeskummer zu kurieren? Ich selbst habe mir hier nach der Trennung von Kai oft Ablenkung gesucht. Natürlich schätze ich Julian nicht als einen Mann ein, der sich gleich kopfüber in ein Abenteuer stürzt, dafür ist er viel zu schüchtern und noch unsicher, was seine Homosexualität betrifft. Dennoch schadet es ihm nicht, sich ein paar andere Männer anzusehen, die ebenso ticken wie wir. Leider dreht sich der Kleine abrupt um und will den Rückweg antreten, aber Tim und ich packen ihn an den Armen und klemmen ihn zwischen uns ein, damit er nicht verschwinden kann.

»Ist doch halb so wild. Ich schleuse euch rein, mach dir da keine Sorgen. Hier drin habe ich gute Kontakte«, beruhige ich ihn mit einem Grinsen, als wir fast schon den Türsteher erreicht haben. »Tim war vor Kurzem auch hier, und es hat ihm gefallen.«

»Es ist echt toll im Blue Heaven, vertrau mir«, versucht Tim seinen Kumpel ebenfalls zu überzeugen. »Was spricht gegen ein bisschen Spaß? Ich kann dich nicht mehr so traurig sehen, Mann. Du musst auf andere Gedanken kommen. Markus hat dir so das Hirn vernebelt, dass du nichts anderes mehr wahrnimmst in deinem Liebeskummer. Vergiss ihn für einen Abend und amüsiere dich. Ich war letzte Woche mit Philipp hier. Die Musik ist klasse.«

Die anderen Besucher vor dem Eingang schauen zu uns herüber, einige lachen oder machen blöde Scherze, weil wir so lange brauchen. Also lege ich Julian den Arm um die Schultern und drängele mich nach vorn zum Türsteher. Nach einem kurzen Gespräch mit Dieter, der Julian und Tim erst nicht reinlassen will, kommen wir doch endlich in den Club. Sofort bringe ich die beiden an die Bar, um ihnen etwas zu trinken zu spendieren. Nach einigen Shots merke ich, wie sich Julian sichtlich entspannt. Er wippt sogar mit dem Fuß zur Musik. Als eins meiner Lieblingslieder aus den Boxen dröhnt, kann ich nicht länger an der Bar sitzen.

»Komm, lass uns tanzen gehen«, fordere ich Tim auf und springe vom Barhocker. »Kommst du auch mit?«

Julian schüttelt entschieden den Kopf. »Geht nur. Ich bleibe hier. Habe noch keine Lust zu tanzen.«

Ich zucke die Achseln und ziehe Tim mit mir auf die Tanzfläche, jedoch nicht ohne den Barkeeper mit Blicken zu signalisieren, auf Julian aufzupassen.

»Keine Sorge, ich habe ein Auge auf den Kleinen«, beruhigt mich der Barmann zwinkernd. Gemeinsam mit Tim verschwinde ich zwischen den schwitzenden Körpern anderer Männer. Der Song durchdringt mich, sodass ich lauthals mitsinge, während ich mich eng an Tim schmiege und die Hüften kreisen lasse. Ich liebe es zu tanzen, und es macht besonders viel Spaß mit jemandem wie Tim. Er ist total locker drauf, geht sofort auf meinen Rhythmus ein, ohne sich gleich etwas auf meine Annäherung einzubilden. Die meisten Männer hier sind nur auf das eine aus, was ich nachvollziehen kann, doch ab und an brauche ich körperliche Nähe, ohne mit demjenigen gleich im Darkroom verschwinden zu wollen.

Wir bleiben noch zwei weitere Songs auf der Tanzfläche, als ich plötzlich Julian erkenne, der etwas abseits von uns auftaucht. Er redet mit einem dunkelhaarigen, deutlich älteren Mann. Abwartend beobachte ich ihn. Hat wohl doch Lust zu tanzen bekommen und sich direkt jemanden dafür geschnappt. Einen guten Geschmack hat der Kleine, das muss ich ihm lassen. Zwar kann ich den Mann nicht gut erkennen, weil er mir mit dem Rücken zugewandt steht, doch was ich sehen kann, spricht mich definitiv an. So jemand wäre mir doch bestimmt früher aufgefallen ... Ob es für den Fremden das erste Mal im *Blue Heaven* ist?

Tim mache ich vorerst nicht auf die beiden aufmerksam, um Julian ein bisschen Freiraum zu geben. Vielleicht braucht er gerade wirklich etwas Abstand und Bestätigung eines anderen Mannes, um sich von seinem Liebeskummer abzulenken. Trotzdem bemerkt mein Tanzpartner gleich, dass ich mich nicht mehr so stark auf seine Bewegungen konzentriere, und sieht nun ebenfalls in Julians Richtung.

»Hey, wer ist das denn?«, fragt er und will bereits seinem Kumpel zur Hilfe eilen, doch ich halte ihn am Arm zurück.

»Lass ihn doch erst mal Luft holen«, raune ich Tim zu und schlinge sogleich meine Arme um seinen Hals, damit er sich nicht so schnell von mir lösen kann. »Es ist nicht verkehrt, wenn er in Kontakt mit anderen Männern kommt, die Interesse an ihm zeigen. Vielleicht stärkt es ja sein Selbstbewusstsein, wo er doch wegen Markus' Flucht so am Boden ist.«

Besorgt schaut Tim zu Julian rüber, hört jedoch auf meine Worte. Also tanzen wir noch einen Moment, ohne den anderen jedoch aus den Augen zu lassen. Scheint, als würde sich Juli gut amüsieren, denn nun tanzt er eng umschlungen mit dem dunkelhaarigen Fremden. Erstaunt reiße ich die Augen auf, als ich mitbekomme, wie sich die beiden küssen. Sie stehen in einer engen Umarmung, und es scheint mir, als würde Julian diesen leidenschaftlichen Kuss genießen. Ich will schon triumphierend lachen, weil unser Plan mit der Ablenkung erfolgreich gewesen ist, als plötzlich Bewegung in den Kleinen kommt. Ehe ich mich versehe, rauscht er dicht an uns vorbei zum Ausgang des Clubs.

»Scheiße, was war das denn?«, raune ich Tim irritiert zu. Dieser will seinem Kumpel sofort hinterhereilen, doch ich halte ihn erneut auf. Etwas in Julians Gesicht macht deutlich, dass er lieber allein sein will. Vielleicht sollten wir den Fremden fragen, was vorgefallen ist? Glücklicherweise hat Tim diesen leidenschaftlichen Kuss zwischen den beiden nicht bemerkt, denn er scheint einen ausgeprägten Beschützerinstinkt zu haben, wenn es um Julian geht. Doch dass es zu einem Kuss gekommen ist, darüber bin ich mir sogar verdammt sicher. Ich habe es kurz aus dem Augenwinkel erkennen können – und warum sonst hätte der Kleine sogleich das Weite suchen sollen? Der Fremde fährt sich mit dem Zeigefinger über die Lippen und sieht nun direkt zu uns, weil Julian an uns vorbeigelaufen ist. Tim befreit sich aus meinem Griff und stürmt auf den Mann los. Mit einem Ruck reißt er ihn an der Schulter herum, sodass er ihn direkt ansehen muss. Auch ich geselle mich nun zu ihnen, um einen möglichen Streit zu schlichten.

Tim ruft dem Fremden etwas zu, doch seine Worte werden von der lauten Musik verschluckt. Der Mann wirkt ziemlich überrumpelt, da er mit keinem Angriff gerechnet hat. Sofort gehe ich dazwischen, denn ich möchte so viel Ärger wie möglich vermeiden. Wenn die Türsteher auf uns aufmerksam werden, fliegen wir aus dem Club. Hausverbot will ich möglichst umgehen.

»Gar nichts«, erwidert der andere verwirrt. »Ich habe ihn zu nichts gezwungen. Wir haben nur getanzt und –«

»Das soll ich dir glauben?! Wieso ist Juli dann abgehauen?«

Beruhigend lege ich Tim die Hand auf die Schulter. »Hey, lass gut sein. Julian geht's sicher gut. Ruf ihn doch einfach an und sprich mit ihm, ehe du hier einen Streit vom Zaun brichst.«

Schnaubend zieht er sein Smartphone aus der Hosentasche und starrt einen Moment drauf, eh er es wegsteckt.

»Julian hat geschrieben. Er ist müde und auf dem Weg nach Hause. Wir sollen uns keine Sorgen machen ...«

»Siehst du! Was habe ich gesagt? Kommt, lasst uns etwas trinken«, schlage ich vor, ergreife dabei Tims Arm und ziehe ihn in Richtung Bar. Auch dem Fremden werfe ich einen Blick zu, der ihm bedeuten soll, uns zu folgen. Achselzuckend kommt er hinter uns her.

***

Der Fremde stellt sich als Simon vor. Er steht etwas abseits von uns, schaut dabei in sein Colaglas. Ich bot ihm mehrmals an, ihm einen Drink auszugeben, doch er lehnte dankend ab. Ob er gar keinen Alkohol trinkt? Tim hingegen kippt sich einen Tequilashot nach dem anderen hinter die Binde, was mir irgendwie etwas Sorgen bereitet. Hat er etwa keine Angst, noch mal kotzend auf dem Klo zu enden, wie bei seinem ersten Besuch hier? Ehe ich ihn stoppen kann, kommt Simon mir zuvor. Denn als Tim weiteren Alkohol ordern will, schüttelt er bloß leicht den Kopf und legt ihm die Hand auf die Schulter.

»Hast du nicht genug für heute?«, fragt er ihn ernst.

Tim realisiert jetzt erst, dass er angesprochen wird. Sein Kopf ruckt herum, dann schüttelt er Simons Hand ab. »Ich kann so viel trinken, wie ich will«, beschwert er sich, lässt die Hand jedoch sinken, mit der er eben noch dem Barkeeper zuwinken wollte. Simon zuckt die Achseln.

»Wollte nur helfen, Mann.«

Tim sieht an ihm vorbei, stützt dabei sein Gesicht in die Handflächen. Ich sitze auf dem Hocker neben ihm und habe diese Szene bisher schweigend verfolgt. Überhaupt habe ich nicht viel gesagt, seitdem sich Simon zu uns gesellt hat. Bis auf die Namensvorstellung und die kurze Klärung des Missverständnisses wegen Julian haben wir kein Wort miteinander gewechselt.

Verstohlen mustere ich sein Profil von der Seite, muss mich dabei am Tresen etwas vorbeugen, um an Tim vorbeischauen zu können. Simon unterhält sich mit dem Barkeeper und nimmt keine Notiz von mir, sodass ich seine Gesichtszüge ausgiebig betrachten kann. Für einen Mann hat er eine sehr schmale Nase und weiche Lippen. Sein markantes Kinn und die hohen Wangenknochen werden von einem dunklen Bartschatten bedeckt. Seine dunkelbraunen, ausdrucksstarken Augen sind mir sofort aufgefallen. Vermutlich konnte Julian seinen Wunsch zu tanzen, nicht ausschlagen, weil Simon eine total sympathische Ausstrahlung hat, die jeden sofort in den Bann zieht.

Ich bin ein wenig überfordert, als er den Kopf dreht und mich offen anlächelt. Es ist eine völlig andere Art von Anziehung, die er auf mich ausübt. Er ist nicht der Typ Sexy-Bad-Boy, mit dem ich mich sonst immer umgebe. Nicht so heiß, dass er mein Verlangen sofort aufheizen würde. Sondern eher der Mann, an den man sich ankuscheln will, nachdem man stundenlang geredet hat. Obwohl es mich verwirrt, warum ich den Blick kaum von ihm lösen kann, ist da noch etwas anderes in meinem Inneren, das plötzlich warm durch meine Adern fließt und meinen Körper weich werden lässt.

Simon trinkt seine Cola aus, schiebt das Glas beiseite und kommt dann langsam auf mich zu. Warum gerade jetzt mein Herz einen aufgeregten Satz macht, weiß ich nicht. Eben noch habe ich in seiner Gegenwart rein gar nichts gespürt, doch jetzt, wo er direkt vor mir steht, wird mir ganz anders zu Mute. Auf dem Hocker sind wir auf Augenhöhe, obwohl ich weiß, dass Simon einen Kopf größer ist als ich. Ich starre ihn stumm an, warte auf eine Reaktion seinerseits, die immer noch ausbleibt. Erst als er kurz zur Tanzfläche und dann zu mir schaut, bricht der Zauber zwischen uns.

»Ich glaube, auf Tim können wir nicht mehr zählen. Er hat sich ins Land der Träume verabschiedet«, meint

Simon mit einem Augenzwinkern. Kurz sehe ich zu Tim rüber. Er scheint tatsächlich einfach im Sitzen eingeschlafen zu sein. Dieser Umstand ist mir gar nicht aufgefallen, weil ich so in Simons Betrachtung versunken war.

»Wollen wir vielleicht noch ein wenig tanzen, ehe ich nach Hause fahre? Ich würde ungern jetzt schon gehen, denn ich mag diesen Song total«, fordert mich Simon auf. Das Lied, das der DJ gerade auflegt, ist auch eins meiner Lieblinge, weshalb ich gar nicht lange überlegen muss und vom Hocker rutsche.

»Passt du auch eine Weile auf Tim auf?«, rufe ich dem blonden Barkeeper zu, der bestätigend nickt. Dann folge ich Simon in einigem Abstand auf die überfüllte Tanzfläche. Er bewegt sich bereits zum harten Technobeat, schließt dabei die Augen und wirft den Kopf lachend in den Nacken. Es macht mir Spaß, ihn beim Tanzen zu beobachten. Seine Euphorie über den Song springt auf mich über, und ich werfe jubelnd die Arme in die Luft.

Plötzlich spüre ich einen Stoß im Rücken. Erschrocken darüber verliere ich das Gleichgewicht und taumle vorwärts, direkt in Simons Arme. Er ist nicht weniger erstaunt als ich, denn seine Augen weiten sich für den Bruchteil einer Sekunde, ehe er mir die Hände auf die Schultern legt, um mich auf Abstand zu halten.

»Alles okay?«, ruft er mir zu. Langsam nicke ich, verwirrt, dass er mich so schnell zurückgedrängt hat. Zwar hat mich der Zusammenstoß überrascht, doch der kurze Augenblick der Nähe war alles andere als unangenehm für mich. Simon unterbricht den Körperkontakt zwar nicht, denn seine Hände ruhen immer noch auf meinen Schultern und schicken kleine Stromstöße durch meinen Körper. Dennoch spüre ich eine Distanz zwischen uns. Es ist seltsam, denn bisher bin ich keinem Mann im *Blue Heaven* begegnet, der mich so offensiv zurückweist, ohne es auszusprechen. Natürlich bin ich nicht der klassische Draufgänger, der mit nur einem Wort jeden Mann um den Finger wickelt, aber durch meine forsche Art bin ich bisher selten leer ausgegangen.

Simon hingegen zeigt mit seinem Verhalten, dass er nicht an mir interessiert ist. Zumindest nicht daran, mit mir für eine schnelle Nummer im Darkroom zu verschwinden. Seine Augen signalisieren unschuldige Sorge anstelle des Verlangens, das ich normalerweise gewohnt bin.

Ich will mich schon enttäuscht und verwirrt von ihm abwenden, als seine Hände sacht über meine Arme hinabstreichen und er sie anschließend um meine Taille legt. Das schnelle Lied ist längst verklungen, langsame Töne dringen zu mir durch. Überrumpelt von dieser Geste, da ich nicht mehr mit dieser plötzlichen Nähe gerechnet habe, versteife ich mich in der Umarmung. Simon legt seine Wange an meine, seine Wärme durchdringt mich und lässt mein Herz wieder aufgeregt hüpfen. Wieso fühle ich mich auf einmal so leicht, als könnte ich einfach davonschweben? Er presst mich fester an seinen Körper, zieht mich noch näher an sich heran.

»Entspann dich. Ich tu dir nichts«, flüstert er mir ins Ohr, sein Atem an meinem Hals jagt mir einen Schauder über den Rücken.

»Aber vielleicht möchte ich ja gerade das?«, entgegne ich heiser. Meine Kehle wirkt staubtrocken, und ich lecke mir über die Lippen. Dann lege ich meine Hände endlich um seinen Hals und entspanne mich in seiner Umarmung. Simon bewegt sich langsam zum Takt der Musik, und ich schließe genießend die Augen, blende dabei alle anderen tanzenden Paar um mich herum aus.

»Dann bist du bei mir an der falschen Adresse, Phil«, raunt mir Simon nach kurzer Pause ins Ohr. Er ist mir so nah, dass sich bei jedem Wort meine Nackenhärchen aufstellen. Seine Worte strafen ihn Lügen, denn seine Hände auf meinem Rücken sprechen eine andere Sprache. Seine Finger tasten meine Wirbelsäule hinauf, spielen mit den dunklen Locken in meinem Nacken und wandern anschließend runter, um kurz über meinem Hintern zu stoppen. Seine Gesten machen mich verrückt, lassen meine Nervenenden verglühen. Er erregt mich auf eine neue, beinahe unschuldige Art, die ich bisher von keinem Mann kenne. Die meisten Männer, einschließlich Kai, haben sich das genommen, was sie wollten. Und es hat mir nie etwas ausgemacht, denn ich kam ebenfalls auf meine Kosten. Dennoch spüre ich nun eine andere Art von Verlangen, die ich bisher nicht gekannt habe.

»Warum?«, frage ich und blicke Simon herausfordernd in die Augen. »Du hast Julian doch auch geküsst. Was ist plötzlich anders?«

»Falsch. *Er* hat *mich* geküsst«, korrigiert er mich, ein amüsiertes Lächeln umspielt dabei seine Lippen. Mir schlägt das Herz bis zum Hals, als ich seinen Mund ansehe. Ihn zu küssen ist gerade ziemlich verlockend.

Also warum sollte ich nicht mein Glück versuchen? Deshalb warte ich nicht länger und presse meinen Mund auf seinen. Der Alkohol in meinem Körper macht mich mutig, denn obwohl ich bisher keine Probleme hatte, auf Männer zuzugehen, spüre ich Simons Zurückhaltung als eine Art Barriere zwischen uns, die ich mit dem Kuss überwinde. Er schiebt mich nicht weg, weicht nicht vor mir zurück, was mich in meiner Tat bestärkt. Fordernd lecke ich mit der Zunge über seine Lippen, taste über seine Mundwinkel. Und als er mit einem leisen Seufzer den Mund ein Stück öffnet, jubele ich innerlich. Sofort schiebe ich meine Zunge hinein und lege mein ganzes Verlangen in den Kuss. Meine Hände vergraben sich in seinem weichen Haar, und er hält mich fester umschlungen, was mir den Boden unter den Füßen wegzieht. Ich beginne zu schweben, mein Herz macht Saltos in meiner Brust, und die Endorphine in meinem Blut sorgen zusätzlich zum Alkohol, dass ich mich unglaublich fühle.

Dieser Kuss ist so anders als alle, die ich noch vor wenigen Tagen und Wochen mit anderen Männern geteilt habe. Selbst Kais Küsse können hier nicht mithalten. Ich spüre die Dynamik zwischen uns, das Geben und Nehmen gleichermaßen. Simon und ich sind uns ebenbürtig, er gibt das zurück, was auch ich in meinen Kuss lege: dieselbe Leidenschaft und Hingabe. Kai und all meine anderen Bekanntschaften hingegen haben immer nur genommen, ohne mir etwas zurückzugeben. Das spüre ich nun deutlich.

Nach einer mir unendlichen Zeit – keine Ahnung, wie viele Songs der DJ in der Zwischenzeit gespielt hat – löst sich Simon sanft von mir. Ich starre immer noch auf seine Lippen, bilde mir ein, dass sie im bunten Licht feucht schimmern. Er lächelt sanft, dann streicht er mir mit einer Hand kurz über die Wange.

»Ich sagte doch, bei mir bist du an der falschen Adresse, wenn es um eine schnelle Nummer geht, Philipp«, raunt er mir ins Ohr, dann macht er einen Schritt rückwärts und wird von der tanzenden Menge verschluckt.

***

Den Rest des Wochenendes verbringe ich wie in Trance. Simons Kuss und seine Worte gehen mir nicht mehr aus dem Kopf. Wäre ich doch nur geistesgegenwärtig genug gewesen, nach seiner Nummer zu fragen! Oder wenigstens nach seinem Nachnamen. Dann könnte ich in den sozialen Netzwerken nach ihm suchen. Doch so stehe ich vor einem unlösbaren Rätsel: Wer ist dieser Kerl und warum zur Hölle hat er mir so den Kopf verdreht? Egal, wie sehr ich über ihn nachdenken oder ihn aus meinen Gedanken verbannen will, sein Lächeln erscheint vor meinem inneren Auge, und ich kann seine Lippen förmlich auf meinem Mund spüren.

»Herr Friedrich?«, höre ich es dumpf.

»Ey Mann, schläfst du jetzt mit offenen Augen?« Heiko stößt mir seinen Ellenbogen in die Rippen, was mich in die Realität zurückversetzt. Erschrocken fahre ich zusammen und reiße die Augen auf. Mein Kumpel lacht auf, als ich in das Gesicht meines Literaturprofessors sehe, der verärgert zu mir hinuntersieht. Wie konnte ich kaum bemerken, dass er an unsere Tischreihe getreten ist?

»Ja?«, bringe ich atemlos hervor und laufe rot an, als ich seinen grimmigen Gesichtsausdruck bemerke.

»Ich hatte Sie vergangene Woche gebeten, Ihren Aufsatz über *Die Leiden des jungen Werther* fertigzustellen, weil ich Ihnen bereits eine Woche Aufschub gewährt habe. Also, Herr Friedrich, haben Sie was für mich?«

Entsetzt starre ich meinen Professor an, kann seinen Worten gerade nicht folgen. Um mich herum höre ich das Gemurmel meiner Kommilitonen, selbst Heiko zieht scharf die Luft ein. Vermutlich denkt er gerade dasselbe wie ich: Ich bin echt am Arsch!

»Ähm, ja ... es ist so ...«, setze ich zu einer Erklärung an. Blöd, dass mir gerade keine Ausrede einfällt, warum ich am Wochenende keine Zeit hatte, den Aufsatz fertigzustellen. »Ähm ...«

»Er hat ihn zu Hause vergessen«, kommt mir Heiko zur Hilfe.

»Genau!«, stimme ich sofort zu. »Ich habe total verschlafen, weil ich ... weil ich vergangene Nacht noch so lange daran gearbeitet habe. Da ich nicht zu Ihrer Vorlesung zu spät kommen wollte, bin ich Hals über Kopf aus der Wohnung gestürmt, ohne meinen Rucksack mitzunehmen.« Unter der Sitzbank trete ich meinen Rucksack mit dem Fuß zur Seite, sodass er unter Heikos Platz rutscht. Mein Professor stemmt die Hände in die Seiten und mustert mich skeptisch. Er glaubt mir nicht, das ahne ich. Dennoch hoffe ich auf Erbarmen, denn sollte ich den Aufsatz nicht rechtzeitig fertigstellen, werden mir die nötigen Leistungspunkte fehlen, die ich für die Prüfungszulassung zum Ende des Semesters brauche.

Mit einem entschuldigenden Lächeln versuche ich ihn gnädig zu stimmen, und es gelingt mir tatsächlich, denn mein Professor seufzt. Dann hebt er den Zeigefinger.

»Sie haben Glück, dass ich heute Abend bereits eine Verabredung habe und keine Zeit, mir den Aufsatz durchzusehen. Morgen früh erwarte ich den Text in meinem Postfach. Punkt acht Uhr, haben wir uns verstanden?«

»Ja, Sie können sich auf mich verlassen«, bestätige ich mit eifrigem Nicken und atme erleichtert aus, als er sich zum Gehen wendet. Ich sinke auf meinem Platz nach hinten und lege den Kopf auf die Tischplatte. So eine Scheiße! Wie soll ich denn bitte an einem einzigen Nachmittag diesen blöden Aufsatz fertig bekommen, mit dem ich noch nicht mal richtig begonnen habe?

Simon ist schuld! Hätte er mich am Samstag im Club nicht so stehen gelassen, hätte ich sicher den Kopf für *Werther* frei, statt mir Gedanken über sein Verhalten zu machen.

»Wenn du möchtest, helfe ich dir«, schlägt Heiko vor und hebt meinen Rucksack vom Boden, den er vor mir auf dem Tisch abstellt. Seinen hat er sich bereits über die Schulter geworfen. Jetzt erst registriere ich, dass wir allein im Hörsaal sind. Traurig hebe ich den Kopf, um Heiko anzuschauen.

»Wie willst du das denn machen? Du hast deinen Aufsatz doch bereits letzte Woche abgegeben, und ich werde mir deinen Text kaum kopieren können, ohne dass es auffällt ... da kann ich die Leistungspunkte vermutlich vergessen«, murmele ich betrübt.

Heiko schüttelt grinsend den Kopf. »Kopieren zwar nicht, aber ich habe den Text noch auf dem Laptop. Sicher fällt dir was ein, um es so umzuschreiben, dass etwas Neues dabei herauskommt. Ich kenne dich, Phil. Du hast eine blühende Fantasie. Wenn du möchtest, komme ich heute nach dem Fußballtraining bei dir vorbei?«

Ich erhebe mich von meinem Platz. »Du rettest mir echt den Arsch, Mann!«, sage ich überschwänglich. Dann heißt es für mich heute pauken. Gut so, dadurch haben die Gedanken an Simon keinen Platz in meinem Kopf.

Kapitel 14

Zum Ende der Woche habe ich immer noch keine Nachricht von Markus und langsam ist sein Verschwinden unheimlich. Er war zwar in der Vergangenheit einige Male weg, wenn er Stress mit seinen Eltern oder irgendwem sonst hatte, aber noch nie so lange. Markus weiß gar nicht, was er Julian damit antut. Vor allem, weil er umzieht und Markus davon nichts weiß! Tim hat mir von diesem Umstand erzählt, als wir kurz nach dem Clubbesuch miteinander telefoniert haben. Ich wollte mich unbedingt nach Julian erkundigen, weil ich mir nach seinem überstürzten Verschwinden wirklich Sorgen gemacht habe.

Ich habe keine Ahnung, ob mein Mitbewohner überhaupt eine von meinen unzähligen Nachrichten gelesen hat. Natürlich habe ich ihm auch von Julians Umzug erzählt. Was der Kleine für Markus fühlt, habe ich jedoch nicht erwähnt. Das muss er selbst herausfinden, denn es wäre unfair von mir, Julian die Entscheidung zu nehmen, ihm seine Gefühle zu offenbaren.

Da ich jedoch genug andere Dinge im Kopf habe, tritt die Sorge um Markus ein wenig in den Hintergrund. Mit Heikos Hilfe habe ich es gerade noch geschafft, meinen Aufsatz abzugeben. Hätte ich mich mehr in die Aufgabe gekniet, hätte ich vermutlich viel mehr aus meinem Text herausholen können. Mein Studium macht mir Spaß, ich liebe deutsche Klassiker und vor allem Goethe und Fontane, doch weil meine Gedanken immer nur zu Simon wanderten, sobald ich auch nur den Versuch machte, mich auf eins meiner Bücher zu konzentrieren, blieb mein Studium die ganze Woche auf der Strecke.

Immer wieder muss ich daran denken, was Simon zu mir gesagt hat. Er sei kein Mann für ein bisschen Spaß. Okay, aber was dann? In dem Moment, in dem wir zusammen getanzt haben, wurde mir klar, dass er eine ungeahnte Anziehungskraft auf mich ausübt. Ich will ihn unbedingt, doch *was genau* ich von ihm will, ist mir nicht klar. Ist es mir bis jetzt nicht. Sind es seine Küsse, nach denen ich mich verzehre? Oder will ich mit ihm schlafen? Dass es mehr als Sex sein könnte, will ich mir einfach nicht eingestehen. Wir kennen uns kaum, haben uns nur kurz gesehen. Das reicht normalerweise für einen Quickie im Darkroom, aber eindeutig nicht für mehr. Denn eine gescheiterte Beziehung reicht mir. Warum also denke ich so lange über Simon nach? Und warum gehen mir seine warmen, braunen Augen nicht aus dem Kopf?

Weil ich es leid bin, mir über meine verwirrenden Gefühle den Kopf zu zerbrechen, beschließe ich in die Offensive zu gehen. Da heute Samstag ist und ich sowieso nichts geplant habe, werde ich im *Blue Heaven* vorbeischauen. Dort werde ich sicher die nötige Ablenkung bekommen, um Simon aus meinem Kopf zu vertreiben. Natürlich ist da noch eine kleine Stimme in mir, die mir hoffnungsvoll zuflüstert, ihn dort vielleicht erneut zu treffen.

Um keine Zeit zu verlieren, eile ich ins Badezimmer und springe unter die Dusche. Dann style ich mir die Haare. Meine schwarzen Locken sind nach der Dusche immer besonders zerzaust, doch irgendwie gefällt mir heute dieser Look. Also lasse ich die Haare lufttrocknen, umrahme mir die Augen mit Kajal, ehe ich zurück in mein Schlafzimmer gehe, um mich anzuziehen. Meine Garderobe ist sehr überschaubar, denn all die Klamotten, die ich noch vor meiner Trennung mit Kai getragen habe – die langweiligen Pullover und Stoffhosen – habe ich gegen hauptsächlich schwarze oder knallbunte Kleidungsstücke ausgetauscht. Heute entscheide ich mich für eine schwarze Jeans und ein dunkelrotes Shirt, das sehr gut zu meinen roten Strähnen passt. Noch einmal betrachte ich mein Spielbild, grinse mich selbst an und streiche mit den Händen über das Shirt. Ja, heute sehe ich wirklich gut aus. Da wird es doch ein Kinderspiel sein, den Männern im Club den Kopf zu verdrehen.

Mit der Straßenbahn bin ich in knapp dreißig Minuten beim Club. Ich muss nicht einmal lange draußen vor dem Eingang warten, da mich Dieter direkt hineinwinkt, als er mich in der Menge der Besucher entdeckt.

»Hey, Phil«, grüßt er mich gut gelaunt, als ich an ihm vorbeigehe.

»Hey, Mann«, erwidere ich seinen Gruß und werfe ihm eine Kusshand zu, was er bloß lachend kommentiert. Der Sex mit Dieter ist schon echt ewig her und war nur eine einmalige Sache, seitdem verstehen wir uns blendend. Der laute Bass empfängt mich, und sofort fühle ich mich wie in einer anderen Welt. Ich liebe die Atmosphäre im Club einfach.

»Hallo, Phil, gut siehst du aus«, ruft mir einer der Tänzer aus dem Käfig zu, als ich an ihm vorbeigehe. Ich schaue auf und schenke ihm ein Lächeln, nicke, dann schiebe ich mich durch die Menge zur Bar, an der Kai heute arbeitet. Der blonde Mann ist auch eine Art Kumpel, seitdem ich hier Stammgast bin. Dieser winkt mir bereits zu, während er einen Cocktailshaker in der anderen Hand schüttelt. Ich hebe ebenfalls meine Hand zum Gruß, lasse sie jedoch sinken, als ich den braunhaarigen Mann bemerke, der an der Bar sitzt, das Gesicht mir halb zugewandt.

Es ist Simon.

Sofort bleibe ich stehen, achte nicht auf die Leute, die rechts und links an mir vorbeigehen und leise fluchen, weil ich ihnen den Weg versperre. Es dauert einen Moment, bis sich mein wilder Herzschlag soweit beruhigt hat, dass ich mich entspannen kann. Zwar habe ich auf ein Treffen gehofft, jedoch nicht damit gerechnet.

»Hallo Fremder. Lust auf einen Drink?«, frage ich mit frechem Grinsen auf den Lippen, als ich mich neben Simon auf einen freien Barhocker setze. Er dreht den Kopf in meine Richtung und grinst ebenfalls, als habe er mit mir gerechnet. Seit unserem letzten Treffen ist nur eine Woche vergangen. Eine Woche, in der mir dieser Kerl nicht aus dem Kopf ging. Und nun sitzt er hier neben mir an der Bar und trinkt Cola, lächelt mich dabei an, als wäre nichts gewesen und wir alte Bekannte. Fassungslos starre ich zurück, das Lächeln in meinem Gesicht stirbt. Wieso bringt er mich so durcheinander? Ich fühle mich hin- und hergerissen. Einerseits will ich ihm um den Hals fallen, andererseits einfach weglaufen und mir jemanden suchen, bei dem ich sicher bin, das zu bekommen, was ich gerade brauche. Ich bin hergekommen, weil ich Sex will, das ist alles – oder?

Simon deutet mit einem Kopfnicken auf das halb volle Colaglas vor sich. »Danke, ich bin bedient. Aber was ist mit dir?«

»Bring mir auch eine Cola«, sage ich zum Barkeeper.

Simon hebt fragend eine Augenbraue. »Keinen Tequila? Den hast du doch beim letzten Mal getrunken, als wäre es Wasser«, meint er nachdenklich. Ich zucke bloß die Achseln.

»Habe heute eben keine Lust auf Alkohol.« *Dass du dich überhaupt noch daran erinnern kannst?* Kai stellt die Cola vor mir ab, und ich nehme einen großen Schluck, um meine Kehle zu befeuchten. Stumm sitze ich an der Bar und starre mein Getränk an, als wäre es das Spannendste der Welt, während die Luft um mich herum zu vibrieren scheint. Es dauert eine Weile, dann bemerke ich Simons Hand auf der Schulter. Sofort reagiert mein Körper auf die unerwartete Berührung. Ich versteife mich. Als ich dann auch noch seinen Atem an der Wange spüre, kann ich ein Schaudern nicht verhindern.

»Willst du heute noch mal mit mir tanzen?«, flüstert er mir ins Ohr.

Will er mich eigentlich verarschen? Er spielt eindeutig mit mir, denn warum sollte er mit mir flirten und gleichzeitig so tun, als wäre er unnahbar? Das ergibt für mich keinen Sinn. Langsam drehe ich den Kopf zu ihm und schaue ihm ins Gesicht. Wir sind uns so nah, dass sich unsere Nasenspitzen beinahe berühren können.

Also schüttele ich den Kopf, was mich meine ganze Selbstbeherrschung kostet. Insgeheim will ich nichts lieber, als erneut mit Simon zu tanzen. Aber weil ich nicht weiß, woran ich bei ihm bin, gehe ich heute lieber ein wenig auf Abstand.

Simon macht einen Schritt zurück und sofort vermisse ich seine Nähe. Er wirkt ein wenig zerknirscht, zeigt mir ein schwaches Lächeln und presst die Lippen dann fest zusammen, ehe er rückwärts in Richtung Tanzfläche geht. Ich sehe ihm nach, folge jeder seiner Bewegungen, bis er von der tanzenden Menge verschluckt wird. Beinahe bereue ich es, seine Einladung ausgeschlagen zu haben. Doch eigentlich bin ich hier, um mich zu amüsieren und vielleicht noch zum Zug zu kommen, weshalb ich mich eigentlich nicht mit jemandem wie Simon umgeben sollte.

Mein letzter Sex liegt lange zurück. Es ist zwar nicht so, als müsste ich mir auf Teufel komm raus einen Mann suchen, aber manchmal ist es schön, sich wenigstens für ein paar Minuten fallen lassen zu können. Sich jemandem hinzugeben – auch wenn es nur für einen Quickie im Darkroom ist. Wenn sich kein passender Kandidat findet, könnte ich ja den Barkeeper fragen. Er ist ein guter Freund, und ich weiß aus Erfahrung, dass er einer schnellen Nummer nicht abgeneigt ist.

»Hast du ihn eigentlich öfter hier gesehen?«, frage ich den Barkeeper, als er mein leeres Glas abräumt.

»Meinst du Simon?«, fragt er zurück.

Ich nicke und schaue erneut kurz zur Tanzfläche rüber, kann ihn jedoch nicht entdecken.

»Nicht wirklich. Ein paar Mal vielleicht. Wenn er herkommt, dann trinkt er immer nur wenig und tanzt ein bisschen. Dann verschwindet er. Du willst wissen, ob ich ihn mit einem Mann hier gesehen habe, oder?«

Ich nicke, und Kai grinst mich wissend an.

»Da muss ich dich enttäuschen. Der Kerl hat noch nicht einmal jemanden angesehen. Bis auf den Kleinen von letzter Woche, der mit dir hier gewesen ist. Vermutlich ist er vergeben oder vielleicht möchte er nur ein bisschen herumexperimentieren. Wer weiß.« Er zuckt die Achseln und wendet sich von mir ab, um einen anderen Gast zu bedienen. Nachdenklich drehe ich mich auf dem Barhocker um und betrachte die tanzenden Männer, wippe mit dem Fuß zum Takt der Musik und versuche ein wenig den Kopf abzuschalten. Dann entdecke ich ihn inmitten der Menge. Wie er sich zum Beat bewegt, die Hüften kreisen lässt und sich völlig der Musik hingibt. Er sprüht vor Energie, das kann ich selbst aus der Entfernung erkennen. Und die anderen Männer um ihn herum merken es ebenfalls. Simons Ausstrahlung hält sie jedoch auf Abstand, was mich erstaunt. Er sieht gut aus, ist zwar keine klassische Schönheit wie mein Ex-Freund, doch seine sympathische Art macht ihn zu einem sehr attraktiven Mann. Da wäre es für ihn doch ein Leichtes, sich auf ein Spiel mit den Männern einzulassen. Allein würde er auf keinen Fall bleiben. Deshalb verstehe ich nicht ganz, warum er meine Annäherungen von letzter Woche abgeblockt hat, obwohl wir uns geküsst haben. Lag es an mir? Bin ich vielleicht nicht sein Typ?

Er dreht den Kopf in meine Richtung, und unsere Blicke treffen sich. Sein Lächeln fasziniert mich, zieht mich in seinen Bann, dass ich einfach nicht anders kann, als ihn weiterhin anzustarren. Mein Körper reagiert wie von selbst, mir wird warm, und das Verlangen, mich an Simon zu schmiegen und mit ihm zu tanzen, ergreift Besitz von mir. Wenngleich ich eigentlich ein anderes Ziel verfolgt habe, vergeht mir die Lust auf anonymen und bedeutungslosen Sex im Darkroom. Viel lieber möchte ich den Abend mit Simon verbringen und ihn näher kennenlernen. Auch wenn ich mir geschworen habe, niemanden mehr an mein Herz heranzulassen, hat dieser Mann gerade echt gute Chancen, dass ich wegen ihm eine Ausnahme machen könnte. Wenigstens heute Abend ...

Ich rutsche vom Barhocker und gehe zielstrebig auf ihn zu. Simon weicht nicht zurück, sondern streckt mir bereits die Hände entgegen, die ich mutig ergreife. Sofort spüre ich die Wärme seiner Fingerspitzen auf meiner Haut und kann gerade noch ein entzücktes Seufzen unterdrücken. Vermutlich hätte es sowieso niemand wegen der lauten Musik um uns herum gehört, aber ich bin sicher, dass Simon es mitbekommen hätte. Seine braunen Augen liegen forschend auf meinem Gesicht, er versucht in mir zu lesen.

»Du hast deine Meinung geändert«, stellt er zufrieden fest und zieht mich zu sich heran.

»Vorerst«, meine ich locker, doch mein Herz überschlägt sich beinahe in meiner Brust. Meine Hände in seinem Nacken verschränkt, schmiege ich mich an ihn und lasse mich von ihm führen. Und während wir zu der wechselnden Musik des DJs tanzen, wandern meine Gedanken weit weg. Ich schalte den Kopf ab und genieße jede Sekunde in Simons Armen.

***

Zufrieden rolle ich mich in meinem Bett auf den Rücken und verschränke meine Arme hinter dem Kopf. Wenn ich so an den vergangenen Abend zurückdenke, bin ich nicht mal enttäuscht, dass ich keinen Sex hatte. Dafür hatte ich wirklich viel Spaß mit Simon. Wir haben lange getanzt, dass die Funken zwischen uns nur so gesprüht haben. Jede Stelle meines Körpers kribbelte wie verrückt, sobald er mich berührte. Und als er wieder vor mir den Club verließ, fühlte ich mich nicht mehr so verloren wie beim letzten Mal. Auch wenn ich mir etwas anderes von ihm erhoffte als nur einen einfachen Abschiedsgruß, ließ er mich zufrieden zurück. Kurz darauf fuhr auch ich nach Hause, denn länger bleiben und vielleicht doch noch einen Mann aufreißen, wollte ich nicht mehr. Ich wollte die Magie des Abends nicht zerstören.

Ein Lächeln schleicht sich in mein Gesicht. Ob ich ihn nächste Woche wiedersehe? Erneut bin ich nicht dazu gekommen, viel mit ihm zu reden und ihn nach seiner Handynummer zu fragen, weil ich irgendwie nervös gewesen bin. Heute bin ich jedoch zuversichtlicher, dass die Sache mit Simon vielleicht nicht ganz so einseitig ist wie gedacht. Fühlte ich mich bei unserer ersten Begegnung noch abgelehnt, bin ich mir nun fast schon sicher, dass auch von seiner Seite Interesse besteht. Zumindest ist er nicht abgeneigt, den Abend mit mir zu verbringen. Heißt das, ich kann mir Hoffnungen machen?

Kurz schrecke ich zusammen und reibe mir über die Augen. Worauf genau hoffe ich überhaupt? Ihn ins Bett zu bekommen? Nein, das ist es nicht ... Weiter will ich gar nicht erst denken, denn alles, was über das körperliche Verlangen hinausgeht, macht mir Angst. Also verbanne ich die Gedanken an Simon aus meinem Kopf und verlasse endlich mein Bett. Mit einer gemütlichen Jogginghose und einem Sweatshirt bekleidet gehe ich ins Bad, wasche mir das Gesicht, ehe ich in die Küche schlurfe. Vor der Kaffeemaschine bleibe ich stehen und fülle neue Bohnen in den Behälter, ehe ich einen Kaffeebecher drunter stelle und sie anschalte. Während der Kaffee durchläuft, spähe ich in den Kühlschrank, um nach etwas Essbarem zu suchen. Tatsächlich finde ich noch ein bisschen Brot und Käse von letzter Woche. Ich merke sofort, dass jemand fehlt, denn Markus ist sonst immer derjenige, der sich um die Wocheneinkäufe kümmert.

Als ich mit meinem Kaffee und mit dem Butterbrot zur Frühstückstheke gehe, höre ich die Wohnungstür klicken. Sofort lasse ich mein Frühstück stehen und eile in den Flur.

Markus steht mit hängenden Schultern vor mir.

»Was ist passiert?«, frage ich ihn leise. So niedergeschlagen habe ich ihn lange nicht gesehen. Selbst letzten Sonntag, als er die Wohnung Hals über Kopf verlassen hat, wirkte er weniger traurig.

Markus hebt den Kopf und sieht mich kurz an. »Julian ... er will nichts von mir wissen«, murmelt er.

Stille entsteht zwischen uns. Verwirrt sehe ich ihm dabei zu, wie er sich die Lederjacke von den Schultern streift und an mir vorbei in sein Zimmer geht. Moment, da stimmt doch was nicht. Wie kann er glauben, Julian würde nichts von ihm wissen wollen, wenn er doch vor

Kurzem noch hier gewesen ist und Markus gesucht hat? Sofort gehe ich ihm nach, klopfe nicht einmal an und reiße seine Zimmertür auf.

»Markus, wir müssen reden«, sage ich mit fester Stimme, die keine Widerworte duldet. Er hockt auf dem Bett, die Knie an die Brust gezogen und das Handy in den Händen. Ohne mich anzusehen, schüttelt er den Kopf.

»O doch. Du kommst um dieses Gespräch nicht herum«, stelle ich klar und baue mich vor ihm auf, stemme die Hände in die Seiten. »Wo bist du gewesen? Und warum bist du denn wortlos verschwunden? Ich habe mir Sorgen um dich gemacht!«

Weil er nicht reagiert, setze ich mich zu ihm aufs Bett, strecke die Beine von mir und lehne meinen Kopf nach hinten gegen die kühle Wand. So bleiben wir schweigend sitzen. Ich zähle die bunten Klebezettel an der Pinnwand über Markus' Schreibtisch. Endlich bewegt er sich neben mir, ein leises Seufzen ist zu hören. Immer noch schweigend drehe ich den Kopf zu ihm.

»Ich habe Julian geküsst«, murmelt er leise.

Ich hole tief Luft. »Und deshalb das ganze Theater? Scheiße, Mann, das ist doch gut!«, entfährt es mir eine Spur zu enthusiastisch. Ich weiß, dass Juli Markus mag, wo liegt da das Problem?

Er wirkt verwirrt über meine Reaktion. »Gut? Er hat mich abgewiesen ...«

Verwirrt runzle ich die Stirn.

»Also ... nicht direkt abgewiesen. Aber ich habe seinen Gesichtsausdruck gesehen. Er war entsetzt. Ich habe Panik bekommen und bin abgehauen.«

Erneut entsteht eine Pause zwischen uns, in der ich meine Gedanken sammeln muss. Moment, daher weht der Wind? Denkt er etwa, Julian hätte ihn abgewiesen?

»Gott, Markus, du bist so ein Idiot!« Ich packe ihn an den Schultern und schüttele ihn leicht. »Julian war hier. Er war total fertig mit der Welt. Und das nur wegen dir. Ich habe erst nicht verstanden, worum es genau geht, doch nun kann ich mir das ganze Szenario ausmalen. Ihr beide seid wirklich dämlich.« Ein leises Lachen begleitet meine Worte. »Weißt du, warum er so geschockt reagiert hat? Weil er gemerkt hat, dass ihn ein anderer Mann interessiert! Julian hatte bisher keine Ahnung, dass er schwul sein könnte.«

Markus' Kopf ruckt herum, und er starrt mich mit weit aufgerissenen Augen an. Das Entsetzen über meine Worte steht ihm ins Gesicht geschrieben. Ich räuspere mich und straffe die Schultern.

»Aber ... wieso hat er ... Moment: Ich bin gestern in Köln gewesen und habe ihn gesehen«, sagt er plötzlich mit bebender Stimme. »Julian hat mich zum Teufel gejagt! Ich habe gedacht, weil er mich nicht leiden kann ...«

»Du warst in Köln?«, platzt es aus mir heraus. Diese Unterhaltung nimmt eine ganz andere Wendung und verwirrt mich zunehmend. »Warst du die ganze Zeit in Köln? Wusstest du sogar davon, wohin Julian zieht?« Zwar habe ich ihm geschrieben, dass Julian umzieht, doch keine Adresse erwähnt, weil ich diese gar nicht kenne. Denn bei seinen Eltern kann er nicht gewesen sein, da bin ich mir sicher. Was wollte er dann in Köln?

Markus schüttelt den Kopf, wirkt plötzlich rastlos. Seine Augen huschen immer durch den Raum, als wüsste er nicht, wie er das Chaos in seinem Kopf ordnen soll. Die Tatsache, dass Julian vielleicht doch etwas für ihn empfinden könnte, überfordert ihn anscheinend. Markus steht vom Bett auf und geht zu seinem Schreibtisch rüber, dann dreht er sich ruckartig wieder zu mir um.

»Ich war in Berlin. Bei Elias«, gesteht er mir.

Jetzt verstehe ich nur noch Bahnhof, seine Worte ergeben für mich keinen Sinn. Wie konnte Markus Julian spontan treffen, wenn er doch bei Elias gewesen ist? »Du warst bei deinem Ex-Freund? Und was hast du da um Himmels willen gemacht? Du hast doch eben noch von Julian und Köln gesprochen ...«, entfährt es mir.

»Party ...«

»Party? Im Ernst?« Verärgert verschränke ich die Arme vor der Brust. »Du machst Party, während Julian wegen deines Verschwindens am Boden zerstört ist? Und ich mir wer weiß was ausmale, was mit dir passiert sein könnte? Wusstest du überhaupt davon, wie sehr du ihn mit dieser Aktion durcheinandergebracht hast? Spinnst du jetzt völlig, oder was?« Wütend springe ich ebenfalls vom Bett auf.

Markus ringt die Hände. »Ja ... ich wusste doch nicht ...«, stammelt er, doch ich schneide ihm mit einer harschen Handbewegung das Wort ab.

»Du hättest dein Hirn einschalten sollen. Du hättest mit mir reden sollen, statt überstürzt abzuhauen!« Gereizt gehe ich vor ihm auf und ab. Markus lehnt gegen den Schreibtisch, die Hände hinter seinem Rücken fest um die Tischplatte gekrallt. Jegliche Farbe ist aus seinem Gesicht gewichen. »Gott, ich fasse es nicht, dass sich der arme Julian gerade einen Idioten wie dich ausgesucht hat, um sich das erste Mal zu verlieben!«

»Er ... was?«

Genervt streiche ich mir meine wirren Locken aus der Stirn. »Keine Ahnung, das solltest du ihn besser selbst fragen. Ich habe schon viel zu viel gesagt! Dieses Gespräch solltest du mit Julian führen, nicht mit mir. Und dass du mit ihm reden musst, steht außer Frage. Wenn du willst, frage ich Tim nach seiner Adresse.« Ich kann mir immer noch keinen Reim draus machen, wie er nun von Berlin nach Köln gekommen ist, aber viel wichtiger ist gerade, dass er mit Julian redet und ein für alle Mal klarstellt, was er für ihn empfindet.

»Brauchst du nicht«, meint Markus leise. »Ich weiß, wo er wohnt. Ich ... ich bin ihm zufällig in der Innenstadt über den Weg gelaufen. Ich habe dir doch von Bernd erzählt, oder? Der Bekannte meines Stiefvaters ... Er ist mit Julians Mutter zusammen, die beiden sind bei Bernd eingezogen.«

Diese Information hatte ich nicht, aber das spielt ja keine Rolle.

»Na umso besser!«, stöhne ich. »Dann kannst du ja schnurstracks zu ihm fahren und dich bei ihm entschuldigen, weil du so ein Hornochse warst.« Dieses Gespräch bereitet mir Kopfschmerzen. Wie kann man sich nur so blöd anstellen, wenn man doch eigentlich nur glücklich sein will? Ich verstehe Markus' Verhalten wirklich nicht.

»Dennoch ... Ich kann nicht mit ihm zusammen sein. Die Sache ist total kompliziert. Er ist erst siebzehn!«

»Und? Das warst du auch mal«, kontere ich, verschränke dabei die Arme vor der Brust.

»Mann, Philipp! Du weißt doch genau, wie ich das meine! Wieso musst du alles so auf die Spitze treiben?« Markus rauft sich die Haare, dann atmet er heftig aus und sieht mich mit einem gequälten Gesichtsausdruck an. »Julian ist minderjährig. Wenn rauskommt, dass er etwas mit einem älteren Mann ... mit jemanden von seiner Schule hat, dann ...«

Nun bin ich es, der gereizt ausatmet und die Augen verdreht. »Du tust ja gerade so, als wären die sechs Jahre Altersunterschied zwischen euch ein ganzes Jahrhundert. Markus, du bist dreiundzwanzig, nicht fünfzig! Wer soll denn etwas gegen eure Beziehung sagen? Etwa seine Mutter?«

»Genau sie. Ich glaube nicht, dass sie vor Freude Luftsprünge macht, wenn sie herausfindet, dass ihr einziger Sohn schwul ist«, entgegnet er scharf, löst sich vom Schreibtisch und geht vor mir auf und ab. »Ich will nicht noch so ein Drama heraufbeschwören wie damals mit Elias. Ein gebrochenes Herz reicht mir!«

»Aber das war doch etwas völlig anderes«, falle ich ihm ins Wort.

»Nein, war es nicht! Elias war fünfzehn, ich neunzehn. Durch meine Liebe zu ihm habe ich mir beinahe eine Anzeige eingehandelt. Hätte ich mich nicht von ihm getrennt und es drauf ankommen lassen, würde mich in Zukunft niemand als Lehrer einstellen.«

Ich spüre seine Verzweiflung mit jedem Wort, mit jeder Geste seines Körpers, und sein Schmerz tut auch mir weh. Sofort ist meine Wut auf ihn verraucht. Mit schnellen Schritten überbrücke ich die Distanz zwischen uns und lege ihm die Hände auf die Schultern.

Markus seufzt tief, als ich meine Stirn gegen seine lege und ihm in die Augen schaue.

»Aber er liebt dich«, beschwöre ich meinen besten Freund. »Willst du denn nicht, dass Julian glücklich wird? Willst du euch beide wirklich so lange quälen?«

Markus schließt die Augen, weil er meinem durchdringenden Blick nicht länger standhalten kann.

»Er ist erst siebzehn ... Seine Gefühle gehen vorbei. So ist es immer ...«

***

Der Montag startet kalt und grau. Markus hat die Wohnung vor mir verlassen. Nach unserem gestrigen Gespräch benimmt er sich sehr zurückhaltend und in sich gekehrt. Hoffentlich denkt er noch einmal über seine Gefühle nach und entscheidet sich dafür, mit Julian zu reden. Ich würde es mir für beide wünschen, zusammen glücklich zu werden. Altersunterschied hin oder her.

Mit dem Rucksack über der Schulter eile ich zur Straßenbahn. Das Wohnheim, in dem unsere WG liegt, ist zwar nicht weit vom Unigelände entfernt und normalerweise gehe ich den Weg immer zu Fuß, weil sich für diese Strecke das Auto einfach nicht lohnt. Doch der Nieselregen hat mich auf halbem Wege überrascht, sodass ich die Richtung zur Straßenbahn einschlage.

Ich ziehe die Schultern hoch, fluche innerlich, weil ich heute statt Hoodie nur ein Sweatshirt unter meiner Jeansjacke trage. Die letzten Wochen war der Oktober noch mild, doch plötzlich bricht der Herbst mit seinem nassen Schmuddelwetter herein. Der kalte Wind sorgt zusätzlich dafür, dass ich friere.

Gerade als die Straßenbahnhaltestelle in Sicht kommt, öffnet der Himmel seine Schleusen, und ein heftiger Regenschauer überrascht mich. Ich beschleunige meine Schritte, renne die letzten Meter über die Straße zu dem kleinen Unterstand, unter dem bereits einige Leute warten. Dennoch werde ich nass, bevor ich mich unterstellen kann.

Fröstelnd schlinge ich mir die Arme um den Oberkörper, denn die Kälte kriecht sofort unter meine nasse Kleidung. Regen tropft von meinen Haaren und rinnt über meine Nasenspitze. Mit der Hand streiche ich mir den Pony zur Seite, der mir in der Stirn klebt. Bis meine Straßenbahn kommt, dauert es noch locker zehn Minuten. In dieser Zeit wäre ich längst in der Uni, doch bei diesem Regen will ich erst recht nicht zu Fuß gehen.

Immer mehr Menschen versammeln sich bei dem kleinen Straßenbahnhäuschen, weshalb ich mich wie in einer Sardinenbüchse fühle. Ich mache einer älteren Dame mit Rollator Platz, damit sie nicht im strömenden Regen stehen muss. Die nächste Straßenbahn rollt ein, aber es ist nicht meine. Leute steigen ein und aus. Weil ich mich in diesem Gedränge unwohl fühle, mache ich einen Schritt zur Seite und verlasse den Unterstand. Sofort werde ich vom kalten Nass willkommen geheißen. Seufzend schaue ich auf mein Handydisplay. Zum Glück muss ich nur noch knapp fünf Minuten bei diesem Sauwetter ausharren, ehe ich in die schützende Bahn in Richtung Uni steigen kann. Heute werde ich wohl zur ersten Vorlesung zu spät kommen.

Ungeduldig trete ich von einem Fuß auf den anderen, schaue auf die Straßenbahnanzeige, auf der meine Bahn bereits angeschlagen ist. Noch zwei Minuten!

Der Regen hört so plötzlich auf, wie er gekommen ist. Verwirrt löse ich den Blick von der Anzeigetafel und drehe langsam den Kopf. Als Erstes fällt mir der blaue Schirm auf, der das Wasser abfängt. Die dazugehörige Hand, die den Schirm hält, gehört zu einem Mann, den ich nicht habe kommen gesehen.

»Du machst einem begossenen Pudel wirklich Konkurrenz, Philipp.«

Seine tiefe Stimme jagt heiße Schauer über meinen Rücken. Sofort entreiße ich ihm den Schirm, drehe ihn so, dass ich hinaufblicken kann. Es ist kein anderer als Simon, der vor mir steht und mich angrinst. Er trägt eine Mütze und hat die Kapuze der Regenjacke tief ins Gesicht gezogen. Vermutlich wäre er mir in diesem Aufzug nicht aufgefallen, hätte er mich nicht aus heiterem Himmel angesprochen. Perplex öffne ich den Mund, um zu einer geistreichen Erwiderung anzusetzen, doch kein Wort kommt über meine Lippen. Stattdessen kann ich ihn nur anstarren, während das Herz in meiner Brust Purzelbäume schlägt. Wie wahrscheinlich ist es, dem Mann, an den man ununterbrochen denken muss, auf einmal auf der Straße zu begegnen? Mit diesem Treffen habe ich im Leben nicht gerechnet. Weil ich ihn immer noch wortlos anstarre, räuspere ich mich und halte ihm seinen Schirm hin, doch Simon schüttelt den Kopf.

»Behalt ihn ruhig. Kannst du mir bei Gelegenheit zurückgeben«, meint er und wendet sich von mir ab. Ich sehe ihm nach, folge mit den Augen seinen Bewegungen. Simon steigt in die Bahn, auf die ich gewartet habe. Und was mache ich? Ich bleibe wie angewurzelt stehen, in der Hand seinen Schirm umklammert, und starre ihm hinterher.

Kapitel 15

Den ganzen Nachmittag verfolgt mich diese unerwartete Begegnung. Simons Schirm habe ich in meinen Rucksack gesteckt, nachdem ich viel zu spät in der Uni angekommen bin. Meine Freunde haben mich aufgezogen, weil ich tatsächlich wie ein begossener Pudel aussehe. Die lockigen schwarzen Haare hängen mir immer noch in feuchten Strähnen ins Gesicht. Später sollte ich mir ein heißes Bad gönnen, sonst fürchte ich einer Erkältung nicht entgehen zu können.

»Schau, Phil«, murmelt Heiko und stößt mir seinen Ellenbogen in die Seite, was mich aus meinen Gedanken zurück in die Realität holt. Er deutet mit einem Nicken in Richtung der Mensa-Tür. Zum Glück habe ich mein Mittagessen bereits verdrückt, denn vermutlich hätte ich spätestens jetzt keinen Bissen mehr runterbekommen. Einige Meter vom Eingang steht Kai an die Wand gelehnt und knutscht mit einem Typen, den ich nicht kenne. Ich umklammere meine Gabel etwas fester, die ich noch in der Hand halte.

»Den habe ich ewig nicht mehr hier gesehen«, meint Heiko mit einem missfälligen Blick auf meinen Ex-Freund. »Ständig muss er überall zeigen, wie unwiderstehlich er ist.«

Mein Kumpel kann nicht verstehen, warum Kai so anziehend auf so viele unserer Kommilitonen wirkt –

und auch auf mich. Ich kann es mir selbst nicht erklären, doch mein Herz zieht sich sogleich zusammen. Seitdem wir uns getrennt haben, bin ich Kai in der Uni, so gut es geht, aus dem Weg gegangen, bis er mir kaum noch aufgefallen ist. Lediglich die wenigen Male, die er mir im *Blue Heaven* begegnet ist, kehrte die Erinnerung an unsere kurze Beziehung zurück. Er hat mich tief verletzt, als er mich mit einem anderen Mann betrogen und mir auch noch ins Gesicht gelacht hat. Diese Wunde wird vermutlich nie vollständig heilen und eine dicke Narbe auf meinem Herzen hinterlassen. Als ich Kai mit diesem Typen sehe, ist der Schmerz nicht mehr wie ein stechendes Messer, das sich in mein Herz bohrt, sondern dumpfer, weniger heftig als sonst. Woran mag es liegen, dass mich sein Erscheinen nicht mehr so sehr schockt?

»Es macht mir nichts aus«, brumme ich und wende den Blick von dem knutschenden Paar ab.

»Echt?«, fragt Heiko besorgt, immerhin weiß er von meiner kaputten Beziehung und meiner Typveränderung, die darauf folgte. Nur wegen Kai bin ich heute der Philipp, der ich noch vor zwei Jahren nicht gewesen bin: offen und geradeheraus, selbstsicher im Umgang mit Männern und einer Menge Erfahrung im Bett. Doch das alles ist bloß Show für die Leute. Innerlich bin ich derselbe geblieben. Ein Mann, der sich nach der großen Liebe sehnt. Nach einem Partner, neben dem ich täglich aufwachen möchte und der immer zu mir hält.

Ich nicke und schenke Heiko ein Lächeln. »Der Kerl kann mir gestohlen bleiben. Ich habe ihm lange genug hinterhergeheult. Langsam reicht es«, entgegne ich mit fester Stimme und streiche mir ein paar der schwarzen Strähnen hinters Ohr.

Heiko zuckt die Achseln. »Beim letzten Mal sah es noch nicht so aus ...«

»Beim letzten Mal hatte ich auch noch niemand anderen kennengelernt«, platzt es aus mir heraus, ehe ich überhaupt über diese Worte nachdenken kann. Nicht nur Heiko sieht verwirrt aus, auch ich kann gerade gar nicht glauben, dass ich die Sache mit Simon einfach ausplaudere. Dabei gibt es ja nicht mal etwas, das sich zu erzählen lohnt.

»Ich bin ganz Ohr.« Mein Kumpel lehnt sich über den Tisch weiter zu mir vor und schaut mich neugierig an.

Nervös spiele ich mit meinen Haarsträhnen. »Du magst es doch nicht, wenn ich über meine Männergeschichten quatsche«, rede ich mich heraus, in der Hoffnung, Heiko würde das Thema wechseln. Doch anscheinend interessiert er sich brennend für Simon, denn er sieht nicht so aus, als würde er so leicht lockerlassen.

»Du musst ja nicht gleich immer so ins Detail gehen. Ich erzähle dir doch auch nicht, was ich mit den Frauen im Bett mache.« Heiko wackelt vielsagend mit den Augenbrauen. »Aber dass du einen neuen Freund hast, hätte ich schon gern gewusst.«

»Ich habe keinen Freund«, kontere ich sofort, bevor Heiko auf dumme Gedanken kommen kann. »Lediglich einen Typen kennengelernt. Im *Blue Heaven* ...«

Er verdreht die Augen. »Sag nicht, es war wieder so eine schnelle Nummer.«

»Das ist es ja: War es nicht. Ich war gewiss nicht abgeneigt, doch er hat mich nicht rangelassen. Also nicht, dass ich ihm an die Wäsche gegangen wäre, so bin ich nicht. Aber er hat mir nach unserem Kuss deutlich gemacht, dass wir keinen Sex haben werden.«

»Krass«, entfährt es Heiko ungläubig. »Dass dich einer abblitzen lässt ...«

»Ist doch nichts Ungewöhnliches«, winke ich gelassen ab und lehne mich auf meinem Stuhl zurück. »Man muss ja nicht ständig nur an Sex denken.«

»Aber genau *das* hast du doch die letzten Jahre getan«, stellt Heiko nachdenklich fest. »Was ist also an diesem Kerl anders?«

»So schlimm bin ich nicht«, empöre ich mich. »Ich habe nur ab und zu Spaß, das ist alles. Da bist du doch nicht anders, oder kannst du mir eine feste Beziehung vorweisen?«

Er schüttelt den Kopf. »Trotzdem ...«

Ich erhebe mich von meinem Platz und schnappe mir das Tablett, weil ich nicht länger über Simon reden und nachdenken möchte. Heiko lacht leise, dann folgt er mir aus der Mensa.

***

Je weiter die Woche verstreicht, desto mehr fiebere ich dem Wochenende und einem erneuten Treffen mit Simon entgegen. Seit der zufälligen Begegnung an der Straßenbahnhaltestelle habe ich jeden Morgen die Bahn genutzt, doch leider ist er mir nicht mehr über den Weg gelaufen. Seinen Regenschirm habe ich stets in meinem Rucksack dabei, um ihn zurückzugeben. Mit jedem Tag wächst die Enttäuschung, dass er bloß zufällig dieselbe Bahn genommen hat wie ich.

Ich kann Samstagabend kaum noch erwarten – und als ich endlich das *Blue Heaven* betrete und mich an die Bar setze, an der Kai arbeitet, ist von Simon nichts zu sehen.

»Wo ist er?«, frage ich den Barkeeper, der mir gerade ein Bier rüberschiebt. Unruhig sehe ich mich im Club um, aber ich kann Simon nirgends entdecken.

»Wen meinst du?« Kai hebt fragend eine Augenbraue und lehnt sich etwas weiter über den Tresen vor, sieht dabei in die Richtung, in die auch ich meinen Kopf drehe.

»Simon«, entgegne ich, ohne meine Suche zu unterbrechen. Mit den Augen scanne ich den Mainroom, doch es ist aussichtslos. Vielleicht kommt er noch? Schließlich ist der Abend noch jung.

»Also bei mir hat er sich nicht abgemeldet«, witzelt der Barkeeper und geht erneut seiner Arbeit nach. Enttäuschung macht sich in meinem Inneren breit. Ich habe wirklich darauf gehofft, ihn hier erneut zu treffen, doch er ist nicht gekommen. Klar, warum auch, schließlich waren wir nicht verabredet oder so. Eigentlich sollte mich diese Sache nicht weiter kümmern, aber aus einem mir unerklärlichen Grund will ich einfach noch viel mehr über Simon erfahren. Kurz überlege ich, was ich tun könnte, doch mir fällt nichts ein, wie ich an Simon herankommen könnte. Niedergeschlagen leere ich mein Bier und verlasse den Club wieder, denn an anderen Männern habe ich kein Interesse mehr.

Als Markus am Sonntagnachmittag zurück in die WG kommt, ist er bestens gelaunt. Wo er das Wochenende über gesteckt hat, will er mir nicht verraten, doch sein strahlendes Lächeln lässt auf gute Neuigkeiten schließen. Ich liege mit einem Kaffee auf der Couch, als Markus die Wohnung betritt. Ohne ein Wort zu sagen, setzt er sich zu mir und legt den Kopf gegen die Rückenstütze. Dann dreht er sein Gesicht mir zu und grinst schüchtern.

»Wir sind zusammen«, eröffnet er mir die Neuigkeit.

Vor Freude und Überraschung richte ich mich hastig auf, sodass ich etwas Kaffee auf mein Shirt schütte. Schnell stelle ich den Becher auf den Couchtisch und rücke näher an Markus heran. »Erzähl!«

»Viel gibt es nicht zu erzählen«, meint er, doch seine Wangen röten sich. »Wir haben uns ausgesprochen und alle Missverständnisse geklärt. Und dann haben wir uns geküsst.«

»Das ist doch klasse! Ich freue mich für dich«, antworte ich überschwänglich.

»Danke. Julian und ich sind uns einig, dass wir die Beziehung vorerst geheim halten. Wegen seiner Mutter, denn sie weiß nicht, dass er schwul ist.«

Ich nicke. »Ist vielleicht besser so. Zumindest vorerst.«

Markus lächelt versonnen, dann erhebt er sich und streckt sich ausgiebig. »Ich werde joggen gehen«, meint er dann zu mir.

Skeptisch mustere ich ihn. »Bei diesem Wetter? Es ist arschkalt draußen«, entgegne ich und schlinge mir die Arme um den Oberkörper, um meine Worte zu untermalen. Für Anfang November ist es wirklich sehr kalt, kälter als in den vergangenen Jahren. Ich mag den Winter zwar sehr, aber es ist eher perfekt für gemütliche Filmabende auf der Couch statt für sportliche Aktivitäten.

»Ach was«, winkt Markus locker ab. »Ich werde durch den Park laufen, um ein bisschen nachzudenken. Danach werde ich mich besser auf meine Seminararbeit konzentrieren können, die ich in den letzten Wochen so ziemlich vergessen habe. Abgabe ist bald.«

Da mag er recht haben. Ich sollte mich vielleicht auch mehr auf die Uni konzentrieren, denn im Sommer steht meine Bachelorarbeit an, und ich habe mir noch nicht mal ein Thema ausgesucht. Wenn ich noch länger trödle, ist das Semester vorbei, und ich immer noch nicht fertig. Es reicht schon, dass ich einige Klausuren im letzten Frühjahr vermasselt habe, die ich nun wiederholen muss. Noch ein Jahr will ich nicht dranhängen.

Weil Markus mich allein gelassen hat, gehe ich ebenfalls in mein Zimmer, um mich an den Schreibtisch zu setzen. Eine Weile bleibe ich reglos, starre auf die Pinnwand vor mir und die vielen kleinen Klebezettelchen mit Terminen und Anmerkungen. Wieder schweifen meine Gedanken zu Simon. Die Enttäuschung darüber, ihn gestern nicht im *Blue Heaven* getroffen zu haben, verstärkt sich. Nachdenklich nehme ich den Schirm in die Hände und streiche über das Material. Es verwirrt mich, wie sehr mich dieser Mann aus dem Konzept bringt. Sonst habe ich nie lange darüber nachgedacht, wenn mich ein Mann abgewiesen hat. Dann habe ich mir jemand anderen gesucht, um meinen Spaß zu haben. Aber bei Simon ist es anders. Es ist nicht Sex, der mich so zu ihm zieht. Seit unserem ersten und einzigen Kuss sind nun zwei Wochen vergangen und je länger ich darüber nachdenke, desto klarer wird die Erkenntnis, dass ich mehr will, als mit ihm zu schlafen, um meinen Ex-Freund endgültig aus meinem Herzen zu verbannen. Denn ich dachte keine Sekunde an Kai, während ich mit Simon zusammen war. Die wenigen Augenblicke genoss ich mit Simon, sog jede Sekunde in mich auf und dachte an nichts anderes. O Mann!

Mit einem tiefen Seufzer vergrabe ich das Gesicht in den Händen. Bisher ist es mir noch nie passiert, dass mich ein Mann so heftig in seinen Bann gezogen hat, ohne auch nur klare Absichten mir gegenüber zu zeigen. Er verhält sich so, als wären wir bloß Bekannte und dennoch glaube ich, dass er mit mir flirtet. Entweder er verascht mich, oder er ist sehr zurückhaltend bei der Männersuche. Ich kann Simon einfach nicht einschätzen.

Bei Kai war es ganz anders. Als ich ihm mein Interesse bekundete, nahm er sich gleich das, was er wollte. Und ich bin ihm direkt verfallen, weil ich so verknallt war. Außerdem war Kai mein erster Freund, vor ihm hatte ich keine sexuellen Erfahrungen mit Männern. Mit Kai erlebte ich eine steil ansteigende Beziehung, die auf dem höchsten Gipfel mit einem Knall endete. Seitdem bin ich extrem vorsichtig, was Liebe angeht. Belangloser Sex ist echt entspannter. Da sind wenigstens keine Gefühle im Spiel und niemandem wird das Herz gebrochen ...

Das Klingeln der Wohnungstür reißt mich aus meinen Gedanken. Ich schrecke zusammen, denn der schrille Ton dringt schonungslos zu mir durch. Hat Markus genug vom Joggen oder den Schlüssel vergessen? Weil das Klingeln nicht aufhört, eile ich in den Flur und betätige den Summer. Dann öffne ich die Tür und trete in den Hausgang, beuge mich dabei tief über das Geländer, um nach unten ins Treppenhaus zu schauen.

»Ist dir etwa doch zu kalt geworden beim Joggen?«, rufe ich amüsiert, fest davon überzeugt, dass mir gleich ein durchgefrorener Markus entgegenkommt. Ein dunkelbrauner Schopf taucht auf und als der Mann seinen Kopf in meine Richtung dreht, bleibt mir für einen Moment beinahe das Herz stehen. Was zur Hölle macht Simon so plötzlich in unserem Wohnheim? Wie erstarrt sehe ich zu ihm, wie er die Stufen erklimmt. Meine Finger krallen sich fester um das Geländer, und mein Herz beginnt in einem wilden Rhythmus zu pochen. Gerade noch habe ich mir den Kopf darüber zerbrochen, wieso ich mich in seiner Nähe so seltsam fühle – und jetzt taucht er aus heiterem Himmel hier auf? Keine Ahnung, ob ich mich nun darüber freuen oder entsetzt sein soll. Siedend heiß fällt mir der Kaffeefleck auf meinem Shirt ein, und sofort ist mir mein Aufzug peinlich. Zudem trage ich eine ziemlich hässliche Jogginghose, die ihre besten Tage schon hinter sich hat. Wieso muss mich Simon gerade in so einem unvorteilhaften Outfit antreffen?

»Sorry, dass ich dich einfach so überfalle. Vermutlich hast du jemand anderen erwartet?«, fragt Simon, als er endlich vor mir stehen bleibt. Wie in Zeitlupe löse ich mich vom Geländer und drehe mich zu ihm um. Im Vergleich zu mir sieht er blendend aus, in Bluejeans, dunklen Sneakers und einem beigen Parka. Seine Hände hat er in den Taschen der Jacke vergraben, ein verlegenes Lächeln liegt auf seinen unwiderstehlichen Lippen. Bei seinem Anblick rutscht mir das Herz in die

Jogginghose und meine Knie werden so weich wie Wackelpudding. Okay, das ist definitiv nicht gut. Dieses Gefühl, als würde mir das Herz gleich aus der Brust springen, kenne ich zu gut. Und das macht mir noch mehr Angst …

»Ähm …«, kommt es von mir und sofort schließe ich den Mund, bevor ich etwas Blödes sagen kann.

»Darf ich reinkommen, oder passt es gerade nicht?« Simon deutet mit einer knappen Kopfbewegung zu der offenen Wohnungstür.

»Ja. Sicher.« Ich mache ebenfalls einen Schritt rückwärts. Ich gehe vor ihm, sammele noch schnell einige Sachen vom Boden und trete meine Schuhe von gestern so unauffällig wie möglich aus dem Weg in eine Flurecke, damit Simon nicht drüber stolpert. Mist, auf so einen spontanen Besuch bin ich nicht vorbereitet. Völlig nervös führe ich ihn ins Wohnzimmer, in dem er sich kurz umsieht und sich dann aufs Sofa fallen lässt.

»Nett hast du es hier«, meint er nach einer Weile, in der ich nur meinen heftigen Herzschlag in den Ohren klopfen höre.

»Ähm … ja. Danke. Ich wohne hier mit einem Kommilitonen von der Uni. Ist eine WG, sozusagen«, erkläre ich ihm meine derzeitige Wohnsituation, obwohl er nicht danach gefragt hat. Mein Hirn setzt in seiner Gegenwart aus und läuft nur noch auf Sparflamme. Ratlos stehe ich vor ihm und knete meine Hände, weil meine Nervosität immer weiter ansteigt, je länger er hier ist. Woher weiß er überhaupt, wo ich wohne?

Simon hebt den Blick und sieht mich geradewegs an. »Ich wollte dich wirklich nicht so überfallen«, sagte er freundlich, die Wärme in seiner Stimme lässt mein Inneres wie wild kribbeln. »Vielleicht hätte ich vorher anrufen sollen, aber ich habe deine Handynummer nicht. Da dachte ich, ein Besuch wäre besser. Na ja. Wäre es dir lieber, wenn wir irgendwo anders hingehen würden, um ... ähm ... zu reden?«

Das wäre mir tatsächlich lieber, denn es ist mir ein bisschen peinlich, Simon *so* gegenüberzustehen.

»Gib mir fünf Minuten«, entgegne ich also auf seinen Vorschlag hin und eile in mein Schlafzimmer, ohne mich weiter über sein Auftauchen zu wundern. Gerade bin ich einfach viel zu glücklich, dass er hier ist. Hastig ziehe ich ein paar Kleidungsstücke aus dem Schrank und tausche meine Jogginghose gegen eine modische Chino. Dann flitze ich ins Bad, um mir die Haare zu stylen. Etwas Kajal muss auch sein, damit ich nicht so müde wirke, wie ich eigentlich bin. Die letzten Nächte waren lang, weil ich nicht in den Schlaf finden konnte. Simon wartet im Flur auf mich, als ich fertig bin.

»Wollen wir los?«, frage ich ihn übertrieben fröhlich, weil ich immer noch angespannt über sein Auftauchen bin. Simon nickt mir zu, und ich schnappe mir noch meine Jacke, dann verlassen wir gemeinsam das Wohnhaus. Schweigend gehen wir nebeneinander über die Straße und biegen in eine Seitengasse, die in Richtung Innenstadt führt. Ich habe ihn nicht gefragt, wohin er will und auch Simon hat nichts Konkretes vorgeschlagen, doch weil heute Sonntag ist und nur wenige Lokale um diese Uhrzeit geöffnet haben, ist die Innenstadt eine gute Option.

»Wollen wir zu Starbucks?«, frage ich, um die Stille zwischen uns zu durchbrechen. »Oder hast du eine andere Idee?«

»Wenn dir Starbucks für ein erstes Date zusagt, dann können wir gern dorthin«, antwortet er schlicht, sieht dabei geradeaus auf die Straße, ohne zu mir rüber zu schauen. Diese Worte kommen ihm so selbstverständlich über die Lippen, dass ich erschaudere. Haben wir etwa ein Date? Sofort schiebe ich diesen Gedanken weit weg, denn daran will ich nicht denken. Dates hat man nur mit Leuten, mit denen man zusammen ist oder es sein will. Doch was Simon will, weiß ich nicht. Ich hingegen will ihn verdammt noch mal küssen!

Weil ich in meiner Verwirrung nichts weiter erwidern kann, steuere ich den Starbucks am Hauptbahnhof an, weil das Café im Limbecker Platz, in das ich üblicherweise gehe, sonntags geschlossen hat. Wir kommen an einigen Ständen vorbei, die bereits für den Weihnachtsmarkt aufgebaut werden. Ich liebe den Essener Weihnachtsmarkt. Es macht Spaß, hier mit Freunden Zeit zu verbringen, durch die Reihen der Buden zu laufen und Glühwein zu trinken. Es gibt sogar eine kleine Eislaufbahn und ein Riesenrad.

In der Eingangshalle vom Bahnhof ist für einen Sonntagvormittag viel los, und ich muss einigen Reisenden mit Koffern ausweichen, ehe Simon und ich vor dem Starbucks ankommen. Ich gehe ihm voraus und stelle mich an den Verkaufstresen.

»Hey, Toni«, grüße ich den Typen, der mich bereits angrinst. »Machst du mir einen Caramel Macchiato?« Dann schaue ich kurz über meine Schulter zu Simon, der sich nun neben mich stellt.

»Und für mich einen Kaffee. Schwarz.«

Aha. Er mag es also nicht süß. Jetzt kenne ich zumindest seinen Kaffeegeschmack.

»Klar doch. To go?«, fragt Toni, und ich schüttele den Kopf, sodass er zwei Becher aus einem der Regale hinter ihm nimmt. Während er unsere Getränke zubereitet, schaue ich mich nach einem Platz um. Das Café ist leer, sodass wir die Qual der Wahl haben.

»Wollen wir uns dort drüben hinsetzen?«, frage ich an Simon gewandt und deute mit der Hand auf einen kleinen Tisch am Fenster, von wo man in die Bahnhofshalle schauen und die vorbeigehenden Reisenden beobachten kann. Toni stellt den Kaffee vor uns ab und geht dann zur Kasse.

»Also, ein Caramel Macchiato und ein schwarzer Kaffee. Das macht dann acht Euro zwanzig«, sagt er zu mir. Ich will gerade mein Portemonnaie zücken, um ihm das Geld für mein Getränk zu geben, doch Simon hält mich an der Hand zurück. Sofort beginnt die Stelle, an der sich unsere Finger berühren, zu kribbeln.

»Es ist ein Date, oder? Dann lass mich zahlen«, sagt er fest. Seine Worte bringen mein Herz zum Stolpern. Ich hatte ewig kein Date, auch mit Kai nicht. Mit ihm hatte ich lediglich viel Sex ... Simon zahlt und reicht mir dann mein Getränk.

»Danke«, murmele ich in den Becher, um Simon nicht ansehen zu müssen, denn meine Wangen glühen und vermutlich sehe ich mit den roten Flecken auf meinen Wangen nicht so vorteilhaft aus. Also gehe ich schnell zu dem Tisch und setze mich. Mein Begleiter lässt sich auf den Stuhl mir gegenüber nieder, dann nimmt er einen Schluck von seinem Kaffee und seufzt zufrieden.

Erneut entsteht eine lange Pause zwischen uns, in der sich jeder seinem Getränk widmet. Ich sehe aus dem Fenster, beobachte eine Frau mit Kinderwagen, die gerade den Bahnhof verlässt.

»Warum bist du hier und überhaupt ... woher kennst du meine Adresse?«, frage ich, nachdem ich meine Stimme endlich wiedergefunden habe. Jetzt erst, nachdem sich die erste Aufregung gelegt hat, bin ich neugierig, wie er meinen Wohnort herausgefunden hat. Mein Herz schlägt schneller bei dem Gedanken, er habe gezielt nach mir gesucht, statt unsere nächste Begegnung erneut dem Zufall zu überlassen. Simon hebt den Blick.

»Von Kai«, antwortet er bloß.

Die Erwähnung des Namens lässt mich zusammenzucken. »Kai?«, echoe ich, denn sofort habe ich das Gesicht meines Ex vor Augen. Er muss meine Verwirrung bemerkt haben, denn nun lächelt er.

»Der Barkeeper aus dem *Blue Heaven*. Ich war der Meinung, ihr beide wärt befreundet«, ergänzt er. »Also habe ich mich bei ihm nach dir erkundigt. Er kannte zwar nur deinen Nachnamen und wusste, dass du im Wohnheim in der Nähe der Uni wohnst, aber das hat mir gereicht. Ich bin hierhergefahren und habe einfach die Klingelschilder nach *Friedrich* abgesucht.«

Sofort fällt mir ein Stein vom Herzen, denn für einen kurzen Augenblick habe ich schon befürchtet, Simon könnte meinen Ex-Freund kennen.

»Ach so, klar. Kai und ich verstehen uns gut«, antworte ich schnell und trinke von meinem Macchiato. Dann mustere ich ihn neugierig. Wieso hat Simon sich die Mühe gemacht, Kai nach meiner Adresse zu fragen, wenn er sie doch von mir hätte haben können? Und meine Handynummer. Und auch mein Lieblingsgericht und meine Schuhgröße ... Er hätte bloß fragen müssen. Dennoch kann ich die Freude über seine Bemühungen kaum verbergen. Ein Grinsen huscht über mein Gesicht, das ich schnell hinter meinem Becher verstecke. Simon lehnt sich im Stuhl zurück und faltet seine Hände auf dem Tisch neben dem Kaffeebecher.

»Samstag hast du nach mir gesucht«, meint er. Es klingt wie eine Feststellung statt einer Frage. Erneut erröte ich, kann es nun jedoch nicht verbergen. »Ich wollte erst nicht in den Club, weil ich wegen einer privaten Sache noch etwas neben mir stand. Aber ... irgendwie habe ich vermutet, du würdest dort auftauchen, deshalb bin ich noch ziemlich spontan vorbeigekommen. Da warst du schon weg, und ich habe Kai gefragt.«

Mein Gesicht glüht noch mehr und mein Herz schlägt gerade Purzelbäume in meiner Brust. Wenn das nicht romantisch ist ... Er hat tatsächlich nach mir gesucht, so wie Sherlock Holmes. Wow, *das* habe ich nicht erwartet.

Simon beugt sich etwas zu mir vor und sieht mir fest ins Gesicht. Weil ich immer noch kein Wort gesagt habe und sein Geständnis erst mal sacken lassen muss, greift er nach meiner Hand, die sich während seiner Erklärung immer fester um den Griff des Kaffeebechers gekrallt hat. Seine Finger sind warm und sorgen dafür, dass ich mich etwas entspanne. Ohne zu merken, haben ich die Luft angehalten, sodass ich nun tief ausatme.

»Ich will ehrlich sein, und vielleicht findest du es seltsam, weil ich es dir so geradeheraus sage, aber: Du gefällst mir. Du hast mich vom ersten Moment an fasziniert, als du mich vor Wochen im *Blue Heaven* angesprochen hast. Ich weiß, du hattest andere Absichten, und ich weiß nicht, wie du über mich denkst, aber ich finde dich interessant.«

Mir klappt im wahrsten Sinne des Wortes der Mund auf. Wären wir in einem Cartoon, so würde meine Kinnlade vermutlich auf dem Tisch neben meinem Kaffeebecher landen. Simon zieht seine Hand wieder zurück und sofort vermisse ich die Wärme seiner Finger.

»Ähm ... okay ... so etwas hat mir tatsächlich noch niemand so direkt ins Gesicht gesagt«, murmele ich verlegen und kratze mich am Hinterkopf, lasse meine Finger kurz durch die schwarzen Locken gleiten, ehe ich beide Hände im Schoß verschränke. Dieses Date ist ziemlich anders, als ich es mir vorgestellt habe.

»Ich rede nicht so gern um den heißen Brei«, gesteht Simon, nun ebenfalls ein wenig verlegen. »Aber ich wollte es dir wenigstens sagen, bevor wir noch länger umeinander herumschleichen. Ich stehe nicht auf halbe Sachen, musst du wissen. Viele Leute können mit meiner Art nicht umgehen, weil ich sage, was ich denke, statt aus allem ein Geheimnis zu machen. Deshalb möchte ich dich näher kennenlernen. Vielleicht bei einem weiteren Date.«

»Du bist ... sehr ehrlich«, entgegne ich überrascht.

»Und noch was: Ich kenne deinen Ruf im *Blue Heaven*. Der Barkeeper hat mir ein bisschen was über dich erzählt. Die Tatsache, dass du es eher locker angehen lässt, schreckt mich nicht ab. Aber eine weitere Kerbe in deinem Bettpfosten werde ich nicht sein. Ich habe es dir bereits am Anfang gesagt, ich bin kein Mann für eine schnelle Nummer. Entweder du denkst über mein Angebot nach und gehst mit mir aus, oder lässt es bleiben.«

Seine Worte lassen mich sprachlos zurück.

»Menschen können sich bekanntlich ändern ...«, sage ich nach einer Weile, in der ich meine Gedanken sammeln muss, um etwas Geistreiches zu erwidern. Mir schwirrt der Kopf. Heißt das, wir sind zusammen? So ohne Weiteres? Nur, weil wir darüber gesprochen haben? Keine heißen Küsse und kein Fummeln in dunklen Ecken? Wie früher in der Grundschule, als man Zettelchen mit der Frage *Willst du mit mir gehen* ausfüllen musste? Das ist total neu für mich ... Ein leises Lachen verlässt meine Kehle. Verrückt, aber gerade diese Tatsache sorgt dafür, dass mir mein Herz bis zum Hals schlägt. Es ist ungewohnt, aber auch ziemlich aufregend, nicht direkt Nägel mit Köpfen zu machen, sondern abzuwarten, was weiter passiert. Ganz anders als mit Kai.

Ich nicke langsam. »Okay«, presse ich hervor, immer noch ein wenig neben mir, weil seine Worte mein Inneres zum Kribbeln bringen. »Ich gehe mit dir aus. Aber ich muss gleich sagen: Ich bin in Dates nicht besonders gut. Ich meine, darin habe ich wenig Erfahrung. Wenn's um verschiedene Sexpraktiken geht ... da kenne ich mich etwas besser aus.«

Simon bricht in schallendes Gelächter aus, sodass ich mich zuerst erschrecke, dann jedoch ebenfalls grinsen muss. Kai hat nur selten gelacht, und wenn, dann klang es bei Weitem nicht so offen wie bei Simon. Mein Gegenüber streicht sich mit der Hand durch sein braunes Haar.

»Keine Sorge, ich stehe nicht so auf ausgefallene Stellungen oder irgendwelche Spielchen. Es reicht, wenn wir gemeinsam schauen, was uns beiden gefällt und wobei wir uns wohlfühlen. Aber das hat Zeit, denn Sex ist für mich nebensächlich.«

»Das höre ich zum ersten Mal von einem Mann«, gestehe ich.

»Dann bist du noch nicht vielen Männern begegnet, die mehr als Spaß im Kopf haben. Ich weiß, zu was kopfloser Spaß führen kann und bin deshalb dagegen, nur mit dem Schwanz zu entscheiden«, meint er fest, doch als er meinen betretenen Gesichtsausdruck bemerkt, werden seine Züge wieder weicher. »Sorry, so meine ich das nicht. Ich verurteile niemanden, der sich nicht binden will und deshalb viel ausprobiert, aber so bin ich nicht. Wie gesagt, mit meiner Art kommt nicht jeder klar. Deshalb warne ich dich vor, damit du nicht enttäuscht wirst.«

»Okay«, ist alles, was ich daraufhin erwidern kann. Mein Getränk ist bereits kalt, denn ich habe es kaum angerührt. Die seltsame Stimmung zwischen uns macht mich nervös. Ich spüre das Knistern, doch es ist immer noch eine gewisse Distanz da, die ich nicht leugnen kann. Trotzdem fühle ich mich wie berauscht von der Tatsache, dass ich nicht falschlag bei Simon. Dass er mein Interesse erwidert, wenn auch anfänglich auf eine ganz andere Art und Weise. Für mich ist es ungewohnt, nicht direkt körperlich zu werden, weil ich seit nun mehr als zwei Jahren fast nichts anderes kenne, aber ich bin auch neugierig, etwas Neues zu wagen.

Simon erhebt sich von seinem Platz, kommt um den Tisch herum und bleibt dicht vor mir stehen. Langsam hebe ich den Kopf, um ihn ansehen zu können. Er lächelt mir zu und hält mir seine Hand hin.

»Wollen wir noch spazieren gehen?«, fragt er mich. Nickend reiche ich ihm meine Hand und erhebe mich ebenfalls. Hand in Hand verlassen wir das Café.

***

Irgendwie nehme ich den Rückweg bis zu meiner Wohnung als noch intensiver wahr als sonst. Normalerweise achte ich nicht so stark auf meine Umgebung, doch mit Simon an meiner Seite kommt mir alles viel bunter und lauter und schöner vor. Obwohl Sonntag ist und keine Geschäfte offen haben, ist die Stadt voll. Am Nachmittag bummeln sonst viele Leute durch die Einkaufsstraße, sehen sich die dekorierten Schaufenster an und setzen sich in die Cafés, um gemütlich zu plaudern. Erneut kommen wir an den Ständen des Weihnachtsmarktes vorbei, die nun geöffnet haben. Ich nehme sogar bereits die ersten weihnachtlichen Düfte wahr, die mir Tage zuvor nicht aufgefallen sind. Simons warme Hand in meiner sorgt zusätzlich dafür, dass ich mich rundum geborgen fühle.

Am liebsten wäre ich ewig so mit ihm durch die Stadt geschlendert, doch als wir vor dem Wohnblock ankommen, löst er seine Hand aus meinem Griff.

»Willst du mit rauf? Ich muss dir noch deinen Regenschirm zurückgeben«, wage ich den Versuch, ihn in mein Zimmer zu locken.

»Den kannst du ruhig behalten, war nicht teuer«, gibt Simon zurück, ohne meinen Wink zu verstehen. Er muss mir meine Enttäuschung ansehen, denn sein Daumen legt sich sanft unter mein Kinn und hebt leicht meinen Kopf, damit ich ihm erneut ins Gesicht sehen kann. Ich verliere mich im warmen Braun seiner Augen.

»Es war ein schöner Vormittag mit dir. Ich hoffe auf eine Wiederholung«, sagt er und ich kann nur stumm nicken. Leider vergingen die Stunden viel zu schnell, als dass ich seine Nähe richtig genießen konnte. Ich bin immer noch ein wenig überrumpelt von seinen Worten im Café.

»Ich weiß, was du jetzt denkst«, murmelt Simon nah an meinem Ohr. Unweigerlich zucke ich zusammen, weil ich kaum bemerkt habe, wie er sich mir genähert hat. Sofort konzentrieren sich all meine Sinne auf Simon. Ich nehme seinen männlichen Duft wahr, die Wärme seines Körpers, die trotz seines dicken Parkas zu mir durchdringt. Vermutlich bilde ich es mir nur ein, doch mir wird angenehm warm, sobald er mir nahekommt.

»Tatsächlich?«, frage ich leise und mit krächzender Stimme.

»O ja«, bestätigt er mir, die Lippen dicht an meinem Ohr, sodass mich sein Atem kitzelt. Dann taucht sein Gesicht wieder vor mir auf, und er tut das, womit ich nicht rechne, es mir jedoch innerlich herbeisehne: Er küsst mich. Sanft, so sanft und hauchzart. Seine Lippen streichen wie eine Feder über meinen Mund, necken mich und bescheren mir weiche Knie. Ich verstärke den Druck meiner Lippen auf seine, will ihn sofort noch viel inniger küssen, doch als ich meine Arme um seinen Hals schlinge und meinen Mund willig für seine Zunge öffne, löst er sich von mir. Mit einem Lächeln sieht er mich an.

»Wir sollten es langsam angehen lassen«, meint er und streichelt mit seiner Hand über meine Wange. Seine Worte lassen mich enttäuscht zurück, dennoch fühle ich mich wie berauscht von diesem Kuss, der so anders war als alle bisherigen. Simon wendet sich zum Gehen.

»Warte«, sage ich noch und hole mein Handy aus der Jackentasche. »Gibst du mir deine Nummer? Immerhin will ich nicht erneut auf ein spontanes Treffen hoffen müssen.«

Lächelnd dreht er sich noch einmal um und tippt seine Handynummer in mein Telefonbuch. Ich drücke die Anruftaste und klingele ihn an. Als ich die leise Melodie aus seiner Jackentasche höre, atme ich erleichtert aus. Simon schenkt mir noch ein sanftes Lächeln, dann lässt er mich stehen und macht sich auf den Heimweg.

»Rufst du mich an?«, rufe ich ihm nach, als er bereits die Straße überquert hat.

Noch einmal dreht er sich zu mir um. »Das werde ich«, ruft er zurück und winkt zum Abschied.

Kapitel 16

»Was ist denn mit dir los?«, fragt Markus, als er nach wiederholtem Klopfen die Tür meines Schlafzimmers aufschiebt und den Kopf hereinsteckt. »Willst du nicht zum Abendessen in die Küche kommen? Ich habe dich dreimal gerufen. Das Essen wird sonst kalt.«

Ich liege auf dem Rücken in meinem Bett, die Arme von mir gestreckt und starre seit einer gefühlten Ewigkeit an die weiße Zimmerdecke. Das grelle Licht der Deckenleuchte blendet mich, sodass ich häufig blinzeln muss. Dennoch wende ich meinen Blick nicht ab.

»Ich habe einen festen Freund ...«, murmele ich vor mich hin. Diese Worte kreisen den ganzen Tag durch meinen Kopf, und ich kann es immer noch nicht fassen, dass es tatsächlich wahr ist.

»Im Ernst?« Sofort kommt Markus zu mir und setzt sich neben mich auf die Bettkante.

»Sieht so aus ...«

»Ich kann's kaum glauben.« Er lächelt mich offen an.

»Wem sagst du das!«, entfährt es mir, und ich setze mich mit einem Ruck auf.

»Ist doch klasse!« Markus klopft mir auf die Schulter. Seine Freude darüber ist echt und steckt mich an, dennoch nagen die Zweifel an mir. Ich habe den restlichen Sonntag damit verbracht, über unser Date nachzudenken, weil ich zu nichts anderem mehr in der Lage gewesen bin. Egal, was ich angefangen habe, ständig kreiste unser Gespräch in meinem Kopf.

»Ja … aber ich habe total Angst davor, dass es erneut in die Brüche geht.« Ich seufze tief, ehe ich Markus in die Augen sehe. »Du weißt schon. Nach der Sache mit Kai habe ich keinen Mann mehr so nah an mich herangelassen, sodass ich gar nicht weiß, wie das geht. Außerdem kennen wir uns kaum …«

»Und was spricht dagegen, ihn näher kennenzulernen und zu schauen, wie sich die Sache entwickelt?«

Ich zucke ratlos die Achseln. »Keine Ahnung«, gebe ich zu. Ich möchte Simon auf jeden Fall näher kennenlernen, möchte noch viel mehr von diesen Küssen spüren, die mein Herz zum Beben bringen.

Markus rückt näher zu mir heran. »Kennst du ihn aus der Uni?«, will er neugierig wissen. Das Abendessen, weswegen er mich eigentlich gerufen hat, scheint er bereits vergessen zu haben.

»Aus dem *Blue Heaven*«, antworte ich wahrheitsgemäß.

»Oh.« Seine Augenbrauen fliegen in die Höhe. »Ist er etwa einer deiner One-Night-Stands, mit dem es doch plötzlich ernst wird? Dabei dachte ich, der Sex wäre für dich nur so eine Art Ventil Dampf abzulassen …«

Heftig schüttele ich den Kopf, sodass meine Locken durch die Luft fliegen. »Das ist es ja: Wir hatten keinen Sex. Er hat mich zweimal geküsst, das war's.« Ich muss ein komisches Gesicht machen, denn Markus bricht in schallendes Gelächter aus.

»Hey, was ist daran bitte so witzig?«, brumme ich beleidigt und verschränke die Arme vor der Brust.

»Nichts«, antwortet er immer noch lachend. »Aber du sahst grad so aus, als würdest du über diese Tatsache, *nur* geküsst worden zu sein, gleich in Tränen ausbrechen. Was bitte ist denn daran so schlimm? Man muss doch nicht gleich die Lanzen kreuzen, wenn man sich mag.«

»Hey! Mach dich nicht über mich lustig. Muss ich dich dran erinnern, wer von uns hier früher jedes Wochenende einen anderen Kerl im Bett hatte?«

Augenblicklich verstummt er, und seine Miene wird ernst. Jetzt bereue ich meine Worte, weiß ich doch, was Markus früher durchmachen musste wegen seiner Sexualität und der angespannten Beziehung zu seinen Eltern.

»Sorry«, entschuldige ich mich sofort und stupse ihn an.

»Schon okay«, antwortet er und erhebt sich vom Bett. »Wollen wir jetzt endlich essen?«

***

Bis Mitte der nächsten Woche kommt kein Anruf und auch keine Nachricht von Simon, obwohl ich mein Smartphone kaum aus den Augen lasse, um ja nichts zu verpassen. Ich glaube schon, Simon hätte sein Versprechen, mich anzurufen, vergessen. Erst überlege ich, mich selbst bei ihm zu melden, als endlich mein Handy klingelt. Vor Aufregung lasse ich es beinahe fallen, ehe ich das Gespräch annehmen kann.

»Hallo?«

»Hey, Philipp. Hier ist Simon. Störe ich gerade? Du wirkst ein wenig außer Puste«, kommt es von Simon.

Seine Stimme klingt gelassen und sanft. Ich drücke mir mein Smartphone fester ans Ohr und atme aus. Tatsächlich musste ich gerade einen Sprint hinlegen, weil ich das Klingeln aus dem Bad gehört habe. Glücklicherweise habe ich es extra laut gestellt, denn üblicherweise befindet sich mein Handy wegen der Uni immer im Vibrationsmodus.

Meine Haare sind immer noch nass und tropfen auf meine Bettdecke. In der Eile habe ich mir nicht einmal ein Handtuch umgelegt. Nackt hocke ich auf meinem Bett und bin ziemlich froh, dass er mich angerufen hat, statt erneut spontan vor der Tür zu stehen.

»Ähm, ne, alles okay hier. Ich habe Zeit«, gebe ich schnell zurück und lache kurz auf, weil's mir ein wenig peinlich ist, dass ich so hektisch aus der Dusche gesprungen bin. Hätte ich das Handy doch nur wie sonst mit ins Bad genommen. Aber der Akku war leer, sodass ich es ans Kabel gehängt habe.

»Sehr schön. Vielleicht kommt es ein wenig spontan, aber hättest du Lust, heute Abend mit mir ins Kino zu gehen? Gerade läuft der neue James Bond, den ich mir unbedingt ansehen möchte. Unter der Woche ist das Kino nicht so voll wie am Wochenende.«

»Du fragst mich nach einem Date?«, platzt es aus mir heraus. Immer noch kann ich nicht so recht glauben, dass wir so etwas wie eine Beziehung führen, die ausnahmsweise nicht auf Sex basiert. Daran muss ich mich erst gewöhnen.

»Ja. Außer du hast keine Lust auf James Bond?«

»Doch. Sicher. Ich liebe James Bond!«, sage ich schnell. Zwar habe ich noch keinen einzigen der Filme gesehen, aber Daniel Craig macht in dieser Rolle eine echt gute

Figur. Zumindest den Trailer kenne ich aus dem Fernsehen.

»Hey Phil, bist du fertig mit Duschen?«, höre ich Markus durch den Flur rufen, ehe er die Tür zu meinem Schlafzimmer öffnet. Seine Augen weiten sich überrascht. »Oh, fuck, habe ich dich beim Telefonsex erwischt?!« Er lacht hinter vorgehaltener Hand, ohne jedoch zu verschwinden.

»Raus hier!« Genervt werfe ich mein Kopfkissen nach ihm, treffe aber nur die Wand. Lachend verzieht sich Markus in die Dusche und lässt mich in Ruhe.

»Was war los?«, fragt mich Simon durchs Telefon, der das kurze Gespräch anscheinend mitbekommen hat. Hoffentlich hat er Markus nicht richtig verstanden, denn sonst wäre es peinlich. Ich rutsche seitlich vom Bett und fische aus der Kommode saubere Boxershorts, die ich schnell überziehe, um mich nicht mehr so nackt zu fühlen.

»Ach, nichts weiter. Mein Mitbewohner hat anscheinend vergessen, was das Wort Privatsphäre bedeutet«, erkläre ich ihm und lenke das Gespräch in eine andere Richtung. »Kino klingt gut, ich bin dabei.«

»Soll ich dich abholen?«

»Nicht nötig. Wir können uns vor dem Eingang am Berliner Platz treffen«, schlage ich vor.

»Klasse. Dann um halb acht. Ich freue mich«, sagt Simon und legt auf. Einen Moment bleibe ich mitten im Raum stehen, presse mir dabei das Handy gegen die bloße Brust. Das Herz unter meinen Fingerspitzel klopft heftig, dabei haben wir nur ein belangloses Gespräch geführt. Seine Einladung ins Kino klang genauso, wie ich sie mit einem meiner Kumpels hätte führen können. Dennoch spüre ich die Freude über unser Treffen bis in die Haarspitzen. Meine Handflächen beginnen zu schwitzen und kribbeln aufgeregt, als ich noch mal aufs Handy schaue, nur um mit Entsetzen festzustellen, dass mir bis zum Date knapp anderthalb Stunden bleiben. Mit der Anfahrt ins Zentrum sogar etwas weniger. Als warte ich nicht lange, sondern durchwühle meinen Kleiderschrank nach etwas, das ich anziehen könnte. Nach wenigen Minuten muss ich jedoch feststellen, dass nichts, was in meinem Schrank hängt, auch nur ansatzweise einem Date gerecht wird. Stöhnend raufe ich mir das Haar. Alle meine Oberteile sind entweder zu schrill oder zu schlicht. Bei meiner Umräumaktion fällt mir ein quietschpinkes Shirt in die Hände, das ich vor Jahren gekauft und noch nie getragen habe. Bei dem Gedanken, dass ich mir diesen Fummel gekauft habe, schüttelt es mich. Noch eine Weile krame ich in meinen Klamotten, entscheide mich für eine schwarze Jeans im Used-Look, dann gehe ich zu Markus. Er liegt auf seinem Bett, die Nase in ein Buch vertieft. Als er mich bemerkt, dreht er den Kopf in meine Richtung.

»Du bist ja immer noch nackt«, stellt er mit gerunzelter Stirn fest, ohne seine Position jedoch zu verändern.

»Halb nackt«, stelle ich klar und stemme die Hände in die Seiten, denn Hose und Socken trage ich wenigstens schon. »Ich weiß einfach nicht, was ich anziehen soll. Simon hat mich ins Kino eingeladen, doch all meine Klamotten sehen so aus, als würde ich in den Club gehen oder auf dem Sofa gammeln. Nichts passt für ein anständiges Date ...«

»Dass du mal ein anständiges Date haben wirst«, meint er belustigt.

Ich sehe ihn böse an. »Mach dich nicht über mich lustig. Ich bin wirklich nervös wegen dieser Sache. Hilf mir lieber.«

Markus mustert mich von oben bis unten, dann erhebt er sich und geht zu seinem Kleiderschrank rüber. »Keine Ahnung, ob dir meine Sachen passen werden. Ich habe viel breitere Schultern als du«, meint er nachdenklich und steckt den Kopf in den Schrank. Ungeduldig wippe ich mit dem Fuß, während ich warte, bis er endlich auftaucht und mir zwei Teile vor die Nase hält. Eins ist ein hellblaues Poloshirt mit schwarzem Aufdruck und das andere ein kurzärmeliges rotes Hemd.

»Alles andere ist dir definitiv zu groß, Phil«, meint er entschuldigend. Ich nehme ihm das Hemd ab und ziehe es über. Es ist tatsächlich etwas locker, doch die Farbe passt gut zu meinen roten Haarsträhnen im Pony. Kurz betrachte ich mich im Spiegel.

»Das wird gehen, denke ich«, entgegne ich nickend.

»Du kannst das Hemd ja mit einer Strickjacke kombinieren, damit du nicht frierst. Draußen sieht es gerade echt ungemütlich aus«, gibt Markus zurück und deutet mit der Hand zum Fenster. Ich folge der Geste. Dicke Regentropfen trommeln gegen die Fensterscheibe. Na toll, bis ich beim Kino ankomme, bin ich wieder klitschnass, denn mein Auto ist gerade in der Werkstatt. Der TÜV ist fällig und danach will ich es sowieso verkaufen, weil sich der Unterhalt einfach nicht lohnt. Dafür nutze ich es zurzeit einfach zu selten. Ich hätte Simons Angebot, mich abzuholen, nicht ausschlagen sollen, nur weil ich nervös wurde.

Seufzend verlasse ich Markus' Zimmer und style mir im Bad die Haare. Als ich kurz nach sieben die Wohnung verlasse, hat der Regen zwar etwas nachgelassen, dennoch muss ich den Schirm öffnen, um meine Frisur nicht zu ruinieren.

Die Fahrt bis zum Stadtzentrum dauert zwar nicht lange, doch mit jeder Minute, die verstreicht, werde ich immer nervöser. Gleich sehen wir uns nach drei Tagen Funkstille. Nach drei endlos langen Tagen, wie mir scheint. Meine Vorfreude steigt immer weiter an, sodass mir der Regen und die damit verbundene Kälte nichts mehr ausmachen. Gut gelaunt steige ich die Stufen zum Kinoeingang hinauf und stelle mich unter den Unterstand bei der großen Schiebetür. Ob ich besser drinnen warten sollte? Doch dann würde Simon mich sicher übersehen und vielleicht sogar zurück nach Hause fahren. Also bleibe ich an Ort und Stelle, obwohl der Regen sich verstärkt. Den Schirm weiter ins Gesicht gezogen, versuche ich mich gegen das kalte Nass zu behaupten. Unruhig trippele ich von einem Bein aufs andere, bis Stiefelspitzen dicht vor mir auftauchen. Sofort schiebe ich den Schirm zur Seite und strahle Simon an.

»Da bist du ja!«

»Wartest du schon lange? Sorry, aber es war zuerst kein Parkplatz im Parkhaus frei, deshalb musste ich warten«, entschuldigt er sich bei mir und greift nach meiner freien Hand. »Deine Finger sind ja eiskalt.«

Sofort durchfließt mich seine Wärme. Weil ich mich nicht zurückhalten kann, mache ich einen Schritt auf ihn zu und küsse ihn mitten auf den Mund. Es ist bloß ein kurzer Begrüßungskuss, doch als ich mich bereits von ihm lösen will, legt Simon mir seine freie Hand in den Nacken und hält mich noch einen Moment länger fest, bis sich unsere Lippen voneinander lösen. Ein wenig benommen lasse ich mich ins Kino führen. Er kauft unsere Tickets, Popcorn, und gemeinsam gehen wir in den dunklen Kinosaal, in dem bereits der Vorspann läuft. In der ganzen Zeit hat er meine Hand nicht losgelassen, und dieser Gedanke lässt mein Herz rasen. Seine warmen Finger, die leicht meine Handinnenfläche streicheln, sorgen dafür, dass sich meine Nervenenden nur noch auf Simon konzentrieren. Während eines Kinobesuchs Händchen zu halten ist eine neue Erfahrung für mich – und es gefällt mir ausgesprochen gut. Diese Geste hat etwas von Vertrauen, nicht zu vergleichen mit dem rauen Sex, den ich mit Kai und all den Männern nach ihm hatte. Ich schließe die Augen, mein Kopf sinkt gegen Simons Schulter und das Geschehen auf der Leinwand rückt in weite Ferne.

***

»Ich fasse es nicht, dass du den ganzen Film verschlafen hast«, zieht mich Simon auf, als wir uns Stunden später im *Joe's* gegenübersitzen. Beleidigt nehme ich einige Pommes von meinem Teller und werfe sie gegen ihn. Lachend fängt er sie auf und schiebt sich die Pommes in den Mund.

»Ich habe gar nicht geschlafen.«

»Und wer hat dann so süß neben mir geschnarcht? Wir waren die Einzigen in der letzten Reihe«, kontert er grinsend. Es war Simons Idee, noch etwas essen zu gehen, denn weil ich tatsächlich eingeschlafen bin, habe ich von dem Popcorn kaum etwas gegessen. Dementsprechend laut knurrte mein Magen beim Verlassen des Kinos. Beleidigt ziehe ich meine Unterlippe zwischen die Zähne.

»Kann ich doch nichts dafür, dass es so gemütlich gewesen ist. Deine Wärme und die Dunkelheit um uns herum ... Da konnte selbst Daniel Craig nicht gegen ankommen«, entschuldige ich mich und nippe an meiner Cola. Da es unter der Woche ist, habe ich bewusst auf Bier verzichtet, denn morgen früh ist Uni. Auch Simon begnügt sich mit Cola.

»Das muss dir nicht peinlich sein«, entgegnet er kauend. Er hat seinen Hamburger fast zur Hälfte aufgegessen, während ich meinen noch nicht probiert habe. »Mir ist das auch schon mal passiert. Meine Ex-Freundin war fuchsteufelswild, nachdem wir das Kino verlassen hatten. Aber ich hatte keine Schuld, der Film war gähnend langweilig.«

Überrascht hebe ich die Augenbrauen. »Freundin?«

»Jep. Ich bin bisexuell«, gesteht er ohne Umschweife und nimmt noch einen Schluck von der Cola, um den Burger runterzuspülen. Dieses Geständnis überrascht mich, weil ich wie selbstverständlich davon ausgegangen bin, dass er ebenfalls schwul ist wie ich. Ich kann mit Frauen nichts anfangen, obwohl ich in meiner Schulzeit auch mehr mit Mädchen als mit Jungs abgehangen habe. Das lag aber mehr an der Tatsache, dass die Jungs in meiner Klasse mich wegen meines Aussehens ausgelacht hatten, denn meine blonden Locken waren immer schon halb lang und mit den dichten, langen Wimpern, die meine dunklen Augen umrahmten, sah ich feminin aus. Als Kleinkind wurde ich nicht selten mit einem Mädchen verwechselt, was meine Eltern immer richtigstellen mussten.

Dass Simon sowohl bei Frauen als auch bei Männern gut ankommt, kann ich mir sehr gut vorstellen. Er hat eine sehr positive, beruhigende und einnehmende Ausstrahlung. Mich hat er ebenfalls vom ersten Moment an in seinen Bann gezogen. Gerade weil er so anders ist als meine bisherigen Bekanntschaften.

»Hattest du denn schon mal einen Freund?«, frage ich neugierig. Weil eine Pause zwischen uns entsteht, nehme ich nun doch meinen Hamburger vom Teller und beiße hinein. Das Fleisch ist saftig und die Soße so gut, wie ich sie in Erinnerung hatte. Mit Markus war ich früher oft im *Joe's* gewesen, wenn wir nach dem Fußballtraining Hunger bekommen haben.

»Du willst wissen, ob ich sexuelle Erfahrungen mit Männern habe? Weil ich dich auf Abstand halte, richtig?«, stellt er die Gegenfrage, die mich ziemlich überrascht. Ich wollte gar nicht auf dieses Thema hinaus, war bloß neugierig, weil ich kaum etwas über ihn weiß.

»Keine Sorge, dass ich nicht gleich mit dir ins Bett will, hat rein gar nichts mit mangelnder Erfahrung oder Interesse zu tun. Es liegt auch nicht an dir, falls du dir deshalb Sorgen machst, Phil. Ich mag Sex, ob mit Frauen oder Männern. Deine Erfahrung schreckt mich nicht, und es stört mich auch nicht, dass du viel ausprobiert hast, solange du dich immer geschützt hast.« Sein durchdringender Blick trifft mich und ich erröte.

»Ja, natürlich«, murmele ich verlegen. Dieses Gespräch ist mir ein bisschen unangenehm, Simons direkte Art, die Dinge beim Namen zu nennen, ist wirklich gewöhnungsbedürftig.

»Gut.« Er schenkt mir ein Lächeln und entspannt sich merklich. »Ich bin einfach der Meinung, dass zu einer Beziehung viel mehr gehört als nur Sex. Mir ist die emotionale Verbundenheit der Partner ebenso wichtig wie körperliches Verlangen. Ich bin nicht der Typ, der beim ersten Date gleich dem anderen direkt an die Wäsche geht, das habe ich dir bereits gesagt.«

Nachdenklich nicke ich. Von dieser Seite habe ich es noch nie betrachtet. Ich war so verknallt in Kai, dass ich kaum daran gedacht habe, etwas anderes zu machen als Sex zu haben. Er gab mir das Gefühl, Sex wäre das höchste Gut zwischen uns, etwas, das uns aneinanderbindet. Doch schnell musste ich feststellen, dass er nicht nur mit mir Sex hatte und dass es kaum einen Unterschied macht. Emotionale Verbundenheit hatte ich mit keinem meiner Sexpartner.

»Erzähl mir etwas über dich, Phil«, reißt mich Simon aus meinen Gedanken.

»Was willst du wissen?«, frage ich zurück, weil ich nicht sonderlich gut darin bin, über mich selbst zu erzählen.

»Ganz egal. Was du mir eben erzählen willst.«

»Ähm ... ich bin dreiundzwanzig, Jungfrau als Sternzeichen und studiere Literaturwissenschaften. Im Sommer habe ich dann hoffentlich meinen Bachelor in der Tasche, aber was ich nach der Uni machen will, weiß ich noch nicht so recht. Meine Eltern leben ebenfalls hier in Essen, und ich bin Einzelkind. Meine Lieblingsfarbe ist rot. Außerdem bin ich ziemlich kurzsichtig, wenn ich keine Kontaktlinsen trage«, zähle ich ein paar Fakten über mich auf, die ich standardmäßig von mir gebe, wenn ich jemanden in der Uni kennenlerne. »Und was ist mit dir? Wie kommt es, dass ich dich bisher nie im *Blue Heaven* bemerkt habe?«

»Vermutlich, weil du bloß nicht richtig gesucht hast«, meint er mit einem Zwinkern, wird dann jedoch wieder ernst. »Ich bin aus familiären Gründen mit achtzehn zum Studieren nach Berlin gezogen. Das ist nun beinahe zehn Jahre her. Tja ... und aus familiären Gründen vor einem halben Jahr zurückgekehrt. Nun arbeite ich als Ingenieur bei Thyssen.«

»Wow, nicht schlecht. Was hast du denn studiert? Und warum gerade Berlin? Das ist ziemlich weit weg von deiner Familie ...«

»Maschinenbau«, antwortet er und winkt dem Kellner zu, damit er unsere leeren Teller abräumen kann. »Ich wollte so weit weg wie möglich, weil ich ... nun ... einige Differenzen mit meinem Bruder hatte.« Er wendet den Blick ab, sodass ich gleich merke, dass das Thema Familie nicht gerade eins seiner Lieblingsthemen ist.

»Wollen wir dann gleich zahlen?«, sage ich deshalb schnell, um das Thema zu wechseln. Der Kellner, der gerade noch das Geschirr abgeräumt hat, kommt auf meinen Wink hin mit der Rechnung zurück. Heute bestehe ich darauf, mein Essen selbst zu zahlen. Es reicht, wenn Simon mich ins Kino eingeladen hat, obwohl ich von dem Film kaum etwas mitbekommen habe. Als wir das Lokal verlassen, ist es draußen bereits stockdunkel.

Kurz sehe ich auf mein Handy und wundere mich, weil es beinahe Mitternacht ist. Wie schnell die Zeit mit Simon verflogen ist. Wenn ich nicht schleunigst ins Bett komme, dann wird es mir morgen sehr schwerfallen, in der Uni die Augen offen zu halten.

»Komm, ich bringe dich nach Hause. Mit der Straßenbahn dauert es jetzt zu lange«, schlägt Simon vor.

»Ich könnte auch laufen«, meinte ich achselzuckend, doch er schüttelt den Kopf und greift nach meiner Hand. Wie von selbst verschränken sich meine Finger mit seinen.

»Ich bringe dich heim. So macht man es bei einem anständigen Date«, wiederholt er mit Nachdruck und schlägt bereits den Weg zum Parkhaus ein. Ein leichtes Lächeln umspielt meine Lippen, während ich ihm schweigend folge und mir seine Worte durch den Kopf gehen lasse. Warum sträube ich mich so gegen seine Bemühungen, mich ein wenig zu umgarnen? Vermutlich bin ich es einfach nicht gewohnt, dass sich ein Mann so ins Zeug legt, mich kennenzulernen. Immerhin hatte ich bisher keinen Freund wie Simon.

Er schließt sein Auto auf und öffnet mir sogar die Beifahrertür.

»Danke«, sage ich zu ihm und setze mich, dann schaue ich mich kurz um. »Du hast ein echt tolles Auto.« Ich kenne mich zwar nicht wirklich gut aus, aber der alte Benz muss bestimmt aus den Sechzigern sein. Solche Autos kenne ich nur aus dem Fernsehen. Ein richtiger Oldtimer.

»Meine geheime Leidenschaft«, gesteht er schmunzelnd, als er kurz mit der Hand über das schwarze Leder des Sitzes streicht. »In meiner Freizeit schraube ich gern an Autos herum. Ein Kumpel von mir hat eine eigene Werkstatt. Dieses Schmuckstück habe ich für einen Spottpreis im Internet gekauft und instand gesetzt.«

Die Fahrt bis zum Wohnheim geht schnell vorbei und ein wenig stimmt es mich traurig, dass wir uns jetzt schon trennen müssen. Aber ich bin müde, und Simon muss vermutlich morgen noch früher aufstehen als ich. Deshalb lege ich meine Hand an den Türgriff und will gerade aussteigen, als mich Simon an der Schulter packt und zurückzieht.

»Noch ein paar Minuten«, raunt er mir zu, seine braunen Augen funkeln im schummrigen Licht des Autos. Ich verharre in der Bewegung, sehe ihn an und etwas in mir wird ganz weich. Mein Herz flattert aufgeregt in meiner Brust, als wäre es ein Vogel in einem Käfig. Simon umfasst mein Gesicht mit seinen Händen, lehnt sich über die Mittelkonsole so weit vor, bis sich unsere Nasenspitzen berühren.

»Der Abend mit dir war wirklich schön«, murmelt er nah an meinen Lippen. Und ehe ich ihm eine Antwort geben kann, küsst er mich zärtlich. Ich genieße den Druck seiner Lippen und das leichte Kratzen des Dreitagebarts an meiner Haut. Als Simon mit seiner Zunge über meinen Mund streicht, öffne ich ihn nur zu gern und lasse sie ein. Der Kuss wird heißer, inniger, als sich unsere Zungen erst vorsichtig, dann immer wilder umkreisen und den Mund des jeweils anderen erforschen. Keuchend drehe ich meinen Oberkörper und schlinge die Arme um Simons Hals. Auch er vergräbt seine Hände in meinem Haar, streicht mit den Fingern durch meine zerzausten Locken. Unsere Zähne stoßen gegeneinander, als Simon den Kuss noch weiter vertieft und mir damit den Atem raubt.

Okay, jetzt ist es offiziell: Ich bin verknallt! Dieser Kerl bringt mich mit einem einzigen Kuss dazu fast durchzudrehen. Wie von Sinnen zerre ich an dem Kragen seines Parkas, will so viel von seiner warmen Haut wie möglich spüren. Da ist viel zu viel Stoff zwischen uns für meinen Geschmack. Auch Simon scheint meiner Meinung zu sein, denn er lässt seine Hände über meinen Rücken gleiten, bis er sie unter meine Jacke schiebt. Sofort durchläuft mich ein warmer Schauder, als ich seine warmen Finger auf meinem Rücken spüre. Erneut entweicht mir ein tiefer Seufzer, ich beginne an seiner Unterlippe zu knabbern. Simon keucht nun ebenfalls, ich spüre deutlich, wie sehr er mit seiner Selbstbeherrschung ringt. Dann zieht er mich noch fester an sich, sodass ich halb auf ihm liege. Der Schaltknüppel drückt gegen meinen Bauch, doch ich ignoriere das störende Gefühl, weil ich mich nur noch auf Simon und unseren Kuss konzentrieren will. Als ich mir jedoch eine bessere Position suchen will, muss ich schweren Herzens meine Lippen von seinen lösen. Dieser kurze Moment reicht aus, um Simon zu sich zu bringen. Er richtet sich etwas auf, sodass ich es ihm unweigerlich gleichtun muss. Weil ich nicht aufpasse, stoße ich mir den Hinterkopf am Autodach.

»Autsch.« Mit zusammengekniffenen Augen reibe ich mir die schmerzende Stelle, dann lasse ich mich zurück auf meinen Sitz sinken und lehne den Kopf gegen die Kopfstütze. Meine Atmung geht flach, und auch Simon atmet hörbar aus, als wäre die Luft im Auto knapp.

»Sorry, ich hatte mich nicht unter Kontrolle«, murmelt er heiser, ohne mich dabei anzusehen. Auch ich starre geradeaus aus dem Fenster. Die Scheinwerfer erhellen die Haustür des Wohnkomplexes vor uns.

»Ich mag es, wenn du dich nicht unter Kontrolle hast«, gestehe ich mit einem tiefen Seufzen. Dieser Kuss hat mich wirklich umgehauen, und ich glaube, so schnell werde ich heute Nacht nicht einschlafen können. Mein Puls rast wie wild. Dennoch weiß ich, dass wir uns nun verabschieden müssen.

»Gute Nacht, Phil.« Er schaut mich an und schenkt mir ein leichtes Lächeln.

»Gute Nacht.« Nun steige ich endlich aus und sehe zu, dass ich so schnell wie möglich ins Bett komme.

Kapitel 17

Seit dem Date im Kino schreiben wir uns täglich. Eine Nachricht von Simon ist das Erste, was ich lese, sobald ich am Morgen die Augen öffne, und das Letzte, wenn ich ins Bett gehe. In den wenigen Tagen scheint es mir, dass ich ihn noch besser kennenlerne.

»Wem schreibst du eigentlich die ganze Zeit?«, fragt Heiko und sieht neugierig auf mein Smartphone. Ich drücke auf Senden und stecke das Handy in meine Jackentasche.

»Meinem Freund«, antworte ich und kann das breite Grinsen, das mich jedes Mal überkommt, wenn ich an Simon denke, einfach nicht vor meinem Kumpel verbergen. »Der Typ aus dem *Blue Heaven*. Ich habe dir von ihm erzählt.«

Heiko nickt zustimmend und erwidert mein Lächeln. »Krass, Mann. Ich habe nicht gedacht, dass es zwischen euch so ernst ist. War er der Grund, dass du letzte Woche in der Vorlesung bei Professor Schubert eingeschlafen bist? Dein Schnarchen war bis in die vordersten Reihen zu hören.«

Verlegen senke ich den Blick auf meine Schuhspitzen und verdoppele mein Tempo. Den Rucksack über der Schulter überquere ich die Straße und verlasse das Unigelände. Heiko läuft mir hinterher.

Ich habe nach dem Kinobesuch tatsächlich kaum ein Auge zugetan und war am nächsten Morgen dementsprechend müde. Da war es kein Wunder, wenn mich die monotone Stimme von Professor Schubert in den Schlaf lullte. Es war reines Glück, dass ihm mein angebliches Schnarchen nicht aufgefallen ist. Seit letzten Mittwoch habe ich mich nicht mehr mit Simon getroffen, weil er auf der Arbeit viel um die Ohren hatte. Doch er hat mir versprochen, Samstag etwas mit mir zu unternehmen. Darauf freue ich mich wahnsinnig.

»Wollen wir noch eine Runde über den Weihnachtsmarkt schlendern?«, schlägt Heiko vor und schließt zu mir auf. »Wir könnten eine Kleinigkeit essen.«

»Von mir aus gern. Aber danach muss ich schnell weg, weil ich heute zu meinen Eltern wollte«, antworte ich ihm und schlage den Weg in die Innenstadt ein, statt in die nächste Straße abzubiegen und zum Wohnheim zu gehen. Der erste Advent war vergangenen Sonntag, sodass der Weihnachtsmarkt nun offiziell eröffnet hat. Da es am Wochenende jedoch immer so voll in der Innenstadt ist, bin ich nicht dort gewesen, obwohl ich eigentlich mit Markus hingehen wollte. Er hatte sich jedoch zu Julian nach Köln verzogen, und die Jungs vom Fußball hatten alle was anderes vor, sodass mir nur ein langes Wochenende auf der Couch geblieben ist.

Mit Heiko schlendere ich durch die Reihen der bunt geschmückten Buden, bis wir vor einem Stand mit Bratwürstchen stehen bleiben. Ich zücke mein Portemonnaie und bestelle.

»Wie weit seid ihr denn gegangen?«, fragt Heiko neugierig, nachdem ich ihm eine der Bratwürste reiche und mich zu ihm an den kleinen Stehtisch am Rand geselle.

»Sag bloß, dich interessiert mein Liebesleben?«, witzele ich. »Weil du selbst keins hast, stimmt's?«

»Quatsch, ich wollte nur Konversation betreiben, das ist alles. Wir könnten auch über das Wetter reden, aber das bleibt die nächsten Tage wohl so trüb und kalt wie heute«, meint er achselzuckend und beißt in sein Essen. Ich probiere ebenfalls und es dauert nicht lange, da habe ich die Wurst auch schon verputzt.

»Tja, wir sind jetzt knapp zwei Wochen zusammen und haben uns bisher nur geküsst. Mehr ist nicht gelaufen«, informiere ich ihn.

Er grinst mich breit an und klopft mir auf die Schulter. »Na und? Ich habe mit meiner Ex-Freundin auch erst nach fast zwei Jahren Beziehung geschlafen«, entgegnet Heiko schmunzelnd und leckt sich den restlichen Ketchup von den Fingern.

»Du warst damals aber erst dreizehn und hast eh keinen hochbekommen, Idiot«, brumme ich verstimmt. Dass Simon keinen Sex mit mir haben will, frustriert mich ein bisschen. Seit unserem letzten Kuss in seinem Auto vergehe ich vor Verlangen nach ihm und seinen Berührungen. Es geht schon so weit, dass ich nachts von ihm träume, mir seinen Körper ausmale. Die Vorstellung ist so bildlich, dass ich immer kurz davor bin, mir selbst einen runterzuholen. Und das ist mir irgendwie total peinlich, weil ich ihn eigentlich nicht ohne sein Wissen als Wichsvorlage nutzen möchte.

»Du hast echt keine Ahnung von Beziehungen, oder?«, mutmaßt Heiko, als er meinen traurigen Blick bemerkt. Langsam beginnt es zu dämmern, und die Lichterketten um uns herum kommen besser zur Geltung. Die Augen fest auf die bunten Punkte vor mir gerichtet, nicke ich. Bisher bin ich nie richtig verliebt gewesen. Das, was ich für Kai empfand, hielt ich für Liebe. Aber mittlerweile glaube ich, dass es bloß eine Art Schwärmerei und körperliche Anziehung gewesen ist. Der Gedanke, ihm so viele Jahre nachgetrauert und dadurch mein Leben völlig umgekrempelt zu haben, schockt mich immer mehr. Ich habe mich wirklich von ihm blenden lassen.

»Als ob du mehr Ahnung hast«, kontere ich beleidigt, weil ich Heiko nicht zustimmen will.

Er verschränkt die Arme vor der Brust. »Nun, ich weiß zumindest, wie es mit den Frauen läuft. Sie erwarten zum Beispiel, dass man sie schick ausführt, ehe sie mit einem ins Bett gehen. Da muss man sich erst ins Zeug legen, um in den Genuss der weiblichen Reize zu kommen. Und wenn das Herz dabei ist, lohnt sich das Warten auf jeden Fall. Warum sollte es da bei deinem Simon anders sein? Ich sehe dir an der Nasenspitze an, dass du über beide Ohren in diesen mir unbekannten Mann verknallt bist. Streite es nicht ab, Phil, dafür kenne ich dich zu gut. In letzter Zeit bist du so fröhlich und strahlst regelrecht. Woran soll deine Stimmung sonst liegen, wenn nicht an deinen Gefühlen?« Heiko zwinkert mir zu.

Solche Worte habe ich echt nicht von ihm erwartet, und es macht mich ein wenig verlegen, dass er mich anscheinend so gut kennt. Kameradschaftlich legt er mir den Arm um die Schultern.

»Denk also nicht so krampfhaft an Sex, sondern lass dich ein bisschen von dem Kerl verwöhnen.«

Ich lasse mir seine Worte durch den Kopf gehen. Vielleicht hat Heiko ja recht, und ich sollte schauen, wohin uns die Reise führt? Früher oder später werden wir miteinander schlafen und dann werde ich jede Sekunde davon genießen, als wäre es mein erstes Mal mit einem Mann.

***

»Hallo Mama, bist du zu Hause?«, rufe ich durch den dunklen Hausflur, nachdem ich die Eingangstür meines Elternhauses aufgeschlossenen habe. Es ist früher Abend, und meine Mutter müsste eigentlich längst von der Arbeit im Kindergarten zurück sein. Ich lasse meine Sporttasche zu Boden gleiten und ziehe mir Jacke und Schuhe aus.

»Ich bin hier, Schatz«, höre ich ihre Antwort gedämpft von oben. Neugierig erklimme ich die Stufen der Treppe ins Obergeschoss, um mich nach meiner Mutter umzuschauen. Die Bodenluke ist geöffnet, ich höre es rumpeln und klappern, dann taucht der Kopf meiner Mutter über mir auf.

»Ich habe mit deinem Besuch gar nicht gerechnet«, sagt sie mit einem freudigen Lächeln.

»Hast du meine Nachricht gar nicht gelesen? Ich habe dir extra geschrieben, dass ich heute vorbeikomme, weil ich es am Wochenende nicht zum Brunch mit Tante Gerti geschafft habe«, erkläre ich ihr mit hochgezogenen Augenbrauen.

Meine Mutter runzelt nachdenklich die Stirn. »Der Tag war so hektisch, da habe ich gar nicht mehr auf mein Handy geschaut, nachdem ich nach Hause gekommen bin. Aber wo du jetzt hier bist, kannst du mir auch helfen. Pack doch bitte mit an.«

Sie verschwindet kurz, bis sie einen großen Karton durch die Luke schiebt, den ich entgegennehme. Nachdem ich die Kiste auf dem Fußboden neben der Leiter abgestellt habe, kommt auch meine Mutter vom Dachboden runter. Sie umarmt mich kurz, dann geht sie an mir vorbei ins Erdgeschoss. Ich folge ihr mit der Kiste im Arm.

»Was ist das?«, frage ich sie. Das Zeug auf meinem Arm ist verdammt schwer. Ich bezweifle, dass meine Mutter die Kiste allein vom Dachboden runtergebracht hätte.

»Weihnachtsdeko«, entgegnet sie und nimmt mir die Sachen ab, als wir im Wohnzimmer sind. »Die Wochen bis Heiligabend gehen wie im Flug vorbei, glaub mir. Da wollte ich jetzt schon ein bisschen dekorieren und es für deinen Vater und mich gemütlich machen.« Sie öffnet den Karton und holt ein paar Lichterketten und Girlanden heraus. Ich setze mich auf die Couch und schaue ihr dabei zu, wie sie verschiedene Weihnachtsfiguren aus der Kiste holt und grübelnd abwägt, wohin sie jedes einzelne Teil im Wohnzimmer platzieren soll.

»Verbringst du die Feiertage mit uns zu Hause? So wie früher?«, fragt sie mich nach einer Weile, in der ich ihr schweigend beim Dekorieren zugeschaut habe.

»Ich weiß noch nicht, Mama. Ich ... ich habe nämlich wieder einen Freund und –«

»Das ist ja wunderbar, Schatz!« Begeistert klatscht sie in die Hände. »Hoffentlich ist es ein anständiger Kerl und nicht so ein schleimiger Schönling wie dein Letzter. Du kannst deinen Freund gern mitbringen, Schatz, wir würden uns wirklich freuen, ihn kennenzulernen.«

Ich zucke die Achseln. »Ich kann ihn ja fragen, ob er Lust auf eine kleine Familienfeier hat«, entgegne ich zögernd und erhebe mich von meinem Platz. Obwohl ich noch vor Kurzem eine Bratwurst auf dem Weihnachtsmarkt gegessen habe, knurrt mein Magen erneut. Also begebe ich mich in die Küche, um nach etwas Essbaren zu suchen.

***

Das Wochenende kann ich kaum erwarten, denn Simon hat mich nach einem weiteren Date gefragt. Markus ist ebenfalls weg, sodass ich auf einen gemütlichen Abend mit meinem Freund auf der Couch hoffe. Vielleicht kann ich ihn dieses Mal überreden, mit zu mir zu kommen. Und vielleicht kommen wir uns dann auch endlich näher.

Unruhig tigere ich durch die Wohnung. Ich habe extra aufgeräumt und sogar mein Bett frisch bezogen, denn man weiß ja nicht, wie sich der Abend entwickelt. Vorsorglich habe ich mich überall gründlich rasiert, nur um sicherzugehen.

Als es laut klingelt, schrecke ich nervös zusammen. Aufgeregt eile ich in den Flur und betätige den Summer, bevor ich die Wohnungstür aufreiße. Das Erste, was ich sehe, sind Rosen. Unendlich viele, riesige rote Rosen! Ich blinzle, muss noch mal hinschauen, doch an dem Bild ändert sich nichts. Der Strauß, den Simon in den Händen hält, ist so groß, dass ich sein Gesicht dahinter nicht sehen kann.

»Du ... du hast mir tatsächlich Blumen mitgebracht?«, stammele ich völlig von der Rolle, als er mir den Strauß in die Arme drückt. Simon lacht auf und schiebt sich an mir vorbei in die Wohnung, während ich wie vom Donner gerührt auf der Schwelle stehe und die Blumen in meinem Arm anstarre. Ein lieblicher Duft steigt mir in die Nase. Von Nahem sind die Rosen noch schöner. Die dunkelrote Farbe der Blüten ist kräftig und strahlt gerade mit meinen geröteten Wangen um die Wette.

»Ist es so verwunderlich, dass ich dir Blumen schenken möchte?«, kommt es von Simon. Er wirkt ziemlich amüsiert über meine Überraschung.

Ich räuspere mich und schließe endlich die Wohnungstür. »Nun. Ich bin ein Mann. Ich habe noch nie Blumen bekommen ...«

»Eine Schande. Jeder verdient Blumen, egal ob Frau oder Mann. Ich wollte sie dir unbedingt schenken, sie haben mich quasi angelacht, als ich an dem kleinen Blumenladen hier an der Ecke vorbeigefahren bin. Da konnte ich nicht widerstehen und habe sie alle gekauft.«

Noch mal sehe ich auf den Strauß, dann zu meinem Freund, der mir ein offenes Lächeln schenkt.

»Sie sind so unglaublich schön«, murmele ich.

Simon tritt hinter mich und umfasst meine Taille. »Du bist auch schön. Auf deine ganz besondere Art«, raunt er mir ins Ohr. Eine Gänsehaut bildet sich auf meinen Armen, ich umklammere den Blumenstrauß fester, als Simon leichte Küsse in meinem Nacken verteilt. Seufzend bewege ich meinen Kopf etwas zur Seite, um ihm noch mehr Raum für Liebkosungen zu geben. Simons weiche Lippen streichen über meinen Hals, bilden einen wunderbaren Kontrast zu dem leichten Kratzen seines Bartes, was mir neuerliche Schauder über den Körper jagt. Seine Küsse erregen mich, obwohl es wirklich nur harmlose Küsschen sind.

Weil Simon nicht weiter geht, bin ich es, der nun die Initiative ergreift. Den Strauß immer noch mit einer Hand umklammernd, lasse ich ihn sinken und fasse mit der freien Hand nach Simons Schulter, als ich mich mit einem Ruck zu ihm umdrehe. Er hebt den Blick und schon nutze ich den Moment, um ihn zu küssen. Fordernd drücke ich meine Lippen auf seinen Mund, bewege meine Zunge und dringe vor. Mein Freund lässt mich widerstandslos ein, keucht überrascht auf, weil er mit meinem Vorsprung nicht gerechnet hat. Mit wild klopfendem Herzen lege ich all die Sehnsucht der letzten Tage in den Kuss, zeige ihm dadurch, wie sehr ich mich nach ihm verzehre. Der Funke springt über, und jetzt ist es Simon, der meine Zärtlichkeit mit eben der gleichen Intensität erwidert. Seine Hände wandern über meinen Rücken, bis er sie auf meine Schultern legt und mich rückwärts gegen die Wohnungstür drängt. Knutschend pressen wir uns aneinander, halten uns fest, klammern regelrecht. Ich lasse den Blumenstrauß zu Boden gleiten und vergrabe meine Finger in seinem Haar, ziehe ihn so noch enger an mich.

Sein Knie gleitet zwischen meine Beine und streift meine Erektion. Ich stöhne in seinen Mund, drücke mein Becken gegen seins und merke, dass meine Nähe auch bei Simon Spuren hinterlassen hat. Ihm geht es ähnlich, auch wenn er sich vielleicht besser beherrschen kann als ich. Weil ich am Kragen seines dicken Parkas zerre, greift Simon nach meinen Händen und drückt sie rechts und links neben meinen Kopf, ohne unsere Lippen voneinander zu trennen. Ich bin gefangen zwischen seinem Körper und der Wand, doch es gefällt mir. Simons Leidenschaft treibt mich an die Grenzen der Selbstbeherrschung. Noch nie hat mich jemand geküsst, als gäb's kein Morgen. Doch genau das passiert gerade. Mein Freund saugt gierig an meinen Lippen, seine Zunge stößt in meinen Mund vor und zieht sich zurück, um Raum für mich zu lassen. Ein Wimmern entrinnt meiner Kehle und mir werden die Knie weich, als seine Lippen knabbernd über meinen Hals wandern. Jede Stelle, die nicht von Kleidung bedeckt ist, wird mit feuchten Küssen übersäht.

»Simon«, stöhne ich seinen Namen. »Wenn du mich noch länger quälst, dann garantiere ich für nichts mehr ...«

Für einen Moment unterbricht er die Tortur. Seine Lippen schweben nur wenige Zentimeter über meinem Schlüsselbein, als denke er darüber nach, was er tun soll. Heftig atmend warte ich mit zitternden Beinen auf seine Reaktion. Endlich lässt er meine Hände los, und sein Gesicht taucht abermals vor mir auf. Er gibt mir einen kurzen Kuss.

»Du hast recht. Wir sollten gleich los, denn ich habe schon Hunger.«

»Gott, wie kannst du jetzt an Essen denken?«, presse ich hinter zusammengebissenen Zähnen hervor. Meine Atmung geht stoßweise, meine Wangen glühen, und ich bin so erregt, dass ich kaum noch klar denken kann. Simon kratzt sich verlegen am Hinterkopf. Er ist ebenfalls rot im Gesicht, und ich kann ihm seine Erregung deutlich ansehen. Trotzdem macht er einen Schritt von mir weg.

»Na ja, ich habe uns einen Tisch reserviert. Wenn wir nicht bald im Restaurant auftauchen, verfällt die Reservierung vielleicht ...«

»Vergiss den Hauptgang. Lass uns zum Nachtisch übergehen«, raune ich ihm zu und will ihn erneut küssen, doch er hält mich lächelnd zurück.

»Für Nachtisch ist später immer noch genug Zeit«, sagt er in ruhigem Ton.

Gott, dieser Kerl hat eine Geduld, die könnte ich in meinem jetzigen Zustand nicht an den Tag legen. Dennoch ergebe ich mich in mein Schicksal. »So kann ich unmöglich vor die Tür«, murmele ich verlegen mit einem kurzen Blick auf meine Körpermitte. Die Jeans spannt sich um meine Erektion. Hätte ich mich doch nur für eine bequemere Hose entschieden.

Mein Freund grinst schelmisch, rührt sich jedoch nicht vom Fleck. »Denk an etwas, das dich auf andere Gedanken bringt«, schlägt er mir vor. »Funktioniert bei mir auch immer super.« Seine Erregung ist nicht mehr zu sehen, so, als habe ich es mir eingebildet.

»Woran soll ich denn denken, wenn du bei mir bist? Da kann ich nur daran denken, wie du ... wie ... O Gott!« Ich kann mir ein Stöhnen kaum verkneifen, was Simon zum Lachen bringt.

»Denk an eine Oma im Bikini«, meint er frech und öffnet bereits die Wohnungstür.

»Wie kommst du nur auf diesen Blödsinn?«, frage ich mit zusammengezogenen Augenbrauen. Die Vorstellung ist alles andere als berauschend.

»Hilft doch, oder?«, meint Simon mit einem Zwinkern. Tatsächlich ist von der Beule in meiner Hose kaum noch etwas zu sehen. Seufzend schnappe ich mir meine Winterjacke und schlüpfe in meine Schuhe.

***

Simon hat einen gemütlichen Italiener in der Innenstadt für unser Abendessen ausgesucht. Während er mit einem Glas Rotwein in der Hand über seinen Job erzählt, hänge ich wie gebannt an seinen Lippen. Nicht, weil mich seine Arbeit als Ingenieur bei Thyssen so sehr interessiert, sondern weil ich immerzu an unseren Kuss in meinem Flur denken muss. Es kommt mir so vor, als könnte ich seine weichen Lippen immer noch auf meinem Mund spüren.

»Hey, du isst ja gar nichts. Schmeckt dir die Pizza nicht? Hätte ich vielleicht doch ein anderes Restaurant für unser Date aussuchen sollen?«, fragt er mich besorgt. Ich schüttele den Kopf und schneide mir noch ein kleines Stück ab. Simon hat seine Pizza bereits zur Hälfte gegessen, während ich nur mit der Gabel in meinem Essen herumgestochert habe. Der Teig ist mittlerweile kalt, doch sie schmeckt trotzdem. Ich schiebe mir das Stück in den Mund und kaue genüsslich.

»Dieses Restaurant kenne ich gar nicht«, stelle ich fest und sehe mich noch mal um. Das Ambiente ist nobel, nicht viel zu schick, dennoch hat der Italiener in der versteckten Seitenstraße der Innenstadt Stil. Hier bin ich noch nie gewesen, aber vermutlich liegt es eher daran, dass meine Freunde und ich Kneipen und Bistros bevorzugen, statt in ein richtiges Restaurant zu gehen.

»Ich habe diesen Laden erst vor Kurzem entdeckt, als ich mit ein paar Arbeitskollegen unterwegs war«, erklärt mir Simon. »Die Pizza ist ausgezeichnet. So dünnen Boden gibt es sonst nicht oft. Außerdem haben sie hier guten Wein.« Er hebt sein halb volles Glas und prostet mir zu, bevor er noch einen Schluck von dem Getränk nimmt. Auch ich probiere den süßen Wein. Es kommt nicht oft vor, dass ich mir Wein gönne, denn normalerweise bevorzuge ich Bier, wenn ich ausgehe.

»Es gefällt mir hier«, meine ich dann und schenke Simon ein Lächeln. »Danke, dass du mit mir hierhergekommen bist.«

Er greift über den Tisch nach meiner Hand und legt seine drauf. »Sehr gern. Und wenn wir fertig sind, dann können wir noch einen kleinen Spaziergang über den Weihnachtsmarkt machen, wenn du magst. Da ich lange nicht hier gewesen bin, würde ich ihn mir gern anschauen. Als Kind mochte ich vor allem die Eislaufbahn und das Riesenrad.«

»Natürlich«, sage ich nickend. »Ich liebe den Essener Weihnachtsmarkt!«

***

Auf dem Weihnachtsmarkt herrscht an einem Samstagabend viel Betrieb. Hand in Hand schieben wir uns durch die zahlreichen Besucher an den Ständen vorbei, bleiben hier und da stehen, um uns die Auslagen der

Buden anzusehen. Ich liebe die weihnachtliche Stimmung, den Duft nach Kerzen und Gewürzen, auch wenn das Wetter eher trüb und feucht ist. Es hat kurz geregnet, doch nun strahlen die Sterne am nachtschwarzen Himmel.

»Ist dir kalt?«, fragt Simon und zieht mich noch etwas enger an sich.

Ich schüttele den Kopf. Tatsächlich spüre ich die Kälte an seiner Seite kaum. Trotzdem gefällt mir seine Umarmung. Eng umschlungen schlendern wir durch die winterlich beleuchtete Innenstadt.

»Hey, wollen wir eine Runde fahren?«, schlägt Simon plötzlich vor, als wir die Eislaufbahn am Kennedyplatz erreichen. Einige Kinder drehen dort lustige Kreise und albern auf der Fläche herum. Aus Lautsprechern dröhnt kitschige Weihnachtsmusik und der Duft von frischen Lebkuchenherzen und Glühwein umhüllt uns, als wir näher an die errichtete Eislaufbahn treten.

»Ich habe das echt ewig nicht mehr gemacht«, wende ich ein und beäuge skeptisch die Kinder auf dem Eis. »Außerdem haben sie sicher keine Schuhe in meiner Größe.«

»Quatsch, du hast ziemlich kleine Füße für einen Mann. Es wird sich sicherlich etwas für dich finden«, winkt Simon lachend ab und geht tatsächlich direkt zum Stand, an dem man sich Schlittschuhe ausleihen kann. Wenig später kommt er mit zwei paar Schlittschuhen zurück.

»Du weißt doch nicht mal meine Schuhgröße«, sage ich erstaunt und mustere das Paar, das er mir in die Hand drückt.

»Ich habe geraten.« Simon setzt sich auf eine Bank und schlüpft bereits aus seinen Schuhen. Misstrauisch sehe ich die Schlittschuhe, dann ihn an. Doch weil er mich so warm anlächelt, setze ich mich seufzend neben ihn und probiere die Schuhe an. Tatsächlich zwicken sie ein wenig an den Zehen, passen jedoch größtenteils. Ein paar Minuten werde ich es auf dem Eis aushalten. Simon reicht mir die Hand und hilft mir auf die Beine. Ich bin in den Schlittschuhen etwas wackelig und froh darüber, dass er mich stützt. Gemeinsam betreten wir die Eisbahn. Ich brauche einige Anläufe, um halbwegs sicher über das Eis zu gleiten, aber es gelingt mir trotzdem nach einer Weile recht gut.

»Du fährst ja wie ein Profi«, meint er grinsend, als ich an ihm vorbeiziehe und eine halbe Drehung mache, um zu ihm zurückzukommen.

»Ich habe ganz vergessen, wie viel Spaß das macht«, sage ich glücklich. Simon nimmt meine Hand in seine und drückt sie leicht, ehe wir gemeinsam in gemächlichem Tempo über das Eis fahren.

»Mein letztes Mal ist auch beinahe zehn Jahre her. Während ich in Berlin gelebt habe, war ich nie Schlittschuhlaufen. Der Weihnachtsmarkt dort ist zwar auch toll, aber nicht zu vergleichen mit Essen. Hier fühlt es sich nach Heimat an«, erzählt Simon gedankenverloren.

Ich schmiege mich an seine Seite und sorge dafür, dass er stehen bleibt. »Warum bist du dann nicht viel früher zurückgekommen, wenn du die Stadt so vermisst hast? Konntest du nicht auch hier an der Uni studieren?«, frage ich verwundert.

Simon sieht mich fest an. Traurigkeit spiegelt sich in seinem Gesicht. Zwar versucht er sie mit einem Lächeln zu überdecken, doch es erreicht seine braunen Augen kaum. Sofort bereue ich meine Frage, denn ich will die romantische Stimmung zwischen uns nicht ruinieren.

»Die Beziehung zu meinen Eltern ist etwas ... kompliziert«, sagt er leise, jedoch in ruhigem Ton. Beinahe so, als würde er das Thema nicht an sich heranlassen wollen. Worum es wohl geht? Hatte er vielleicht Probleme bei seinem Coming-out und ist deshalb nach dem Abi in eine andere Stadt gezogen? Wundern würde es mich nicht, denn es gibt immer noch so viele Männer, die wegen ihrer Homosexualität von Familien missverstanden werden. Markus ist da das beste Beispiel, denn auch er versteht sich deshalb nicht mit seinem Stiefvater. Der Twist ging so weit, dass Markus nicht einmal mehr mit seiner Mutter redet. Da habe ich großes Glück mit meinen Eltern. Sie akzeptierten mich von Anfang an so, wie ich bin. Meine Sexualität war nie Thema, und als ich mich in meiner Schulzeit bei ihnen outete, nahmen sie es wie selbstverständlich hin.

»Möchtest du Weihnachten mit meiner Familie feiern?«, frage ich Simon deshalb. »Also ... es wird nichts Besonderes. Meine Mutter macht ihren berühmten Gänsebraten und Papa singt kitschige Weihnachtslieder, wenn er zu viel von dem selbst gekochten Glühwein getrunken hat, aber es ist echt gemütlich. Vermutlich kommt Tante Gerti zu Besuch oder meine Oma, das weiß ich noch nicht. Aber Markus ist jedenfalls mit dabei, er feiert schon einige Jahre mit uns. Meine Eltern würden sich freuen. Und ich auch.« Ich schaue meinen

Freund erwartungsvoll an. Erst wollte ich ihn nicht fragen, weil unsere Familientraditionen ein bisschen peinlich sind, doch als ich das freudige Funkeln in seinen Augen bemerke, bereue ich meine Frage nicht. Für ihn scheint es ein großer Vertrauensbeweis zu sein, dass ich ihn in mein Elternhaus einlade.

»Wenn es dir nichts ausmacht ...«

»Nein! Sonst hätte ich dich doch gar nicht erst gefragt«, bekräftige ich meine Worte.

Simon streicht mit seiner Hand über meine Wange, lässt sie dort liegen, und ich schmiege mich direkt an seine warmen Finger.

»Dann komme ich gern«, antwortet er. Er senkt sein Gesicht ein Stück, und ich bin mir sicher, dass er mich gleich küssen wird. Erwartungsvoll schließe ich meine Augen und spüre auch schon seine Lippen an meinem Mund. Ich halte beinahe den Atem an, weil sich mein Herz vor Freude überschlägt. Hier, mitten auf der Eislaufbahn, geküsst zu werden, lässt mich vor Glück fast vergehen. Ich schlinge meine Arme um seinen Hals und erwidere den Kuss.

***

Als wir uns auf den Rückweg zum Wohnheim machen, beginnt es zu regnen. Simon nimmt meine Hand und gemeinsam rennen wir zur nächsten Straßenbahnhaltestelle, um uns unterzustellen. Dennoch können wir es nicht vermeiden, nass zu werden.

»Ich hätte deinen Schirm mitnehmen sollen«, sage ich zerknirscht. »Oder wenigstens den Wetterbericht prüfen.« Irgendwie habe ich nicht mit Regen gerechnet, deshalb habe ich darauf bestanden, mit Simon zu Fuß zu gehen, statt mit dem Auto zu fahren. Aus diesem Grund hat er den Wagen auf dem Parkplatz vom Wohnheim abgestellt, auf dem sonst immer Markus' Motorrad steht. Da mein Mitbewohner heute nicht da ist, war der Stellplatz frei.

»Kann passieren. Im Winter ist das Wetter sowieso total unbeständig«, meint er achselzuckend und streicht sich durch die nassen Haare. Seine Hose und Schuhe sind nass, die Jacke hat jedoch das Schlimmste verhindert.

»Willst du vielleicht bei uns duschen? Ich möchte nicht schuld sein, dass du dich erkältest«, biete ich ihm an, nachdem wir die Straßenbahn verlassen haben und die Straße überqueren.

»Und du bist dir sicher, dass dein Mitbewohner nichts dagegen hat?«

»Warum sollte er? Außerdem ist Markus gerade bei seinem Freund Julian in Köln. Vor Sonntagnachmittag kommt er nicht zurück, also haben wir sturmfrei«, entgegne ich mit einem frechen Grinsen. Simon muss den Wink verstanden haben, denn auch auf seinem Gesicht erkenne ich ein Lächeln. Seine braunen Augen beginnen zu funkeln, als wüsste er ganz genau, worauf ich hinauswill. Vermutlich macht es ihm Spaß, mich wie einen Fisch an der Angel zappeln zu lassen.

Ich schließe auf und erklimme die Treppen hinauf in unsere Wohnung. Bei jedem Schritt steigt meine Nervosität, denn vielleicht passiert heute das, worauf ich seit unserem ersten Date warte. Mit zitternden Fingern öffne ich die Wohnungstür und lasse Simon den Vortritt. Mein Freund streift sich die durchnässten Schuhe und Socken von den Füßen, dann hängt er die Jacke an die Garderobe und vergräbt die Hände in den Taschen seiner Jeans. Sein Pullover ist tatsächlich trocken geblieben. Schnell ziehe ich mir ebenfalls die Straßenkleidung aus und führe Simon ins Wohnzimmer.

»Wenn du magst, dann kannst du eine Jogginghose von mir anziehen. Deine Jeans könnte ich in der Zwischenzeit zum Trocknen über die Heizung hängen«, schlage ich ihm vor, versuche dabei so ruhig wie möglich zu klingen. Seine Anwesenheit in der WG sorgt dafür, dass sich meine Gedanken überschlagen und all meine Sinne nur noch auf ihn gerichtet sind.

Simon sieht sich im Raum um, statt sich direkt aufs Sofa zu setzen. »Klar, warum nicht. Du bist zwar kleiner als ich ... aber es wird wohl gehen, denke ich«, entgegnet er mit einem Zwinkern.

»Ähm ... okay. Dann zeige ich dir mal das Badezimmer«, sage ich schnell, um nicht die Kontrolle zu verlieren. Ich stoße die Tür zu dem kleinen Bad auf und knipse das Licht an. Simon schaut an mir vorbei in den Raum.

»Frische Handtücher findest du im Schrank unterm Waschbecken«, informiere ich ihn stockend. »Also ... dann lasse ich dich jetzt allein.« Ich will mich schon an ihm vorbei aus dem Bad drängen, als er mir seine Hand auf die Schulter legt.

»Vielleicht solltest du auch aus den nassen Sachen raus?«, fragt er, und seine Stimme klingt dabei tiefer als vorhin. Sein eindringlicher Blick trifft mich unvorbereitet. Und als er auch noch kurzerhand seinen Pullover samt Shirt über den Kopf zieht, ist es mit meiner

Selbstbeherrschung vorbei. Ich kann Simon nur mit offenem Mund anstarren.

Unglaublich! Seine Unterarme sind beide voll tätowiert. Das ist mir bisher gar nicht aufgefallen, weil er immer lange Ärmel getragen hat. Ich trete einen Schritt zu ihm und streiche ehrfurchtsvoll über die verschiedenen Bilder, die ineinander übergehen und ein großes Ganzes bilden. Ich selbst habe auch ein Tattoo am Hals. Der kleine Vogel ist unscheinbar und ganz sicher nicht so ein Kunstwerk wie auf Simons Unterarmen, aber ich mag es dennoch. Irgendwie hat mich die Vorstellung damals ziemlich fasziniert, dass ein Mann meinen Hals liebkost und dabei das Tattoo küsst. Doch bisher kam es nicht dazu, denn der anonyme Sex im Darkroom war alles außer romantisch.

Er bleibt völlig regungslos, stößt mich nicht von sich, während ich über seine Arme streiche und mit den Fingerkuppen sanft seinen Körper erkunde. Ich taste mich vor, fahre über sein Schlüsselbein und dann weiter hinab über die glatt rasierte Brust. Simons Atmung beschleunigt sich, das kann ich deutlich unter meinen Händen spüren, als ich die flach auf seinen Bauch lege. Vorsichtig hebe ich meinen Kopf, traue mich beinahe nicht, ihm in die Augen zu sehen. Er muss mir meine Erregung anmerken, denn ich kann sie kaum noch vor ihm verbergen.

Immer noch voll bekleidet stehe ich dicht vor ihm, atme tief ein und aus, kann mich jedoch nicht von seinem Anblick lösen. Und als er mich plötzlich sanft in seine Arme zieht, beginne ich zu zittern.

»Was ist los?«, raunt er mir ins Ohr.

Beschämt hebe ich erneut den Kopf. »Ich brauche dich«, keuche ich atemlos, was Simon mit einem wissenden Lächeln erwidert. Weitere Worte der Erklärung verlangt er nicht, denn sofort spüre ich seine Lippen. Sein Kuss fegt jeden Gedanken aus meinem Kopf, lässt mich völlig willenlos zurück. Ich klammere mich an ihn, genieße die Wärme seines Körpers und seine Zunge, die mit meiner eigenen um die Wette ringt. Simons Hände streichen über meinen Rücken, gleiten unter meinen Pullover und massieren sanft meine erhitzte Haut. Mit geschlossenen Augen gebe ich mich seinen Berührungen und Küssen hin, lasse mich von ihm verwöhnen, gebe mich ihm hin, ohne zu fordern, weil ich alles auf mich zukommen lassen will.

Simons Hand gleitet in meine Hose, ich spüre seine warmen Finger an meinem Schwanz und stöhne auf, presse dabei jedoch immer noch die Augen fest zusammen, um ihn ja nicht anzusehen. Es ist mir peinlich, dass ich mich so von meiner Lust leiten lasse, doch Simon scheint damit kein Problem zu haben. Seine Hand bewegt sich gekonnt um meine Erektion, massiert sie mit stetigem Druck, bis sich alles um mich herum zu drehen beginnt. Meine Beine zittern stark, doch weil ich mich immer noch an Simon presse, kann mir nichts passieren. Keuchend erwidere ich unseren Kuss mit ganzer Hingabe und schnappe plötzlich nach Luft, als sich mein Höhepunkt anbahnt. Simon entlässt mich erst aus seinem Griff, nachdem ich wieder zu Atem gekommen bin. Ohne ein Wort darüber zu verlieren, was wir gerade getan haben, schlüpft er aus seiner Hose. Schnell drehe ich mich von ihm weg und verlasse das Bad, damit er in Ruhe duschen kann.

***

Zusammengekauert sitze ich auf meinem Bett, die Decke hängt über meinen Schultern, und starre auf meine Hände, die ich im Schoß zwischen meine Beine gepresst habe, als Simon die Tür zu meinem Schlafzimmer aufstößt. Es ist mir immer noch peinlich, weil ich mich gerade so gehen lassen habe. Notdürftig habe ich mich mit einem Taschentuch gesäubert und frische Unterwäsche angezogen, während Simon in der Dusche war.

Vorsichtig sehe ich ihn an. Meine Wangen sind immer noch gerötet, ich kann die Hitze deutlich spüren. Simon trägt bloß seine Boxershorts und das Shirt. Leise kommt er auf mich zu, rubbelt dabei seine Haare mit dem Handtuch trocken.

»Ich habe vom Flur Licht gesehen und mir gedacht, dass das hier dein Zimmer sein muss«, stellt er fest, ehe er dicht vor mir stehen bleibt. Vermutlich konnte er den Schein meiner Nachttischlampe durch den Türspalt erkennen. »Kann ich mich setzen?«, fragt er mit ernster Stimme. Stumm nicke ich und rutsche etwas von der Bettkante nach hinten, damit Simon Platz hat. Nach meiner Aktion im Bad kann ich ihm nicht in die Augen sehen. Ich komme mir wie ein notgeiler Teenager vor, der sein erstes Mal kaum erwarten kann, was mir total peinlich ist. Dabei sollte ich es eigentlich besser wissen, immerhin hatte ich in der Vergangenheit genügend Sex.

Aber mit Simon ist alles irgendwie anders, irgendwie aufregend. Er sorgt dafür, dass ich mich unglaublich begehrt fühle, ohne mich auch nur zu berühren. Erneut spüre ich das Knistern zwischen uns, das vom ersten Moment an da war. Wie kann er diese Spannung bloß so gut ignorieren?

»Ist alles okay zwischen uns?«, fragt er in die Stille des Zimmers. Jetzt schaue ich ihn doch an. Ein beinahe schüchternes Lächeln liegt auf seinem Gesicht. »Sorry, falls ich etwas falsch verstanden habe …«

»Ich habe dich überrumpelt. Tut mir leid«, entgegne ich leise und schüttele gleichzeitig den Kopf, weil er sich nicht bei mir entschuldigen muss. Schließlich bin ich es gewesen, der ihn aus heiterem Himmel überfallen hat. Simon rutscht neben mich und löst die Decke von meinen Schultern, die ich wie ein Schutzschild um mich gelegt habe. Angespannt warte ich seine nächsten Schritte ab, doch als er seinen Arm um meine Schultern legt und mich an sich zieht, verschwindet die Unsicherheit so schnell, wie sie gekommen ist. Seufzend vergrabe ich mein Gesicht in seinem Shirt, atme den mir wohlvertrauten Duft von Duschgel ein, der nun eine spezielle Note bekommen hat. Simon küsst meinen Scheitel, meine Schläfen und meine Wange. Seine Hände streicheln meinen Rücken und wärmen mich. Eng umschlungen sinken wir nach hinten auf meine Matratze. Das Bett ist gerade groß genug, dass wir gemeinsam darin liegen können.

Ich schmiege mich mit dem Rücken an meinen Freund und genieße seine Nähe. Die Wärme, die von ihm ausgeht, wirkt beruhigend auf mich, sodass ich mich nun vollends entspannen kann. Seine Streicheleinheiten gefallen mir. Jetzt spüre ich keine Lust, sondern Geborgenheit in seinen Armen. Dieses Gefühl ist ziemlich neu für mich, sodass ich es in vollen Zügen auskosten will. So gut habe ich mich noch mit keinem Mann gefühlt.

Simon verteilt sanfte Küsse in meinem Nacken und spielt mit meinen Haaren, zupft neckend an den Locken, die mir wirr ins Gesicht fallen. Ich lächle in mich hinein, drücke mich enger an ihn. Simons Erektion ist deutlich zu spüren. Mein Schwanz ist ebenfalls halb steif, doch gebe ich der Begierde nicht nach. Auch er scheint diesen Umstand locker hinzunehmen, denn seine Berührungen beschränken sich immer noch auf meinen Oberkörper und mein Gesicht.

»Ich habe mich in die verliebt, Philipp. Und wenn wir miteinander schlafen, dann wird es etwas Besonderes sein. Ich werde dir zeigen, dass *du* etwas Besonderes für mich bist. Und dass all die anderen Männer nichts bedeuten, mit denen du dich zum Spaß eingelassen hast«, flüstert er die Worte leise in mein Ohr. Gerade bin ich echt froh, mit dem Gesicht nicht zu ihm zu liegen, denn ich erröte augenblicklich. Sein Geständnis überrumpelt mich. Bisher hat mir niemand so gerade heraus gesagt, was er empfindet. Bei Kai ging es ohne Worte – selbst ich habe nicht von Liebe gesprochen, obwohl ich geglaubt habe, ihn geliebt zu haben. All die Jahre hing ich Kai hinterher, habe alles getan, um ihn zu vergessen. Und nun muss ich feststellen, dass ich bloß einem Phantom hinterhergejagt habe. Dass ich nie richtig in Kai verliebt gewesen bin! Dieser Gedanke schockt mich, sorgt jedoch gleichzeitig dafür, dass ich irgendwie ziemlich erleichtert bin. Dieses neue Gefühl, das Simons Nähe in mir auslöst, ist viel schöner als alles, was ich je bei Kai gespürt habe.

»Sie haben mir nichts bedeutet«, murmele ich immer noch überwältigt. »Nun bin ich mir selbst nicht mehr sicher, was ich mir mit dem ganzen Sex beweisen wollte. Es war dumm von mir zu glauben, dass mich Sex allein glücklich machen kann, nachdem mein Ex-Freund mich betrogen hat ... Die Leere in meinem Herzen konnte niemand füllen – bis du kamst.«

Erneut spüre ich sanfte Küsse im Nacken. Simon drückt mich noch enger an seine Brust.

»Bleibst du noch?«, frage ich ihn leise, nachdem wir eine Weile schweigend aneinandergeschmiegt daliegen.

»So lange du willst, Phil. So lange du willst«, lautet seine Antwort.

***

Als ich am Morgen erwache, bemerke ich die Wärmequelle hinter mir und muss unweigerlich grinsen. Simon ist immer noch hier, und es war kein Traum, dass er neben mir eingeschlafen ist. Immer noch liegen wir in Löffelchenstellung, als hätten wir uns die ganze Nacht kaum gerührt. Ich spüre seine Morgenlatte fest an meinem Rücken. Vorsichtig drehe ich mich in seinen Armen, damit ich ihn ansehen kann. Seine Haare sind zerzaust und hängen ihm in die Stirn. Er wirkt sehr entspannt und atmet leise. Mit einer Hand streiche ich ihm die Haare zur Seite und fahre über seine stoppelige Wange. Wir sind gestern Abend kurz nach unserem Gespräch tatsächlich eingeschlafen.

»Guten Morgen«, murmelt er verschlafen und drückt sein Gesicht an meinen Hals. Ich atme tief ein, nehme seinen männlichen Duft in mir auf und seufze leise.

»Guten Morgen«, erwidere ich, lege dabei meine Hände auf seinen Rücken und ziehe ihn näher zu mir, bis er auf mir liegt.

»Oh, da ist jemand ja ziemlich munter«, bemerkt er lachend.

Verlegen drücke ich mein Becken gegen seins. »Geht anscheinend nicht nur mir so«, kontere ich kichernd, dann hebe ich den Blick und sehe ihm in die Augen. »Bekomme ich einen Guten-Morgen-Kuss?«

»Sind wir denn schon so weit? Einen Kuss, ohne sich die Zähne geputzt zu haben ... Wirklich gewagt.«

»Oh, sorry. Ich kann natürlich erst ... Moment ...« Ich versuche mich unter ihm wegzurollen, doch Simon hält mich mit seinem Körper gefangen. Jetzt kniet er sich über mich, die Hände neben meinem Kopf abgestützt.

»Hey, das war bloß ein Spaß. Es ist für mich okay, wenn es für dich okay ist«, sagt er mit fester Stimme. Dann senkt er sein Gesicht und presst seine Lippen auf meinen Mund. Ich lasse mich nicht lange bitten und öffne den Mund für seine Zunge. Simon senkt sich sicher auf mich, drückt mich mit seinem Gewicht weiter in die Matratze. Knutschend bleiben wir in dieser Position, bis mir die Puste ausgeht, und ich den Kuss lösen muss. Bevor ich ihn jedoch noch mal küssen kann, knurrt mein Magen so laut, dass man es kaum überhören kann. Mein Freund setzt sich lachend auf und gibt mich dadurch frei.

»Da ist jemand nicht nur hellwach, sondern auch noch hungrig«, kommentiert er mein heftiges Magenknurren.

»Soll ich uns Brötchen vom Becker gegenüber besorgen?«, frage ich ihn und steige aus dem Bett, um meine Verlegenheit über diese jähe Unterbrechung zu überspielen. Ohne Simon anzusehen, fische ich die Jogginghose vom Fußboden, die ich gestern dort achtlos hingeworfen habe, und schlüpfe hinein. Dann tausche ich mein verschwitztes Schlafshirt gegen ein neues.

»Ach, das brauchst du nicht. Ich bin auch mit Brot zufrieden, solange du Kaffee im Haus hast«, entgegnet er und verlässt ebenfalls mein Bett.

»Deine Hose müsste noch im Trockner sein.« Mit diesen Worten verlasse ich Simon und gehe in die offene Wohnküche, um unser Frühstück vorzubereiten. Tatsächlich finde ich noch Toastbrot im Kühlschrank. Während der Kaffee durch den Filter läuft, stecke ich das Brot in den Toaster und decke die Frühstückstheke. Simon kommt vollständig bekleidet zu mir in die Küche, als ich gerade den Kaffee in zwei Becher gieße.

»Setz dich«, fordere ich ihn auf und stelle die Becher auf dem Tresen ab, ehe ich die fertigen Toasts auf Teller lege und ebenfalls zur Frühstückstheke bringe. Simon nimmt auf dem Barhocker mir gegenüber Platz, an dem sonst immer Markus sitzt. Ein warmes Gefühl von Freude breitet sich in mir aus, während ich weiter in der Küche herumwusele, Wurst und Käse aus dem Kühlschrank hole und Marmelade dazustelle. Es ist seltsam, nach einer gemeinsamen Nacht zusammen zu frühstücken, als wäre es das Normalste der Welt. Gut, es *ist* auch das Normalste der Welt, wenn man eine normale Beziehung hat. Nur hatte ich bisher keine solche Beziehung ...

Simon nimmt einen Schluck von dem Kaffee, bevor er nach dem Toast greift und ihn mit Butter bestreicht. Ich mache es ihm gleich, dann beiße ich in mein Brot. Eine unangenehme Stille breitet sich zwischen uns aus. Irgendwie weiß ich nicht, worüber ich mit ihm sprechen soll, weshalb ich bloß stumm auf meinem Toast herumkaue.

»Ich bin froh, nach Essen zurückgekommen zu sein«, durchbricht Simon die Stille. »Auch wenn meine Rückkehr einen anderen Grund hatte ... Hier habe ich dich kennengelernt. Wenn ich mit dir zusammen bin und an dich denke, kann ich meine Sorgen für den Moment vergessen.«

»Zum Glück bist du hergekommen«, entgegne ich mit einem Lächeln, das ich hinter meinem Kaffeebecher verstecke. Ich bin wirklich unglaublich froh, dass Tim die Idee hatte, mit Julian und mir ins *Blue Heaven* zu gehen, wo ich auf Simon traf.

Simon sieht auf seinen angebissenen Toast auf dem Teller und schweigt kurz. Ich fürchte bereits, etwas Falsches gesagt zu haben, als er mir erneut in die Augen sieht.

»Mein Bruder ist HIV-positiv«, sagt er dann leise, jedoch so ruhig, als würde er aus der Tageszeitung vorlesen. »Aus diesem Grund bin ich zu meiner Familie zurückgekehrt.«

Mir fällt beinahe der Toast aus der Hand, so sehr schocken mich seine Worte. So ein ernstes Thema ist nicht für einen entspannten Sonntagmorgen gedacht.

Und dass er es überhaupt so tonlos anspricht, als würde er über das Wetter sprechen, lässt mich fassungslos zurück.

Simon entgeht meine innere Unruhe nicht. Er zwingt sich zu einem Lächeln, was ihm jedoch nicht so recht gelingen will. Dann seufzt er tief und faltet die Hände auf der Tischplatte.

»Mit achtzehn bin ich von zu Hause ausgezogen, weil ich einen Streit mit meinen Eltern hatte. Es ging um meinen jüngeren Bruder, der eine Beziehung mit einem meiner besten Freunde hatte. Nun ist er fünfundzwanzig, zwei Jahre jünger als ich. Dabei ging es so weit, dass ich jeglichen Kontakt zu meiner Familie abgebrochen habe«, erzählt er mir leise. Traurigkeit zeigt sich in seinem Gesicht. Ich kann mir sehr gut vorstellen, wie schwer es ihm gefallen sein muss, seiner Familie den Rücken zu kehren. Ob er sich wohl mit ihnen versöhnt hat?

»Ich will nicht ins Detail gehen, weil ich mich ungern an den Streit erinnere. Vor einem Dreivierteljahr meldete sich mein Bruder aus heiterem Himmel bei mir. Ich war ziemlich überrascht, dass er mich anrief und habe mich wirklich gefreut. Doch als er mir von der Diagnose erzählte und dass mein Vater zudem noch einen Schlaganfall hatte, brach meine Welt zusammen. Ich kündigte sofort meinen Job in Berlin und kam hierher. Leider will meine Mutter bis heute nichts von mir wissen, weil sie immer noch nicht fassen kann, dass ich ihnen einfach so den Rücken gekehrt habe und ausgezogen bin. Mein Vater ist seit dem Schlaganfall ein Pflegefall, und meine Mutter musste ihren Job in der Schule aufgeben, um ihn im Alltag zu betreuen. Ich habe beide nur sehr kurz gesehen, das meiste weiß ich aus den Erzählungen meines Bruders, zu dem ich langsam wieder ein normales Verhältnis aufbaue. Es wird noch eine Weile dauern, bis wir das nötige Vertrauen zueinander haben wie vor zehn Jahren.«

Stumm presse ich die Lippen aufeinander. Der Appetit ist mir nun endgültig vergangen. Seine Geschichte erschüttert mich, und ich würde Simon so gern helfen, ihm beistehen, doch ich weiß nicht wie. »Kann ich dir irgendwie helfen?«, frage ich also und greife nach seiner Hand. Sofort verflechten sich unsere Finger ineinander.

»Du kannst nichts tun. Damit muss ich allein fertig werden. Aber es hilft, wenn du bei mir bist. Deine Nähe gibt mir die nötige Kraft, mich mit meiner familiären Situation zu arrangieren, auch wenn's im Moment alles andere als leicht ist.«

»Bist du deshalb so vorsichtig, was ... nun, was den Sex zwischen uns betrifft?«, frage ich leise, denn langsam fügen sich die Teile wie ein Puzzle in meinem Kopf zusammen. Ein bisschen kann ich Simon nun besser verstehen.

Er nickt. »Das ist einer der Gründe, ja. Ich war schon immer etwas zurückhaltend, was mein Herz betrifft. Es ist nicht so, dass ich keinen Sex hatte, doch eben nur mit einem festen Partner, dem ich voll und ganz vertraue. Solchen Gelegenheitssex, wie mein jüngerer Bruder ihn ständig hatte, wollte ich noch nie. Nachdem ich von seiner Diagnose erfahren habe, bin ich noch vorsichtiger geworden, was die Wahl meiner Partner betrifft. Natürlich kann man an den falschen Menschen geraten, der einem das Herz bricht, doch noch mehr

Leid würde ich im Moment vermutlich nicht verkraften. Dafür geht's bei mir gerade zu sehr drunter und drüber. Wenn ich mit jemandem schlafe, dann ist es für mich etwas Ernstes, etwas Festes, verstehst du?«, entgegnet er eindringlich.

Dieses Mal bin ich es, der bloß stumm nicken kann. Seine Worte sorgen dafür, dass mein Herz erneut wie wild in meiner Brust hüpft. »Ich habe keine Lust mehr auf Gelegenheitssex«, gestehe ich ihm. »Und ich werde warten, bis wir beide dafür bereit sind, denn ich meine es durchaus ernst mit dir.«

Simon beugt sich zu mir vor und besiegelt mein Versprechen mit einem kurzen Kuss.

***

Die nächsten Wochen der Adventszeit verbringe ich wie in einer Art Blase aus Glücksgefühlen. Mit Simon treffe ich mich fast täglich, auch wenn die Treffen oft kurz ausfallen und sich auf ein kurzes Date im Café beschränken, wenn er nach Feierabend auf dem Weg in seine Wohnung oder zu seinem Bruder ist. Dennoch genieße ich jede Minute, die ich mit ihm verbringen kann.

»Meinst du nicht, ein Schal wäre als Weihnachtsgeschenk zu langweilig für Simon?«, frage ich und mustere den dunkelgrünen Schal skeptisch in meinen Händen. Markus legt die Stirn in Falten. Gemeinsam mit meinem Mitbewohner bin ich nach der letzten Vorlesung in die Stadt gefahren, um bereits jetzt nach Weihnachtsgeschenken Ausschau zu halten.

»Warum? Ein Schal ist bei dieser Jahreszeit praktisch. Und hast du nicht gesagt, dass Simon eher einfach gestrickt ist?«, macht Markus einen Scherz. Über sein Wortspiel muss ich grinsen. Die beiden lernten sich kennen, als Simon spontan zum Frühstück vorbeikam, als Julian bei uns in der WG übernachtete.

»Simon ist geradeheraus und ehrlich, aber nicht einfach gestrickt«, widerspreche ich ihm, nehme den Schal jedoch mit an die Kasse. Nachdem mir die Verkäuferin den Schal als Geschenk verpackt hat, verlassen Markus und ich den Limbecker Platz.

»Ich muss gleich Julian vom Bahnhof abholen«, sagt er und sieht kurz auf sein Smartphone, auf dem eine neue Nachricht von seinem Freund eingegangen ist. Grinsend stoße ich ihm den Ellenbogen in die Seite.

»Na dann will ich dich nicht länger aufhalten. Eile du nur zu deinem Süßen. Wir treffen uns dann in einer Stunde beim Riesenrad, okay?«

»Klar. Bis nachher.« Markus winkt mir zum Abschied, dann eilt er in Richtung Hauptbahnhof. Einen Moment sehe ich ihm nach, ehe ich die andere Richtung einschlage. Bevor wir uns auf dem Weihnachtsmarkt treffen, will ich mich noch zu Hause duschen und umziehen. Ich freue mich wahnsinnig auf heute Abend, denn heute machen wir etwas zu viert. Ein Doppeldate sozusagen. Außerdem hat mir Simon versprochen, dass ich mir dieses Wochenende seine Wohnung ansehen darf. Bisher ist er immer nur bei uns in der WG gewesen, oder wir sind zusammen ausgegangen. Deshalb bin ich umso aufgeregter, weil er mich zu sich nimmt. Die Zeit verfliegt viel zu schnell, und nach einer kurzen Dusche mache ich mich erneut auf den Weg in die Innenstadt.

Als das Riesenrad in Sicht kommt, erkenne ich bereits meinen Freund, der nach mir Ausschau hält. Sofort breitet sich ein wohliges Gefühl von Wärme in meinem Bauch aus. Ich eile zu ihm und fliege ihm um den Hals.

»Hey!«, grüßt mich Simon mit einem rauen Lachen. »Du bist ja stürmisch.«

»Ich habe dich vermisst«, entgegne ich, schmiege mich an ihn und atme seinen Duft ein.

»Wir haben uns doch vorgestern erst gesehen«, erwidert er, doch das Lächeln verschwindet nicht aus seinem Gesicht. Ich liebe es, denn es ist so offen und ehrlich, und sorgt dafür, dass ich mich geborgen fühle. Simon streichelt mir über den Rücken, dann legt er eine Hand an meine Wange und sieht mir fest in die Augen.

»Soll ich dir etwas verraten?«, fragt er mit einem verschwörerischen Schmunzeln.

»Ja«, hauche ich gespannt.

»Ich habe dich auch vermisst und freue mich deshalb wirklich sehr auf diesen Abend«, murmelt er leise, dann legt er sanft seine Lippen auf meine und küsst mich. Seufzend gebe ich mich ihm hin, schmelze beinahe in seinen Armen, die mich sicher umschließen. Nirgendwo würde ich jetzt lieber sein als bei diesem Mann, dem ich mein Herz schenke.

***

»O Mann! Das kann doch nicht wahr sein!«, rufe ich erneut, als die Bowlingkugel ein weiteres Mal in die Rinne rollt und keinen der Pins trifft. Verärgert trete ich gegen den Behälter mit den Bowlingkugeln neben mir.

»Tja, das war's dann für euch, würde ich sagen«, stichelt Markus lachend. »Sieg für uns!« Er gibt Julian ein High Five. Sein Freund lacht ebenfalls und auch Simon kann sich ein Grinsen über meinen Wutausbruch nicht verkneifen.

»Ich fordere eine Revanche!«, rufe ich meinem Mitbewohner zu, ehe ich mich an unseren Tisch auf den Platz neben Simon fallen lasse. Dieser legt sofort seinen Arm um meine Schulter und zieht mich an sich.

»Sei kein schlechter Verlierer«, flüstert er mir ins Ohr. »Außerdem hast du gegen Markus keine Chance, so leid es mir tut. Selbst ich komme gegen seine Zielsicherheit nicht an.«

»Du bist gemein«, protestiere ich halbherzig. »Du müsstest mich unterstützen, statt Salz in die Wunde zu streuen.« Statt mich mit Worten zu besänftigen, küsst Simon mich kurzerhand auf den Mund. Seine Zunge und seine weichen Lippen sorgen augenblicklich dafür, dass ich meinen Ärger über die Niederlage vergesse.

Nach einem gemütlichen Rundgang über den Weihnachtsmarkt haben wir uns dazu entschlossen, bei *Joe's* etwas zu essen und zu trinken. Und weil mich die Cocktails mutig gemacht haben, forderte ich meine Freunde zu einem Bowlingspiel heraus. Ich war felsenfest davon überzeugt zu gewinnen, landete jedoch eine Pleite nach der anderen. So war es kein Wunder, dass mein Team verloren hat.

»Ich glaube, wir sind hier fehl am Platz«, höre ich Markus leise zu Julian sagen.

Simon beendet den Kuss. »Ja, ich glaube, wir sollten langsam gehen, oder? Die beiden wollen sicher auch noch etwas Zeit allein verbringen, ehe Julian morgen früh zurück nach Köln fährt«, meint Simon zwinkernd und steht auf. Dann zieht er auch mich auf die Beine. Ich widerspreche nicht, denn so schön der Abend mit meinen Freunden auch gewesen ist, so sehr genieße ich die Zeit allein mit Simon. Deshalb bin ich froh, dass er die Initiative ergreift und das Treffen beendet.

Markus nickt und gemeinsam begeben wir uns zum Ausgang des Lokals. Markus nimmt Julians Hand und macht sich mit ihm zu Fuß auf den Weg zu unserer WG, während Simon mich zum Parkhaus dirigiert. Weil ich Markus ein wenig Zeit zu zweit mit Julian gönnen will, habe ich Simon überreden können, heute bei ihm zu übernachten. Wenn ich an die bevorstehende Nacht denke, die wir zusammen verbringen werden, kribbelt alles in mir.

»Du wohnst gar nicht in der Innenstadt?«, stelle ich überrascht fest, als Simon seinen Wagen in Richtung Autobahn steuert.

Er schüttelt den Kopf. »In der Stadt habe ich so schnell keine Wohnung gefunden, deshalb muss ich täglich pendeln. Aber das stört mich eigentlich nicht«, meint er bloß, während er sich auf den Straßenverkehr konzentriert. »Außerdem ist Mülheim ein echt schöner Ort und nicht mal so weit weg von Essen. Wenn ich gut durchkomme, schaffe ich den Weg zur Arbeit in guten zwanzig Minuten.«

Tatsächlich verlassen wir die Autobahn schnell, und Simon biegt bald darauf in eine Wohnsiedlung ein. Von der Umgebung bekomme ich nicht viel mit, weil es draußen stockfinster ist. Doch die bunten Weihnachtslichter in den Fenstern der umliegenden Einfamilienhäuser lassen die ruhige Siedlung gemütlich erscheinen. Simon parkt seinen Wagen in der Einfahrt eines Bungalows.

»Wohnst du allein hier?«, frage ich erstaunt, nachdem ich ausgestiegen bin und die Einfahrt bis zur Haustür erklommen habe.

Mein Freund schließt die Tür auf. »Ja. Es ist das Haus meiner Großeltern. Als feststand, dass es mich zurück ins Ruhrgebiet zieht, habe ich mich entschieden, hier einzuziehen. Das Haus steht seit einigen Jahren leer, weil meine Großeltern in einem Heim wohnen. Sie sind beide gesundheitlich nicht mehr so fit und konnten das Haus nicht halten. Zuerst waren meine Eltern dagegen, doch ich konnte sie überreden, mir das Haus vorübergehend zu überlassen. Ich habe ja gesagt, dass unsere Beziehung gerade etwas angespannt ist, aber ich bin überzeugt, dass wir uns annähern werden«, erklärt er mir.

Im Flur ziehe ich Jacke und Schuhe aus, ehe ich Simon durch die Räume folge.

Das Haus ist geräumig und übersichtlich, schlicht gestaltet und wirkt nicht so überladen wie meine WG. Wenngleich Simon sehr sparsam mit Deko ist, wirken die Bilder an den Wänden nicht fehl am Platz und sind geschmackvoll mit den Möbeln abgestimmt. Selbst die Weihnachtsdeko, die hier und da verteilt ist, bringt mich schon richtig in Stimmung.

»Das Haus ist toll«, sage ich ehrlich, als ich mich aufs Sofa im Wohnzimmer setze.

Simon reicht mir ein Glas Wasser, ehe er sich zu mir setzt. »Freut mich, dass es dir gefällt. Falls alles klappt, plane ich, es meinen Großeltern abzukaufen. Mir gefällt es hier, und mein Job bei Thyssen ist sicher. Dieses Haus ist eine echte Chance für mich. Mein Bruder würde sich sowieso nicht um das Haus kümmern, weil er sich nicht sesshaft machen will. Obwohl er krank ist, nimmt er sein Leben viel zu leicht. Der kurze Rückschlag hat ihn nicht lange aus dem Verkehr gezogen. Seit er sich an die Medikamente gewöhnt hat, stürzt er sich stets in neue Abenteuer. Ich an seiner Stelle würde ganz sicher nicht so leichtfertig handeln ...« Simon seufzt tief und stützt sein Gesicht in die Hände. Ich kann ihm die Sorge um seinen Bruder ansehen, doch wirklich helfen kann ich leider nicht.

»Jeder geht anders mit so einer Situation um«, gebe ich leise zurück, lege ihm dabei die Hand zwischen die Schulterblätter, um dadurch zu signalisieren, dass ich mit ihm fühle. Mir hätte so eine Diagnose sicher den Boden unter den Füßen weggezogen, doch jeder Mensch ist anders. Vielleicht sieht Simons Bruder das als Chance, seinem Leben noch mehr Sinn zu geben? Keine Ahnung.

»Ja, aber doch nicht so! Natürlich kann man heutzutage ein normales Leben führen, auch wenn man HIV-positiv ist. Aber einfach weitermachen wie bisher ist doch keine Lösung?« Er schaut mich verzweifelt an. Sorgenfalten bilden sich auf seiner Stirn. Ich kann nichts weiter tun, als sein Gesicht in meine Hände zu nehmen und ihn sanft zu küssen. Simon schließt genießerisch die Augen, während ich kleine Küsse auf seinen Schläfen, seinen Augenlidern und dem Nasenrücken verteile. Erst nachdem ich jede freie Stelle seines

Gesichts gebührend liebkost habe, widme ich mich seinem Mund. Spielerisch lecke ich über seine Mundwinkel, fahre mit der Zunge die Konturen seiner Lippen nach und küsse seinen weichen Mund. Dann verstärke ich den Druck, bis Simon seinen Mund für mich öffnet. Ich spüre sein Lächeln an meinen Lippen, als seine Zunge gegen meine stupst und mich damit völlig wahnsinnig macht. Ihn zu küssen ist so unglaublich schön, dass ich jedes Mal alles andere um mich herum vergesse. Und jeder Kuss ist so anders, so aufregend und sorgt dafür, dass ich mich immer heftiger in ihn verliebe.

Simon legt seine Hände auf meinen Rücken, zieht mich dadurch näher zu sich heran, bis ich auf seinem Schoß sitzen kann. Ich schlinge die Arme um seinen Hals, vertiefe den Kuss noch etwas, bis wir beide atemlos zurückbleiben.

»Ein Gutes hat es, dass du so viel Erfahrungen mit Männern gesammelt hast: Du kannst wahnsinnig gut küssen«, stellt Simon mit einem verschmitzten Grinsen fest.

»Das konnte ich auch vorher sehr gut«, entgegne ich frech, auch wenn es vielleicht nicht ganz der Wahrheit entspricht. Meine einzigen Erfahrungen in dieser Richtung waren mit Kai. »Dafür brauchte ich keine Übung mit den anderen. Außerdem küsse ich keine One-Night-Stands.«

»Aber mich hast du geküsst«, erwidert er, der Ausdruck in seinem Gesicht wird ganz weich und sorgt für heftiges Herzklopfen.

»Ja ...«, hauche ich leise und senke den Kopf ein Stück zu ihm runter, bis sich unsere Nasenspitzen berühren.

»Weil ich dich küssen *wollte*. Das ist ein kleiner Unterschied.«

»Dabei dachte ich, du wolltest mit mir ins Bett.«

»Das *will* ich immer noch. Aber dich zu küssen ist beinahe so schön wie Sex.«

»Diese Worte aus deinem Mund ...«, haucht er nah an meinen Lippen.

»Ja, ich wundere mich selbst«, gestehe ich und stehle ihm noch einen kurzen Kuss.

***

Simon rüttelt mich sanft an der Schulter. Als ich die Augen öffne, erkenne ich als Erstes den Abspann des Films, den wir geschaut haben. Irgendwie bin ich wohl währenddessen eingeschlafen, denn ich kann mich an die Handlung kaum erinnern. Ich bewege mich langsam gegen Simon, der hinter mir liegt und den Arm fest um meine Körpermitte gelegt hat.

»Na, ausgeschlafen?«, raunt er mir ins Ohr. Sofort bekomme ich eine Gänsehaut und bin wirklich richtig wach. Seine Wärme hat mich tatsächlich so schläfrig gemacht, dass ich in seinen Armen eingeschlafen bin.

»Wollen wir vielleicht rüber ins Schlafzimmer?«, schlägt er mir vor. Ich kann eine Sehnsucht aus seiner Stimme heraushören, die mich total kribbelig macht. Wird es heute Nacht passieren? Werden wir gleich miteinander schlafen? Sofort werde ich nervös, als ich mich auf dem Sofa aufsetze und schläfrig die Glieder strecke. Simon erhebt sich und hält mir seine Hand hin. Ich ergreife sie und lasse mich von ihm auf die Beine ziehen. Dann folge ich ihm mit wild klopfendem Herzen in sein Schlafzimmer. Das Bett ist groß genug für uns beide und frisch bezogen. Alles ist ordentlich aufgeräumt, anders als in meinem Zimmer, in dem nicht selten mal die Klamotten vom Vortag auf dem Boden liegen, weil ich am Abend davor zu müde gewesen bin, sie zurück in den Schrank oder in die Wäsche zu räumen.

»Was ist los? Du wirkst auf einmal ... nervös«, fragt Simon leise. Er steht dicht hinter mir, seine Hände ruhen auf meinen Schultern.

Ich nicke zögernd. »Das bin ich auch ... Keine Ahnung. Ich hatte schon viel Sex, eigentlich müsste es mir gar nichts ausmachen, aber ... ich weiß nicht.« Ich drehe mich in seinem Arm um und schaue zu ihm auf.

»Weil dein letzter Sex so lange her ist?«, mutmaßt mein Freund, doch ich schüttele den Kopf. Daran liegt es nicht. Ich habe den Sex in den Wochen, in denen wir zusammen sind, gar nicht vermisst.

»Vielleicht weil du es bist? Und weil ich verliebt bin?«, murmele ich, sage diese Worte mehr zu mir selbst als zu ihm. Der Gedanke, jetzt richtig verliebt zu sein, erschreckt mich und lässt mein Herz doch vor Freude hüpfen.

Simon gibt mir einen Kuss auf die Nasenspitze. »Ich habe mich ebenfalls in dich verliebt und möchte, dass du dich wohlfühlst. Dass du glücklich bist. Ich weiß, es fiel dir nicht so leicht zu warten, aber danke, dass du es getan hast. Du wirst es nicht bereuen, glaub mir.« Er schmunzelt, was ihn jünger aussehen lässt.

Erwartungsvoll schlinge ich die Arme um seinen Hals und schmiege mich eng an seinen Körper. »Willst du gerade mit deinen Qualitäten als Liebhaber angeben, oder was?«, necke ich ihn kichernd.

Erneut bekomme ich einen leichten Kuss, dieses Mal auf die Stirn. »Nein. Ich will dir nur zeigen, wie es ist, mit einem geliebten Menschen zu schlafen. Sex kann auf viele Arten schön sein, doch am schönsten ist diese Intimität dann, wenn man sie mit jemandem teilt, dem sein Herz gehört.« Eine Gänsehaut breitet sich auf meinem Körper aus, kriecht über meine Unterarme und den Nacken. Seine Worte und die Nähe zu ihm lassen mich wohlig seufzen. Wir haben uns noch nicht mal richtig geküsst und schon merke ich, wie das Verlangen von mir Besitz ergreift. Mein Körper ist bis aufs Äußerste angespannt, und ich kann kaum noch länger warten, ohne mich keuchend an ihn zu pressen. Simon lässt mein Herz wie wild schlagen und sorgt dafür, dass ich mich besonders und geliebt fühle.

»Möchtest du vorher duschen?«, fragt er mich.

»Keine Ahnung. Möchtest du, dass ich dusche?«, frage ich atemlos zurück.

»Nein.« Eine klare Antwort. Dann umfasst er mein Gesicht mit beiden Händen und sieht mir lange in die Augen. Sein Blick ist ernst. »Ich liebe dich, Phil.«

»Ich dich auch«, flüstere ich kaum hörbar, weil mir die Stimme versagt. Ein Kloß bildet sich in meinem Hals, den ich mit Mühe hinunterschlucken kann. Und dann küsst er mich endlich, lange und so zärtlich, dass mir die Knie weich werden. In Simons Armen fühlt sich für mich alles wirklich wie das erste Mal an. Mit jedem Kuss, den wir miteinander teilen, mit jeder noch so kleinen Berührung, vergesse ich all die Männer, mit denen ich vor Simon zusammen gewesen bin.

Ich weiß nicht, wie ich mich plötzlich in Simons großem Bett wiederfinde, doch als ich die Augen einen Spalt öffne, liege ich auf dem Rücken. Mein Freund kniet über mir und liebkost meinen Hals mit seinen Lippen. Immer wieder leckt und saugt er abwechselnd an der empfindlichen Haut, bis seine Lippen sacht über mein Tattoo streichen. Kurz hält er inne, den Mund nah an meiner Haut.

»Ich liebe dein Tattoo«, murmelt er mit rauer Stimme, bevor er einen Kuss auf dem kleinen Vogel platziert. Ich liege still da, versuche mich nicht zu bewegen und jeden Moment auszukosten. Versuche, jede Empfindung, die seine Küsse in mir auslösen, in mich aufzusaugen und in meinem Herzen zu speichern. Simon fährt mit den Händen vorsichtig über meine Seiten, streichelt mich und schiebt dann mein Shirt Stück für Stück nach oben. Mit jedem Zentimeter Haut, den er freilegt, beschleunigt sich meine Atmung immer mehr. Es ist nicht so, dass ich mich für meinen schlanken Körper schäme, schließlich konnte ich damit mehr als nur einen Mann um den Finger wickeln, doch plötzlich werde ich verlegen, wenn Simon mich ansieht. Seine braunen Augen folgen jeder noch so kleinen Regung meines Körpers.

Verlegen rutsche ich etwas höher in die Kissen und greife nun selbst an den Saum meines Shirts, um es mir über den Kopf zu ziehen. Erst als ich das Kleidungsstück auf den Fußboden vor dem Bett geworfen habe, atme ich aus. Dann strecke die ich Arme aus. Simon versteht und lässt sich von mir umarmen. Ich drücke ihn fest an meine Brust, in der mein Herz Purzelbäume schlägt. Wieder spüre ich seine Lippen auf meiner

Haut, er hinterlässt feuchte Spuren auf meiner Brust, während er sich immer weiter hinunterküsst. Mit der Zunge umkreist er meine Brustwarzen, viel zu langsam, was mich fast wahnsinnig macht. Dabei halten seine Hände mich sanft, aber doch bestimmend an der Hüfte fest, sodass ich keine Möglichkeit habe, mich zu rühren. Mein Puls rast, meine Atmung geht stoßweise, und ich kneife die Augen fest zusammen, um meiner Lust Herr zu werden.

Mit jeder Berührung sorgt Simon dafür, dass ich es kaum noch erwarten kann, mit ihm zu schlafen. Doch bevor er die ersten Knöpfe meiner Jeans öffnen kann, ziehe ich ihn zu mir hoch und küsse ihn leidenschaftlich. Nur zu gern lässt er sich auf den Kuss ein, erwidert ihn mit derselben Intensität. Wir rangeln etwas miteinander, bis ich die Oberhand gewinne und mich unter ihm hervorstrampeln kann.

»Es ist unfair, wenn nur ich nackt bin«, entgegne ich und setze mich rittlings auf sein Becken. Er keucht überrascht auf, weil ich mit meinem Oberschenkel seine Erektion streife, doch dann lacht er auf.

»Also schön. Gleiches Recht für alle«, meint er leichthin und zieht sich den Pullover über den Kopf.

Ich bewundere seine breiten Schultern und die bloße Brust, mein Blick gleitet noch mal fasziniert über die zahlreichen Tattoos auf seinen Unterarmen. Simon trägt kaum kurzärmelige Kleidung, nicht einmal im Haus.

»Wieso versteckst du deine Tattoos eigentlich?«, frage ich ihn.

Sofort streicht er sich über die Arme. »Ich verstecke sie nicht absichtlich. Es ist nur so, dass diese Tattoos für mich eine sehr persönliche Bedeutung haben. Ich zeige sie nicht jedem ...« Er richtet sich etwas auf, sodass ich ein wenig von seinem Schoß rutsche, und lehnt sich gegen das Kopfende des Bettes. Dann umfasst er meine Hüften und platziert mich so, dass mein Schwanz schmerzlich gegen die Ausbuchtung in seiner Hose reibt. Ein Stöhnen entfährt mir, was er mit einem verschmitzten Grinsen kommentiert. Leicht streichen seine Finger über meine Brust, hinterlassen eine Gänsehaut auf mir. Er atmet tief ein, dann streckt er die Arme aus und dreht sie so, damit ich die Innenseite genau im Blick habe. Schweigend sieht er mich an, und ich verstehe erst nicht, was er mir zeigen will. Verwirrt mustere ich die Tattoos auf der Innenseite seiner Arme, folge mit den Augen den Linien der Blumenranken und verschnörkelten Symbole, bis ich es endlich erkenne.

Dünne Narben, kaum sichtbar, jedoch wie ein Leuchtmal, das nie ganz verblasst. Geschockt reiße ich die Augen auf, umfasse seine Handgelenke und streiche mit den Daumen über die Narben, die sich nur noch schwach unter den bunten Tattoos abheben.

»Scheiße ...«, entfährt es mir. »Du hast dich ...?!« Die Worte bleiben mir im Hals stecken.

Er nickt, jegliche Emotionen weichen aus seinem Gesicht. Plötzlich wirkt seine Miene ausdruckslos, als wäre er weit weg und völlig in Gedanken versunken. »Ich hatte es nicht immer leicht in meiner Jugend«, erklärt er dann nach einer Weile des Schweigens. Das Verlangen, das ich eben noch in mir gespürt habe, ebbt augenblicklich ab. Die Lust auf Sex vergeht mir so schnell, wie sie genommen ist. Das, was mir Simon gerade preisgibt, ist verdammt heftig. Ich kann mir kaum vorstellen, was einen Jugendlichen dazu verleitet, sich selbst zu verletzen. Es ist erstaunlich, wie Simon zu so einem selbstbewussten Mann geworden ist, der seinen Prinzipien und Überzeugungen treu ist, obwohl es ihm in der Vergangenheit so schlecht ergangen ist.

Er presst die Lippen zu einem Strich zusammen und schweigt, anscheinend will er diesem Geständnis nichts mehr hinzufügen – und das ist okay für mich. Ich will wirklich alles andere, als dass er sich schlecht fühlt. Es muss nicht leicht für ihn sein, mir seine Narben zu zeigen. Irgendwie macht mich sein Vertrauen unsagbar glücklich, auch wenn die Umstände alles andere als schön sind. Also hebe ich seine Arme, führe sie zu meinem Mund und küsse die Handgelenke abwechselnd. Verteile sanfte Küsse auf den blassen Narben. Simon erschaudert, entzieht mir seine Arme jedoch nicht. Stattdessen sieht er mich an, der Schmerz und Kummer in seinen Augen weicht langsam und macht einem Funkeln Platz, das ich so sehr liebe.

»Ich bin so froh, dass du es mir gezeigt hast«, flüstere ich ihm zu.

»Und ich bin froh, dass ich dich getroffen habe. Wir kennen uns zwar noch nicht so lange, aber ich hatte von Anfang an das Gefühl, dass du jemand bist, der es wert ist. Jemand, den man nur hinter seiner Fassade hervorlocken muss«, entgegnet Simon, und das Lächeln kehrt zurück. Er legt die Arme um meine Taille, und ich sinke gegen seine Brust, lege mein Ohr an die Stelle, an der sein Herz in einem stetigen Rhythmus schlägt. Meine Wangen glühen, mir ist ganz schwindelig von den Gefühlen, die in mir toben. Zärtlich streichelt er mir durch meine dunklen Locken, spielt mit einzelnen Strähnen, während ich in seinen Armen liege und seine Wärme genieße. Meine Erregung ist abgeflaut, aber das ist gar nicht schlimm. Denn diese Nähe, die ich zu Simon empfinde, ist fast schon besser als Sex. Simon tut mir gut, das habe ich längst begriffen. Er bremst mich aus, sorgt dafür, dass ich einen Gang runterschalte und unsere frische Beziehung mit jedem Zug auskoste. Und ich hätte nicht gedacht, dass es mir gefällt. Mit Kai ging alles sehr schnell, sodass ich diese Ruhe mit Simon regelrecht genieße. Ich mag seine besonnene Art, die Dinge anzugehen. Ich mag seine leise, leicht raue Stimme, wenn er meinen Namen sagt. Und vor allem mag ich seine Küsse auf meiner Haut.

Simon platziert einen Kuss auf meiner nackten Schulter.

»Woran denkst du?«, fragt er mich.

»Darüber, wie das mit uns passieren konnte«, entgegne ich mit belegter Stimme. Ich kann mein Glück immer noch nicht fassen.

Fragend hebt mein Freund beide Augenbrauen. »Ist das nicht logisch? Wir sind miteinander ausgegangen, haben uns näher kennengelernt und nun sind wir an dem Punkt, an dem man miteinander schläft. Deswegen sind wir hier, schätze ich. Hoffentlich muss ich dir nicht erzählen, wie das mit dem Sex funktioniert. Da hast du weitaus mehr Erfahrung als ich«, neckt er mich.

»Das meine ich nicht«, entgegne ich leise und lege meine Hand auf seine Brust, genau auf die Stelle, an der ich sein Herz vermute. »Ich meine das hier. Das mit uns. Diese kleine Blase des Glücks. Hier und jetzt. Ich habe nicht gehofft, mich jemals so sehr in einen Mann verlieben zu können ... Und dann kamst du und hast dich in mein Herz geschlichen.«

Simon nimmt meine Hand in seine und führt sie zum Mund, um leichte Küsse auf meinen Fingerknöcheln zu verteilen. »Zerbrich dir nicht den Kopf, Phil. Es ist nicht verwunderlich, dass ich mich direkt in dich verliebt habe. Du hast so eine unglaubliche Ausstrahlung, dass ich dich kaum übersehen konnte. Ehrlich, die Sache mit Julian im *Blue Heaven* war bloß ein Zufall. Ich wollte ihn einfach etwas aufheitern, weil er so verloren an der Bar gesessen hat. Doch ich bin froh, dass er an diesem Abend mit dir im Club unterwegs war. Sonst wäre ich dir vermutlich nicht begegnet.«

»Vielleicht ...«, meine ich nachdenklich. »Vielleicht wären wir uns ja auch an einem anderen Abend dort begegnet.«

»Das glaube ich kaum. Es war mein erster Abend im *Blue Heaven*. Der Club ist zwar nicht schlecht, aber die Männer, die dort nur nach einer schnellen Nummer suchen, haben mich abgeschreckt. Eigentlich war ich nur wegen meines Bruders dort, denn ich wollte sehen, wo er sich jedes Wochenende die Zeit vertreibt. Wäre ich dir nicht begegnet, dann wäre es vermutlich mein erster und letzter Abend im *Blue Heaven* gewesen.«

»Dann war es vielleicht Schicksal? Deinem Bruder sei Dank, dass du dort gewesen bist.« Um meine Worte zu unterstützen, küsse ich Simon abermals. Unsere Lippen passen perfekt zusammen, denn sofort erwidert er meinen Kuss innig. Immer wieder necken wir uns mit Zähnen und Zunge, sodass das Verlangen von eben in meinen Körper zurückkehrt. Heftiger knutschend tasten wir über den Körper des jeweils anderen, versuchen so viel Haut wie möglich zu berühren. Simon keucht in den Kuss, als ich mich auf seinem Schoß hin und her bewege, um ihm dadurch zu signalisieren, dass ich immer noch mit ihm schlafen will. Ein wenig zu fest packt er mich an den Hüften und hebt mich so weit an, dass er sich unter mir hervorrollen kann. Ich lasse mich auf den Rücken fallen, winkle die Beine an und schaue zu ihm hoch. Wir tragen immer noch Hosen, was bald zu einer unerträglichen Qual wird.

Weil ich es nicht aushalte, öffne ich meine Jeans und schiebe sie mir über die Hüften. Mit einem zufriedenen Seufzen entspanne ich mich, nachdem ich die Jeans von den Beinen gestrampelt habe. Weil Simon mich bloß schweigend mustert, stütze ich mich mit einer Hand hinter mir ab und greife mit der anderen an seinen Hosenbund, um ihn so näher zu mir zu ziehen.

»Sag bloß, du willst dich heute nicht mehr ausziehen?«, frage ich mit einem unschuldigen Blick auf die Beule, die sich deutlich in seiner engen Jeans abzeichnet. Keine Ahnung, wie lange wir dieses Spielchen spielen, aber es ist bereits mitten in der Nacht. Bisher habe ich nie so lange drauf warten müssen, einen Mann nackt zu sehen. Sonst ging es immer sehr schnell, doch mit Simon wird jede Sekunde zu einer Unendlichkeit.

Er lacht auf und beugt sich über mich, stützt seine Hände neben meinem Kopf ab und sieht mich fest an. »Du hast es ja ziemlich eilig, was? Dabei haben wir doch die ganze Nacht Zeit, einander zu erforschen.« Bevor ich unzufrieden brummen kann, küsst er mich und erstickt damit jeden Protest im Keim. Dann legt er sich dicht neben mich auf die Seite, stützt seinen Kopf in den Ellenbogen und betrachtet mein Profil.

Ich drehe den Kopf zu ihm um. »Also echt, ich kenne keinen einzigen Mann, der mich so lange hat zappeln lassen«, entfährt es mir stockend, denn seine Hand, die über meine Brust streicht und meine Brustwarzen neckt, sorgt gerade für einen regelrechten Tornado in meinem Inneren. Mir rauscht das Blut durch die Adern und sammelt sich erneut zwischen meinen Beinen. Simon bemerkt die Ausbuchtung in meinen Shorts, grinst mich breit an, ehe er die freie Hand zielsicher zwischen meine Beine wandern lässt. Statt mich noch länger hinzuhalten, zieht er den Bund der Shorts so weit herunter, dass seine Hand mühelos hineingleiten kann.

Diese Reaktion habe ich nicht kommen sehen und schlage mir aus Reflex die Hand vor den Mund, um mein Stöhnen zu dämpfen. Seine Finger schließen sich fest um meine Erektion, drücken und streicheln in einem stetigen Rhythmus, sodass ich kaum noch an mich halten kann. Ein Zittern geht durch meinen Körper, als ich nur kurz darauf meinen Höhepunkt erreiche.

Mit geschlossenen Augen liege ich flach ausgestreckt in seinem Bett, atme heftig durch den Mund ein und aus. Schon wieder bin ich in meiner Hose gekommen. Peinlich berührt öffne ich die Augen einen Spalt breit und linse zu Simon, der mit einem zufriedenen Gesichtsausdruck seine Hand aus meinen Boxershorts zieht und sich ein Taschentuch aus der Nachttischschublade herausnimmt, um seine Hand zu säubern.

Dann wendet er sich mir zu. »An deiner Ausdauer müssen wir wohl noch etwas feilen«, meint er frech und wirft mir ebenfalls ein Taschentuch zu.

Mit hochrotem Kopf drehe ich ihm den Rücken zu und schiebe mir die Shorts über den Hintern, um mich notdürftig zu säubern. »Du bist selbst schuld, weil du mich so lange hingehalten hast. Ich bin jung und impulsiv …«

»Und verliebt«, ergänzt Simon, schlingt dabei die Arme von hinten um mich und schmiegt sich an meinen Rücken. »Ich ziehe dich nur auf, Phil. Ich mag deine impulsive Art – und dass du so unbekümmert durchs Leben gehst, dabei nicht so verbissen an Morgen denkst. Ich hingegen …« Er stockt kurz und küsst meinen Nacken. Seufzend lasse ich den Kopf hängen, um noch mehr seiner Küsse zu bekommen. Simon versteht die Einladung sofort.

»Ich bin fast dreißig, da ist es nur normal, wenn ich Pläne für die Zukunft mache …«, erklärt er zwischen zwei Küssen. »Die Diagnose meines Bruders hat mir vor Augen geführt, dass das Leben eigentlich zu kurz ist, um es sinnlos zu vergeuden. Ich möchte alles richtig machen, weißt du? Deshalb auch das Haus und der Job. Irgendwann will ich eine Familie haben.«

Ein Kloß bildet sich in meinem Hals, augenblicklich versteife ich mich. Simon träumt von einer Familie. Von einer richtigen Familie. Vielleicht sogar von Kindern … Er ist bisexuell und da drängt sich mir unweigerlich der Gedanke auf, wie lange die Sache zwischen uns überhaupt noch andauern wird, sollte er sich nicht doch eine Frau suchen, mit der er eine Familie gründen kann.

Simon bemerkt meine Stimmungsänderung, obwohl ich ihn nicht ansehe und bisher noch nichts dazu gesagt habe. Was denn auch? Soll ich ihm etwa geradeheraus sagen, dass ich mir wünsche, so lange wie möglich an seiner Seite bleiben zu können? Womöglich sogar für immer? Das wäre zum jetzigen Zeitpunkt sicher unglaubwürdig, denn wir sind kaum einen Monat zusammen ...

Er löst sich ein Stück von mir. Seine Hände ruhen auf meinen Schultern, beginnen mich langsam zu massieren. Meine Muskeln lockern sich unter seinen Fingern, und ich entspanne mich ein bisschen. Seine Berührungen schicken kleine Stromstöße durch meinen Körper, sodass ich unweigerlich erschaudere.

»Phil? Ist alles okay? Ist dir vielleicht kalt?«, fragt Simon sanft und unterbricht die Massage.

Ich schüttele den Kopf. »Bitte nicht aufhören«, murmele ich seufzend.

»Ich werde nicht aufhören«, bestätigt er mit fester Stimme. »Nicht heute Nacht. Niemals.« Dennoch nimmt er seine Hände weg, ich spüre die Wärme seines Körpers nicht mehr dicht hinter mir und drehe mich zu ihm. Simon hat das Bett verlassen, steht nun mit dem Rücken zu mir. Ich beobachte ihn, wie er sich schweigend aus den Klamotten schält. Beim Anblick seines sexy Hinterns bleibt mir fast die Spucke weg. Seine Hüften sind schmal und bilden einen perfekten Kontrast zu den breiten Schultern.

Als ich merke, wie er sich zu mir umdreht, sehe ich schnell weg, damit er nicht glaubt, dass ich ihn beobachtet habe. Ich hefte die Augen auf meine zitternden Hände, die ich im Schoß verschränkt habe. Immer noch mit halb heruntergezogenen Boxershorts sitze ich auf dem Bettrand und warte auf den nächsten Schritt. Simon kommt langsam ums Bett herum und tritt dicht vor mich. Mein Freund ist nackt, sofort steigt mir der Duft seiner Erregung in die Nase.

Simon legt seine Hand an meine Wange und endlich hebe ich den Blick. Seine Männlichkeit ist erstaunlich. Ich schnappe nach Luft und kann den Impuls, ihn zu berühren, nicht mehr unterdrücken. Vorsichtig strecke ich die rechte Hand aus und streiche mit dem Daumen über die bereits feucht glänzende Spitze. Mein Freund presst die Lippen fest zusammen, um nicht aufzustöhnen. Es gefällt mir, wie er sich in meiner Hand anfühlt und welche Gefühlsregungen ich durch meine Streicheleinheiten bei Simon auslöse. Statt ihm jedoch sofort einen runterzuholen, begnüge ich mich damit, seine Erektion sanft zu erforschen.

Er krallt eine Hand in mein Haar, die andere ruht immer noch reglos an meiner Wange, während ich mich beherrschen muss, meine Hand ruhig und gleichmäßig zu bewegen. Ein Zittern durchläuft Simon, doch er zögert seinen Orgasmus hinaus.

»Okay, nun bist du es, der mich zappeln lässt«, presst er hinter zusammengebissenen Zähnen hervor. Grinsend lecke ich mir über die Lippen und will seinen Schwanz bereits in den Mund nehmen, doch er hält mich zurück.

»Nur mit Gummi«, sagt er mit fester Stimme.

»Okay ...«, entgegne ich leise. Ich kann gut verstehen, dass er vorsichtig ist. Schließlich habe ich mehr als genug unterschiedliche Sexpartner gehabt und auch die

Sache mit seinem jüngeren Bruder hat Spuren bei Simon hinterlassen. Im *Blue Heaven* habe ich es auch immer nur mit Kondomen getan, denn das Risiko, mich bei irgendjemandem anzustecken, war mir einfach zu hoch. Jetzt jedoch ... ich liebe Simon und vertraue ihm, dass er gesund ist. Ich selbst lasse mich regelmäßig testen und bin glücklicherweise negativ.

Ein weiches Lächeln umspielt seine Lippen, dann streicht er mir kurz durchs Haar und umfasst meine Schultern. Mit sanftem Druck dirigiert er mich erneut auf den Rücken in die Kissen, beugt sich vor und befreit mich endlich aus meinen Boxershorts. Dann senkt er sich auf mich zwischen meine gespreizten Beine. Sein Körpergewicht drückt mich tiefer in die Matratze. Erneut küssen wir uns, dieses Mal jedoch langsam und innig, als hätten wir alle Zeit der Welt.

»Wie magst du es am liebsten?«, raunt er in mein Ohr, während seine Hand zwischen meine Beine gleitet und vorsichtig über meine Öffnung streicht.

Keuchend presse ich den Kopf ins Kissen. »Mit meinem Ex habe ich es ausschließlich von hinten getan. Und auch mit den Typen im *Blue Heaven* ...«, gestehe ich atemlos, denn seine Finger sorgen dafür, dass es mir schwerfällt, einen klaren Gedanken zu fassen.

»Ich mag es, meinem Partner dabei in die Augen zu sehen«, entgegnet Simon, küsst mich noch mal, ehe er sich erneut abwendet, um Kondom und Gleitgel aus der Schublade zu holen. Schwer atmend beobachte ich ihn dabei, wie er sich das Kondom über seine Härte streift und sie großzügig mit dem Gel benetzt. Zu gern hätte ich ihn in den Mund genommen und mit der Zunge verwöhnt, doch das muss wohl warten, bis wir uns mehr vertrauen.

Ich rutsche etwas höher und will mich umdrehen, doch mein Freund hält mich an der Hüfte zurück.

»Ich sagte doch, ich will dir in die Augen sehen, wenn du kommst«, raunt er mit tiefer Stimme, die augenblicklich einen Schauder über meinen Körper jagt. Nickend spreize ich meine Beine und umfasse die Kniekehlen, um meine Beine fest an meinen Oberkörper zu ziehen. Hitze steigt in meine Wangen, denn ich fühle mich so entblößt. Aber es ist ein gutes Gefühl, denn ich zeige Simon alles von mir. Meine intimste Stelle und damit auch mein Herz. Eine Weile betrachtet er mich mit lustverhangenem Blick, sodass ich langsam nervös werde. Dann drückt er sich jedoch noch etwas Gleitgel auf die Finger, ehe er sich dicht vor mich kniet. Vorsichtig bereitet er mich vor, und ich kann es bereits nach wenigen Sekunden kaum erwarten, ihn endlich in mir zu spüren. Dieses ganze Warten und mein Verlangen zu unterdrücken war so neu für mich, dass ich nun umso begieriger darauf bin, mich mit ihm zu vereinen.

»Mach endlich«, dränge ich ihn keuchend. Simon entzieht seine Hand und endlich spüre ich seinen Schwanz gegen meine Öffnung drücken. Mit einem erleichterten Seufzen empfange ich ihn, schlinge die Beine um seine Hüften und drücke ihn damit noch tiefer in mich hinein. Simon stöhnt überrascht, doch ich grinse bloß und werfe den Kopf in den Nacken, als er sich auf mich senkt und an meinem Hals knabbert. Seine Stöße werden schneller – und je näher er mich zu meinem Höhepunkt treibt, desto weniger kann ich meine Lust kontrollieren. Ich murmele seinen Namen, kralle meine Finger in seine Schultern und kann nicht genug von seinen Küssen bekommen, die er unkontrolliert auf meinem Hals und meinen Schultern verteilt. Mir schlägt das Herz bis zum Hals und mit jedem weiteren Stoß weiß ich, was er mit seinen Worten gemeint hat. Dass Sex viel mehr ist, wenn man ihn mit jemandem teilt, den man liebt. Glück pulsiert durch meine Adern, anders kann ich es nicht beschreiben.

Simon schiebt seine Hand zwischen uns und umfasst meinen Schwanz, doch mehr als ein paar Bewegungen braucht es nicht, um mich zum Kommen zu bringen. Danach hält sich Simon nicht mehr zurück, seine Bewegungen werden fahriger und weniger präzise. Ich halte ihn fest umschlungen, während er nach wenigen Stößen ebenfalls den Höhepunkt erreicht.

***

Eng umschlungen liegen wir noch lange nebeneinander. Ich lausche Simons ruhigem Herzschlag. Keiner von uns beiden sagt etwas, denn wir kosten immer noch das Gefühl der Zufriedenheit aus. Ich fühle mich auf eine wunderbare Art schlapp, bin jedoch gar nicht müde, obwohl es sicher ziemlich spät ist. Die Zeit, die wir gemeinsam im Bett verbracht haben, schien stehen geblieben zu sein, denn ich habe jegliches Zeitgefühl verloren.

»Ich mag deine Haare«, murmelt Simon in bedächtigem Ton, während seine Finger sanft durch meine dunklen Locken gleiten. Erschöpft drücke ich mich an seine Seite, genieße die sanften Streicheleinheiten. Er hat die Decke über uns gebreitet, die wie ein warmer Schutzschild über unseren Körpern liegt.

»Danke. Von Natur aus bin ich eigentlich blond.«

Überrascht hebt Simon die Augenbrauen. Im dämmrigen Licht des Schlafzimmers kann ich seine Gesichtsregungen nur noch erahnen.

»Tatsächlich? Da ist schwarz ja wirklich ein extremer Kontrast zu deiner Naturhaarfarbe. Wie kam es zu diesem Sinneswandel?«

»Mein Ex ...«, brumme ich bloß, als würde es alles erklären. »Als er mich hintergangen hat, brauchte ich eine Typveränderung«, setze ich hinterher, um es ihm deutlich zu machen. Im Nachhinein war es vielleicht albern und kindisch, mein Äußeres wegen Liebeskummer so extrem zu verändern, doch irgendwie mag ich meinen neuen Look mit den roten Strähnchen, den Piercings in den Ohren und meinem Tattoo am Hals. Dadurch fühlte ich mich zumindest äußerlich wie ein neuer Mensch, auch wenn ich innerlich immer noch gebrochen und tief verletzt war.

Doch Simon hat es geschafft Kai aus meinem Herzen vertrieben. Der Sex mit Simon war so unglaublich intensiv. Ich fühlte mich so geliebt und kam auf meine Kosten, dass mir beinahe die Tränen kamen. Im Vergleich dazu war mein erstes Mal mit Kai ein echter Witz.

Ich richte mich ein wenig auf und gebe Simon einen langen Kuss.

»Wofür war der denn?«, fragt er mich, nachdem wir uns voneinander lösen.

»Für den weltbesten Sex«, entgegne ich mit frechem Grinsen.

Simon grinst zurück und zieht mich eng an seine Brust. »Siehst du. Ich habe dir nicht zu viel versprochen«, bestätigt er meine Aussage. »Aber bevor du auf eine Wiederholung bestehst, sollten wir ein bisschen schlafen. Ich bin nicht mehr der Jüngste und muss meine Kräfte sammeln.«

Über seine Worte muss ich lachen, kann aber ein Gähnen nur schwer unterdrücken. Simon hat recht, Schlaf wird uns beiden guttun. Außerdem ist morgen auch noch ein Tag.

Kapitel 18

Die Tage bis Weihnachten ist Markus kaum noch in der WG, weil er in jeder freien Minute zu Julian nach Essen fährt. Er wird erst Heiligabend wie gewohnt mit zu meinen Eltern kommen, da wir die letzten Jahre unserer Freundschaft immer zusammen gefeiert haben.

Deshalb genieße ich die Zeit mit Simon. Wir verbringen oft Nächte lang damit, uns Serien auf Netflix anzusehen, im Bett zu kuscheln und miteinander zu schlafen. Nachdem wir endlich Sex hatten, ist er unersättlich, was das körperliche Verlangen angeht. Und da hat er behauptet, ich könnte kaum die Finger von ihm lassen! Dabei ist er es, der mir bei jedem unserer Treffen an die Wäsche geht. Ich genieße unser Beisammensein in vollen Zügen. Selbst meine Freunde von der Uni ziehen mich bereits über mein Verliebtsein auf, das man mir angeblich an der Nasenspitze ansehen kann. Doch was soll ich dagegen machen? Ich bin nun mal unglaublich glücklich!

An Heiligabend kommt Simon wie versprochen zu meinen Eltern zum Abendessen. Ich bin bereits am Nachmittag hergefahren, um meiner Mutter mit den Vorbereitungen zu helfen. Als es an der Tür klingelt, reiße ich mir die Schürze vom Körper und flitze in den Flur. Weil ich so unglaublich nervös bin, wie Simon bei meinen Eltern ankommen wird, konnte ich in der Nacht zuvor kaum schlafen.

»Hey«, grüßt Simon, nachdem ich die Tür weit aufgerissen habe. Er kommt herein und gibt mir einen kurzen Begrüßungskuss, dann sieht er sich im Flur um. »Sind deine Eltern da? Ich hoffe, ich bin nicht zu spät. Auf dem Weg hierher musste ich gefühlt an jeder Ampel stehen bleiben, weil wohl die halbe Stadt auf die Idee gekommen ist, mit dem Auto zum Weihnachtsbesuch zu fahren.«

»Und genau aus diesem Grund schwöre ich auf die öffentlichen Verkehrsmittel. Du bist zwar nicht so flexibel, dennoch weitaus schneller unterwegs als mit dem Auto«, belehre ich ihn und nehme ihm seinen Parka ab. »Komm mit ins Wohnzimmer. Der Gänsebraten braucht noch ein paar Minuten, aber alles andere ist bereits vorbereitet. Markus ist auch schon hier.«

Simon folgt mir. »Du siehst echt süß aus«, raunt er mir zu. Ich grinse ihn über die Schulter hinweg an. Weil Weihnachten ist, trage ich einen roten Pullover mit einem großen Rentieraufdruck und eine Weihnachtsmütze auf dem Kopf.

»Hey Simon!«, grüßt Markus und dreht den Kopf zur Tür, als wir hereintreten. Er war eben noch in ein Gespräch mit meinem Vater vertieft, bei dem es sich nur um die neue Bundesligasaison handeln konnte. Mein Vater liebt es, sich mit Markus über Fußball, den Transfermarkt und die neusten Tabellenplätze der Mannschaften auszutauschen, weil ich ein miserabler Fußballfan bin.

Mein Vater erhebt sich vom Sessel und kommt auf uns zu.

»Hallo, endlich lerne ich dich kennen«, sagt er mit einem freundlichen Lächeln und streckt Simon die Hand hin.

»Danke für die Einladung, Herr Friedrich«, erwidert Simon und schüttelt die ihm dargebotene Hand. Dann reicht er meinem Vater eine Flasche Wein, die er mitgebracht hat.

»Ach, nenn mich Klaus«, meint mein Vater locker, »und das wäre doch wirklich nicht nötig gewesen. Wir sind lange über den Punkt hinaus, an dem wir uns etwas zu Weihnachten schenken.«

»Es ist ja nur eine kleine Aufmerksamkeit«, entgegnet Simon. Von unserem Gespräch angelockt kommt auch endlich meine Mutter dazu. In den Händen hält sie einen großen Teller mit dem fertigen Gänsebraten. Sofort eile ich zu ihr und nehme ihr unser Abendessen ab, das ich auf den bereits gedeckten Esstisch stelle.

»Ist er das, mein Schatz? Ach, was für ein attraktiver junger Mann. Ich wusste doch, dass du deinen guten Männergeschmack von mir hast. Dein Vater war damals auch so ein hübscher Bursche«, schwärmt Mama, während sie Simon von oben bis unten mustert. Mein Freund lacht verlegen, und ich grinse in mich hinein.

»Hey, und jetzt bin ich das nicht mehr, oder was?«, beschwert sich Papa gespielt beleidigt.

Mama kommt zu ihm und schmiegt sich an ihn. »In meinen Augen bist du immer noch mein Traummann, Schatz. Und keinen Tag gealtert.«

»Das ist meine Frau Monika«, stellt Papa meine Mutter vor.

Auch ihr schüttelt er höflich die Hand und überreicht ihr einen kleinen Blumentopf mit einem Weihnachtsstern. »Erst wollte ich einen Blumenstrauß besorgen, aber dann habe ich es mir anders überlegt. Der Weihnachtsstern wird eine Weile halten, dann haben Sie mehr Freude daran«, erklärt er seine Geschenkauswahl. Simon denkt immer praktisch, das muss man ihm lassen. Die Rosen, die er mir mitgebracht hatte, haben es leider nur knapp eine Woche in unserer WG ausgehalten, ehe sie die Köpfe haben hängen lassen. Ich bin echt traurig gewesen, als ich sie entsorgen musste.

»Wollen wir dann?«, unterbricht Markus die Vorstellungsrunde und reibt sich über den Bauch. »Ich habe Bärenhunger und dieser Braten riecht unglaublich gut!«

***

Es wird ein ruhiger und gemütlicher Abend mit meiner Familie. Ich trinke ein wenig von dem selbst zubereiteten Glühwein meiner Mutter, den sie immer zu Weihnachten macht. Simon und Markus verzichten auf Alkohol, weil beide noch fahren wollen. Zwar nimmt Markus später noch den letzten Zug nach Essen, weil er Julian am nächsten Morgen überraschen will, dennoch lehnt er den Glühwein ab. Und Simon hat sich sowieso angeboten, mich später zurück in die WG zu fahren. Ursprünglich hatte ich ihn gefragt, ob wir zusammen bei meinen Eltern übernachten wollen, schließlich wird mein altes Zimmer so gut wie nie genutzt, doch er hat abgelehnt.

»Der heutige Abend hat mir wirklich Spaß gemacht. Du hast eine tolle Familie«, sagt Simon leise, als wir auf einer Bank vor dem Wohnheim sitzen. Es ist weit nach Mitternacht. Ich schaue auf meine Schuhspitzen, die Abdrücke im Schnee hinterließen. Während wir bei meinen Eltern waren, begann es zu schneien. Darüber freute ich mich sehr, weil Schnee einfach zu Weihnachten dazugehört. Deshalb konnte ich Simon noch dazu überreden, mit mir ein wenig draußen zu bleiben und den Schnee zu bewundern, der sich auf den hohen Bäumen vor dem Haus gesammelt hat und in den kahlen Ästen glitzert.

»Ja, ich habe Glück mit meinen Eltern«, stimme ich ihm zu. Nicht jeder kann behaupten, als homosexueller Mann von den Eltern so akzeptiert zu werden, wie er ist. Allein schon Markus' Beispiel zeigt, wie unterschiedlich es sein kann. Von meinem besten Freund weiß ich, dass auch Julian Angst hat, sich vor seiner Mutter als schwul zu outen, weil er glaubt, sie damit zu überfordern. Dabei sollten die Eltern das Kind so nehmen, wie es ist, und es nicht für seine sexuelle Orientierung verurteilen.

»Schätze es ...«, murmelt Simon neben mir und steckt dabei seine Hände tief in die Taschen des Parkas. Sein Blick wandert zur Eingangstür des Wohnhauses.

Ich wende mich ihm zu. »Sind deine Eltern gegen deine sexuelle Orientierung?«, frage ich zögernd. »Hast du dich deshalb mit ihnen auseinandergelebt?«

»Teilweise. Es ist nicht so, dass sie mich aus diesem Grund ablehnen, aber ... Nun, es war kompliziert und dass ich auf Männer gleichermaßen wie auf Frauen stehe, hat die Sache noch schlimmer gemacht.« Sein Gesicht wirkt härter als vor einem Moment.

Ich lege meine Hand auf sein Knie. »Das kommt sicher wieder in Ordnung«, bekräftige ich. »Ihr werdet zueinanderfinden.« Um meine Worte zu bestätigen und Simon Mut zu machen, beuge ich mich vor und gebe ihm einen Kuss. Es ist erst unser zweiter an diesem Tag, und ich habe seine Lippen bereits vermisst. Mein Freund erwidert diese Geste, küsst mich zärtlich zurück, ehe er den Kontakt unterbricht.

»Ich habe ganz vergessen, dir dein Geschenk zu geben«, murmelt er dann nah an meinen Lippen. Den Schal, den ich für ihn gekauft habe, hat er sich bereits um den Hals geschlungen. »Aber ich wollte damit warten, bis wir allein sind.« Simon zieht die Hand aus seiner Jackentasche und hält sie mir entgegen. Dann öffnet er sie und lässt eine dünne Silberkette an seinen Fingern hinabbaumeln. Erstaunt betrachte ich sein Geschenk. Am Ende der Kette hängt ein schmaler Ring.

»Ich ... also, ich wusste nicht, ob ein Ring vielleicht zu kitschig ist und ob du ihn überhaupt tragen würdest. Eine Kette könntest du auch unter dem Pullover verstecken, so würde es niemandem auffallen«, erklärt er stockend und wirkt plötzlich sehr verlegen. Immer noch starre ich auf die Kette, weiß gar nicht, was ich sagen soll. Mit diesem Geschenk überrascht er mich wirklich. Schließlich steht ein Ring symbolisch für ein Versprechen ...

»Es ist schön«, flüstere ich und nehme ihm das Schmuckstück ab. Einen Augenblick betrachte ich sein Geschenk. Den Ring werde ich später anprobieren, ob er mir passt. »Legst du sie mir an?« Ich reiche ihm die

Kette erneut und drehe mich um, damit er sie mir um den Hals legen kann. Dabei streifen seine kühlen Finger meinen Nacken und sorgen sofort für ein angenehmes Bauchkribbeln. Glücklich betrachte ich den Ring, der nun an meinem Hals baumelt, ehe ich mich zu ihm umdrehe.

»Es soll dir zeigen, wie ernst ich es meine, Phil«, erklärt Simon und sieht mich fest an. »Ich liebe dich.«

Das Kribbeln in meinem Bauch verstärkt sich, breitet sich auf meinem ganzen Körper aus. Hitze steigt mir in die Wangen. Ich kann kaum glauben, dass das hier tatsächlich passiert. Dass ich jemanden wie Simon gefunden habe, nachdem ich so viele Frösche küssen musste. Nach der Trennung von Kai konnte ich mich auf keinen Mann mehr einlassen, ohne Angst vor Enttäuschung zu haben. Doch Simon zeigt mir mit seiner Zuneigung, dass ich es wert bin, von ihm geliebt zu werden. Das macht mich so glücklich, dass ich ihm vor Freude um den Hals falle. Simon stößt einen überraschten Laut aus, dann lacht er auf und drückt mich fest an sich.

»Ich liebe dich auch«, flüstere ich ihm ins Ohr, presse mein Gesicht in seine Halsbeuge. Wir sitzen noch eine Weile stumm und eng umschlungen auf der Bank, bis einer der Äste über uns raschelt und etwas Schnee in meinen Nacken fällt. Die plötzliche Kälte holt mich in die Realität zurück. Mit einer Hand fasse ich mir in den Nacken und schüttele den restlichen Schnee aus meinem Kragen, der noch nicht geschmolzen ist.

»Und du bist sicher, dass du nicht noch mit zu mir kommen willst? Ich habe sturmfrei«, lade ich ihn ein, in der Hoffnung, mich in seine starken Arme kuscheln zu können.

Simon schüttelt nur den Kopf und erhebt sich von der Bank. »Nein«, sagt er entschieden, obwohl eine Spur Traurigkeit in seinem Gesicht liegt. »Ich muss noch zu meinem Bruder.«

»Um diese Uhrzeit?«, frage ich ihn irritiert.

»Ja. Ich habe es ihm versprochen, Phil. Er ist an Weihnachten ungern allein ...«

Betrübt lasse ich den Kopf hängen.

Simon umfasst meine Hände und zieht mich auf die Beine. »Sei nicht traurig. Wenn du möchtest, dann komme ich dich morgen Nachmittag besuchen. Und dann machen wir alles, worauf du Lust hast.« Seine braunen Augen blitzen verführerisch im Schein der Straßenlaternen auf.

»Wirklich alles?«, frage ich lauernd und Simon nickt mit breitem Grinsen.

»Alles!«

Damit kann er mich überzeugen, ihn gehen zu lassen.

Kapitel 19

Das neue Jahr startet nass und frostig. Der Januar zeigt sich von seiner kältesten Seite. So viel Schnee hatten wir schon seit Jahren nicht mehr. Die vorlesungsfreie Zeit ist zu schnell vorüber und war viel zu kurz, als dass ich die Zeit richtig genießen konnte. Fast jeden Tag habe ich mit Simon verbracht, weil er ebenfalls Weihnachtsurlaub im Betrieb hatte. Die Weihnachtsfeiertage waren wir abwechselnd in der WG oder bei ihm zu Hause, schauten Filme und Serien und sind nur für das Nötigste aus dem Bett aufgestanden. Silvester feierten Markus, Simon und ich gemeinsam bei Julians Freunden in Köln, weil dieser uns zu einer Party seiner Klassenkameradin eingeladen hatte. Die Party war lustig und machte allen viel Spaß. Nach der Feier trennten sich unsere Wege, Markus schlief bei Julian, da seine Eltern über Silvester verreist waren. Simon und ich übernachteten mit Tim ebenfalls in Köln, doch wir fuhren an Neujahr bereits früh zurück nach Essen, ohne Markus mitzunehmen. Nachdem Simon Tim zu Hause abgesetzt hatte, blieb ich noch für ein paar Stunden bei meinem Freund. Wir kochten zusammen und kuschelten im Wohnzimmer auf dem Sofa, während ein Film im Fernseher lief. Deshalb war bereits früher Abend, als ich zurück ins Wohnheim kam. An meinen Mitbewohner habe ich den ganzen Tag kaum einen Gedanken verschwendet, weil ich einfach zu sehr auf Simon fokussiert gewesen bin.

Nachdem ich die WG an diesem Abend betreten hab, sehe ich Markus' Schuhe im Flur. Seltsam, hatte er nicht noch gestern bei der Silvesterparty erzählt, er würde noch eine Nacht bei Julian bleiben, weil dieser sturmfrei hat? Als ich zu ihm ins Wohnzimmer gehe, merke ich gleich, dass etwas nicht stimmt. Er hockt auf dem Sofa, die Knie fest an den Körper gezogen, und starrt auf den Fernseher, in dem irgendeine Sitcom läuft. Dabei scheint er die Handlung auf dem Bildschirm nicht zu verfolgen.

»Hey, bist du schon lange hier?«, frage ich vorsichtig und setze mich zu ihm. »Habe heute nicht mehr mit dir gerechnet, sonst wäre ich schon eher von Simon zurückgekommen.« Er reagiert kaum auf meine Frage, bis ich ihn an der Schulter rüttele. Erst dann wendet er den Kopf in meine Richtung. Markus ist blass wie die Wände in unserem Wohnzimmer, tiefe Schatten liegen unter seinen Augen. Okay, jetzt mache ich mir echt Sorgen um ihn. Was zur Hölle ist vorgefallen?

»Es ist alles vorbei«, murmelt er tonlos.

Verwirrt runzele ich die Stirn, ein ungutes Gefühl beschleicht mich. »Was meinst du? Ist etwas passiert?«

Markus nickt kaum merklich. »Bernd und Petra, Julians Mutter, meine ich ... sie haben uns heute Morgen im Bett überrascht. Es gab einen Riesenstreit. Ihr Freund Bernd hat mich regelrecht aus dem Haus geworfen.« Mehr bekommt er nicht heraus, denn ein Zittern ergreift seinen Körper.

Erschrocken starre ich Markus an. Ach du Scheiße! Seine geheime Beziehung zu Julian ist aufgeflogen! Er hatte mir schon einige Male erzählt, dass Petra von der Homosexualität ihres Sohnes nichts weiß und es auch nicht erfahren darf, weshalb beide so vorsichtig wie möglich gewesen sind, um ihre Liebe zu verstecken. Denn seine Mutter hat oft genug angedeutet, wie schrecklich die Vorstellung, einen schwulen Sohn zu haben, für sie wäre. Für mich unvorstellbar, da meine Eltern so locker mit diesem Thema umgehen ...

Markus zeigt sich stark, beißt die Zähne zusammen und verzieht keine Miene, doch ich weiß nur zu gut, was in ihm vorgeht. Aber wie konnten sie die beiden erwischen? Ich habe vermutet, Julians Mutter wäre noch bis morgen Abend weg. Verdammt, dann gab es wohl eine Planänderung, denn warum sonst sollte sie mit ihrem Freund vorzeitig wieder zurück nach Hause kommen? In diesem Moment tun mir meine beiden Freunde unglaublich leid. Wie sehr habe ich mir ein Happy End für Markus gewünscht. Doch nun scheint dieses in weite Ferne gerückt zu sein, denn Petra wird ihre Liebe vermutlich niemals akzeptieren, das hat mir Markus in der Vergangenheit schon oft genug gesagt. Er liebt Julian über alles – und dass seine Mutter gegen die Beziehung der beiden ist, macht Markus sehr zu schaffen. Nun hat er kaum noch Hoffnungen, seinen Freund zu sehen.

Ich umfasse seine Schultern und sehe ihm fest in die Augen.

»Ihr müsst für eure Liebe kämpfen«, meine ich etwas ratlos, denn ich habe wirklich keine Ahnung, wie ich

Markus in dieser Situation helfen soll. Es war abzusehen, dass die Heimlichtuerei nicht lange gut gehen wird. Doch dass ihre Beziehung bereits so schnell auffliegt, hätte ich nicht vermutet.

Ein zorniges Funkeln zeigt sich in seinen Augen. »Mann, du hast gut reden. Bei dir läuft es ja gerade rosig mit deinem Simon. Du weißt nicht, was ich täglich durchmachen muss, weil ich Angst habe, erwischt zu werden. Ich liebe Julian, und es zerreißt mich jedes Mal aufs Neue, wenn wir uns trennen müssen. Und nun ... nun ist es endgültig aus. Wie sollen wir uns denn gegen alle Widerstände stellen, wenn uns ständig Steine in den Weg gelegt werden?«, entfährt es ihm verärgert, doch ich erkenne die Verzweiflung in seiner Stimme zu deutlich, als dass er sie vor mir verbergen könnte. Deshalb bin ich ihm nicht böse über seinen Ausbruch. Vielmehr mache ich mir Sorgen um ihn. Ehe ich jedoch etwas erwidern kann, werden wir vom Klingeln der Wohnungstür unterbrochen.

»Warte, ich mache auf«, sage ich zu Markus und erhebe mich bereits, doch er ist schneller. Ich folge ihm verwirrt. Kaum hat Markus geöffnet, stürmt ihm auch schon Julian entgegen und fällt ihm um den Hals. Er sieht abgehetzt aus und trägt trotz der Kälte bloß ein Sweatshirt.

»Julian! Was machst du denn hier?« Nach einem kurzen Moment der Überraschung drückt Markus ihn fest an sich und küsst ihn so stürmisch, als hätten sich die beiden etliche Jahre nicht mehr gesehen. Auch ich trete zu den beiden heran und umarme sie, drücke meine Freunde fest an mich. Was auch immer heute Morgen vorgefallen ist, Julian hat es geschafft, zu Markus zurückzukommen, obwohl dieser die Hoffnung auf ein baldiges Wiedersehen bereits aufgegeben hat. Die beiden lieben sich und stehen für diese Liebe ein, das allein zählt.

***

Es ist mitten in der Nacht, doch trotz der Müdigkeit bekomme ich kein Auge zu, weil ich mir immer noch Sorgen um meine Freunde mache. Ihre Erklärungen waren sehr schwammig, was überhaupt passiert ist, doch ich wollte auch nicht tiefer in den Wunden bohren. Julian und Markus schlafen nebenan sicher längst, ich hingegen liege in meinem Bett und schreibe mit Simon. Gerade habe ich ihm vorgeschlagen, ob ich nicht noch zu ihm fahren soll. Zwar weiß ich nicht, ob die Bahn um diese Uhrzeit fährt, doch das ließe sich leicht herausfinden. Der Gedanke, mich jetzt in Simons Arme zu kuscheln, ist sehr verlockend. Simon hat jedoch geantwortet, dass ich um diese Uhrzeit bloß nicht mehr in die Bahn steigen soll.

Seufzend lege ich mein Smartphone beiseite und ziehe mir die Bettdecke bis zum Kinn hoch. Einige Minuten starre ich in die Dunkelheit. Mein Handy vibriert erneut, doch ehe ich die eingehende Nachricht lesen kann, höre ich es an der Tür klingeln. Wer kann das denn noch sein? Hat Simon etwa seine Meinung geändert und ist selbst hergekommen? Das würde ihm echt ähnlichsehen, denn lieber fährt er mit dem Auto und holt mich ab, statt mich allein draußen herumlaufen zu lassen. Er ist einfach viel zu fürsorglich, was mir an ihm gefällt.

Ein freudiges Kribbeln breitet sich in meinem Bauch aus, als ich regelrecht aus dem Bett hüpfe und zur Tür hetze. Statt durch den Summer nach dem nächtlichen Besucher zu fragen, öffne ich sofort, weil ich mir ziemlich sicher bin, gleich meinem Freund gegenüberzustehen. Als jedoch zwei mir unbekannte und grimmig dreinschauende Männer die Treppe hochpoltern, sinkt mir das Herz in die Hose. Einer der beiden schiebt mich mit dem Arm grob zur Seite, ohne auch nur ein Wort der Begrüßung.

»Moment mal. Wer sind Sie? Sie dürfen hier nicht einfach so reinstürmen!«, rufe ich den beiden nach, die auch schon durch den Flur stampfen. Der größere der beiden ignoriert mich, als wäre ich nicht anwesend, sieht sich kurz um, dann reißt er Markus' Zimmertür mit einem Schwung auf, als wüsste er genau, wohin er gehen muss. Jetzt fällt es mir wie Schuppen von den Augen: Einer von ihnen muss Markus' Stiefvater Johannes sein. Bisher habe ich ihn nie gesehen, doch Markus hat mir genug über ihn erzählt, dass meine Sympathie für ihn gegen null geht. Ich bekomme es mit der Angst zu tun, denn das autoritäre Verhalten der Männer schüchtert mich ein.

Sofort eile ich ihnen hinterher in Markus' Zimmer. »Es tut mir leid. Ich wusste nicht, wer es ist. Sonst hätte ich doch niemals die Tür geöffnet ...«, stammele ich hilflos und sehe zu meinen Freunden. Beide sitzen kerzengerade im Bett, Julian hält sich schützend die Bettdecke vor den Körper, während Markus bereits die Beine über die Bettkante schwingt. Er sieht wütend aus.

»Was wollt ihr hier?«, fragt Markus und fixiert die Eindringlinge mit finsterem Blick.

»Was? Das fragst du noch?!«, grollt der fremde Mann. »Julian zurückholen. Was hast du dir nur dabei gedacht, einfach so abzuhauen? Petra ist krank vor Sorge!«

Jetzt fällt bei mir der Groschen. Dann ist das der Lebensgefährte von Julians Mutter, von dem er bereits erzählt hat. O Scheiße, was habe ich nur angerichtet? Ich hätte nicht die Tür öffnen sollen ...

»Ihr hättet mich ja nicht einsperren müssen!«, protestiert Julian trotzig.

Der Mann tritt ans Bett und zieht Julian grob am Arm, doch Markus schlägt seine Hand weg.

»Fass ihn nicht an«, zischt er wütend.

»Markus, sei vernünftig und lass den Jungen in Ruhe«, mischt sich nun Johannes ein. Im dämmrigen Licht des Schlafzimmers kann ich seine Mimik nur schwer erkennen, doch auch er klingt zornig. Ängstlich drücke ich mich gegen die Wand, will weggehen, doch meine Beine scheinen mit dem Boden verwachsen zu sein.

»Ach, hast du etwa Angst, nicht allein mit mir fertig zu werden, dass du deinen Kumpel Bernd als moralische Unterstützung mitbringen musst?«, fährt Markus seinen Stiefvater an. »Ich habe gesagt, dass ich dich hier nicht sehen will! Es reicht schon, dass du mir früher bereits das Leben zur Hölle gemacht hast. Misch dich nicht ein!«

»Ich wäre ganz gewiss nicht hier, wenn Bernd mich nicht gebeten hätte, mitzukommen«, entgegnet Johannes, klingt dabei ziemlich gefasst, doch Wut und Abscheu schwingen in seiner Stimme mir. Die Anspannung zwischen den beiden ist förmlich mit Händen greifbar und sorgt dafür, dass ich den Atem anhalte. Mit bangem Herzen lausche ich dem Schlagabtausch der Beteiligten. Markus flucht und beschimpft Bernd und seinen Stiefvater, während Julian leise weint. Im Endeffekt hilft alles nichts, denn Bernd schnappt sich Julian, zwingt ihn in seine Klamotten und zerrt ihn aus der Wohnung. Der Junge ist ganz aufgelöst und wehrt sich kaum gegen den Mann. Ich kann nichts tun, fühle mich so hilflos und elend, als wäre ich derjenige, dem gerade das Herz herausgerissen wird.

Markus steht neben mir im Flur und starrt Julian hinterher, wie er die Treppe voran heruntergedrängt wird. Seine Schultern beben vor unterdrückten Tränen und Verzweiflung. Alles, was ich tun kann, ist für ihn da zu sein. Ich lege ihm vorsichtig die Arme um die Schultern und ziehe ihn an mich, spüre, wie er sich weiter verkrampft, nach Atem ringt. Dann sinkt er zu Boden, bevor ich ihn halten kann. Er reißt mich mit sich auf die Knie, ein Schrei entrinnt seiner Kehle, ehe er sich die Hände vors Gesicht schlägt und bitterlich zu weinen beginnt.

Den Rest der Nacht verbringe ich im Zimmer bei Markus, halte ihn fest und versuche ihn, so gut es geht, zu trösten. Irgendwann versiegen seine Tränen und er rollt sich auf seinem Bett zusammen. Vorsichtig lege ich mich zu ihm, drücke ihn fest an mich und bleibe stumm neben ihm liegen. Dieser Moment erinnert mich so sehr an den Abend vor zwei Jahren, als ich von

Kais Betrug erfuhr. Damals war Markus für mich da, so wie ich nun für ihn.

»Ihr werdet es durchstehen«, murmele ich beruhigend und streichle seinen Rücken. »Ihr beide bekommt das hin. Eure Liebe ist stärker als Bernd oder Johannes. Ich glaube an euch.«

***

Müde stapfe ich durch den Schneematsch zur Uni. Die letzten Tage waren nervenaufreibend, weil ich mir pausenlos Sorgen um Markus und Julian machte. Dabei hat mein bester Freund, so gut es geht, versucht, seinen Kummer in Unikram und viel schwarzem Kaffee zu ertränken. Obwohl ich mich mit Simon getroffen habe, konnte er mich doch nicht vollends von meinen Sorgen ablenken. Ständig habe ich versucht, den Alltag völlig auszublenden, der mich nun in Form von Heiko einholt, der mir nicht gerade sanft auf die Schulter klopft.

»Hey Mann. Frohes neues Jahr! Unter welchem Stein hast du dich denn die Tage verkrochen? Ich habe kein einziges Lebenszeichen von dir bekommen. Wenigstens schöne Weihnachten hättest du mir wünschen können«, beschwert er sich direkt, klingt dabei jedoch weniger verärgert als amüsiert. Genau diese Eigenschaft mag ich an Heiko. Egal, welchen Mist ich baue, er hält trotzdem zu mir.

»Sorry«, murmele ich beschämt und lächle ihn an, während wir uns gemeinsam durch den überfüllten Uniflur zum Hörsaal durchkämpfen. »Ich war total beschäftigt und habe vergessen, mich bei dir zu melden.«

»Klar! Und dabei meinst du sicher nicht das Referat, das uns der Schubert aufgebrummt hat, richtig? Schließlich wird ausgelost, wer es in der nächsten Vorlesung halten muss. Ich für meinen Teil wäre da gern vorbereitet.« Dann grinst er mich an und wackelt vielsagend mit den Augenbrauen. »Lass mich raten: Du hast die ganzen Ferien im Bett deines neuen Lovers verbracht und keinen Tag an die Uni gedacht«, mutmaßt Heiko, kann sich dabei ein Lachen kaum noch verkneifen. Mein Gesicht muss Bände sprechen, denn er legt mir kameradschaftlich den Arm um die Schultern.

»Tja, dieses Mal kann ich deinen Arsch leider nicht retten, denn jeder sollte sich ein anderes Werk eines toten Dichters aus dem Lesekanon raussuchen. Es würde auffallen, wenn wir plötzlich identische Texte vortragen würden, falls mehr als einer das Glück bekommt. Außerdem würdest du es eh nicht mehr schaffen, meine Notizen in knapp zehn Minuten abzuschreiben.«

Abrupt bleibe ich mitten in der Bewegung stehen. »Scheiße, ich kann da nicht reingehen!«, entfährt es mir panisch. »Schubert killt mich, weil ich seine Aufgabe völlig vergessen habe!«

Heiko zuckt die Achseln. »Da musst du wohl durch. Wer den Kopf in die Wolken steckt, wird hart fallen«, feixt er. Ich stoße Heiko den Ellenbogen in die Seite, was ihn jedoch noch mehr lachen lässt.

»Klopf du nur große Sprüche. Wenn es dich erwischt, erinnerst du dich sicher an meine Worte«, brumme ich verstimmt. Es hilft ja nichts. Irgendwann muss ich mich meinem Literaturprofessor stellen, auch wenn ich die Vorlesung heute Morgen schwänze. Also straffe ich die Schultern, atme tief durch und betrete den Hörsaal.

***

Es war doch nicht so schlimm, wie ich befürchtete. Zwar saß ich die ganze Vorlesung lang wie auf heißen Kohlen, während zwei meiner Kommilitonen die Ehre hatten, ihre Referate zu halten. Danach wurden wir mit neuen Rechercheaufgaben entlassen. Professor Schubert verlor kein weiteres Wort über die Referate, die noch ausstanden. Sicherheitshalber holte ich mir nach der letzten Veranstaltung einige Bücher aus der Bibliothek, um das Referat bis nächste Woche nachzuholen. Denn wer weiß, was sich Herr Schubert noch einfallen lassen könnte.

Neben der Uni bleibt mir diese Woche leider viel zu wenig Zeit, um mich mit Simon zu treffen, deshalb beschränken wir uns auf Telefonate und Nachrichten. Nachdem wir um die Weihnachtszeit so viel Zeit miteinander verbracht haben, fühlt es sich gerade verdammt seltsam an, nicht mehr ständig bei ihm sein zu können. Meine Sehnsucht wächst mit jedem verstrichenen Tag, doch ich weiß auch, dass ich die Uni nicht noch länger vernachlässigen darf. Es ist mein letztes Semester, in dem ich für Prüfungen lernen und mich zusätzlich auf die Bachelorarbeit konzentrieren muss, für die ich immer noch kein Thema gefunden habe. Diesbezüglich werde ich wohl noch mal mit Professor Schubert sprechen müssen. Vielleicht kann er mir ja bei der Auswahl behilflich sein.

Nachdem ich endlich das Referat hinter mich gebracht habe, freue ich mich richtig aufs Wochenende, da ich es mit meinem Freund verbringen möchte.

Aus diesem Grund beschließe ich ihm am Freitagnachmittag nach der Uni einen Überraschungsbesuch abzustatten. Ich weiß, dass er freitags früher Feierabend hat und danach immer erst den Haushalt erledigt, der im Laufe der Woche anfällt. Deshalb mache ich einen kleinen Zwischenstopp am Limbecker Platz und besorge eine Packung Gebäck von Happy Donazz, die Simon so gern isst, ehe ich die nächste Bahn nach Müllheim nehme. Die nächsten zehn Minuten Bahnfahrt kann ich es kaum erwarten, Simon endlich in die Arme zu schließen und ihn zu küssen.

Die Schachtel mit den Donuts fest umklammert, biege ich in die Seitenstraße ein, in der das Haus von Simons Großeltern steht. Den Weg dorthin kenne ich bereits auswendig. Je näher ich komme, desto heftiger schlägt mein Herz voller Vorfreude, ihn wiederzusehen.

Bevor ich jedoch die Hofeinfahrt erreiche, fällt mir das fremde Auto auf, das vor dem Haus parkt. Ich verlangsame meine Schritte. Ob Simon Besuch hat? Vielleicht hätte ich ihm meinen Besuch lieber ankündigen sollen, um nicht zu stören? Zwar habe ich ihn in einer Nachricht nach seinen Plänen für den heutigen Nachmittag gefragt, doch mein Freund hat mir nicht zurückgeschrieben. Bisher habe ich noch keinen von Simons Freunden kennengelernt und auch über seine Familie weiß ich nichts. Simon hat immer nur Zeit mit mir verbracht, wenn er nicht gerade gearbeitet hat. Deshalb irritiert es mich, als sich die Haustür öffnet und ein mir unbekannter Mann heraustritt. Er trägt einen Wintermantel und eine Wollmütze auf dem Kopf, sodass ich ihn nicht richtig erkennen kann. Automatisch bleibe ich in einiger Entfernung stehen, bevor ich die Straße überquere. Ein ungutes Gefühl beschleicht mich, irgendetwas stimmt nicht. Kurz darauf kommt Simon zur Tür heraus. Er trägt bloß einen Pullover und Jogginghosen, weil er seinen Gast anscheinend noch verabschieden will. Der Fremde dreht sich noch mal zu Simon um. Was er sagt, kann ich aus der Entfernung nicht verstehen, doch dann fliegt er förmlich in Simons Arme und drückt ihn fest an sich.

Ich erstarre, kann mich plötzlich nicht mehr rühren. Mir schlägt das Herz bis zum Hals, Kälte kriecht durch meinen Körper, obwohl mich meine dicke Winterkleidung vor ihr schützen sollte. Ein sanftes Lächeln erscheint auf Simons Gesicht, als er die Umarmung erwidert. Dann küsst er seine Stirn und seine Schläfe, so wie er es schon oft genug bei mir gemacht hat.

Meine Beine beginnen zu zittern und drohen unter mir nachzugeben. Ich öffne den Mund, will ihm etwas zurufen, ihm sagen, dass er diesen Kerl gefälligst loslassen soll, doch kein Ton verlässt meine Kehle. Ich kann bloß erstarrt dastehen und meinen Freund dabei beobachten, wie er einen anderen Mann küsst.

Endlich löst sich der Unbekannte aus Simons Armen und geht zu seinem Auto. Und endlich kann ich ihm für einen kurzen Moment ins Gesicht sehen. Vor Schreck bleibt mir beinahe das Herz stehen.

Es ist kein anderer als mein Ex-Freund Kai, mit dem sich Simon getroffen hat.

Ich fasse es nicht!

Von allen Männern hat er sich ausgerechnet Kai ausgesucht, um mich zu betrügen!

Ein ungeahnter Schmerz durchfährt mich, bohrt sich in mein Herz und zerfetzt es auf einen Schlag. Meine Hände beginnen so stark zu zittern, dass ich die Schachtel mit den Donuts fallen lasse.

Endlich wird Simon auf mich aufmerksam. Ich sehe die Überraschung in seinem Gesicht, als würde er nicht verstehen, warum ich ihn aus schreckgeweiteten Augen von der gegenüberliegenden Straßenseite anstarre. Hat er etwa wirklich keine Ahnung? Und warum benimmt er sich so, als wäre nichts dabei, wenn ich ihn bei einem Date mit einem fremden Mann erwische? Ist er so abgebrüht?

Ich bin verwirrt und verletzt. Natürlich habe ich nie richtig über Kai gesprochen, seinen Namen kaum erwähnt, weil ich einfach nicht an die Zeit mit ihm zurückdenken wollte. Mit einem Schlag holt mich die Vergangenheit ein. Was für ein abgekartetes Spiel haben die beiden mit mir gespielt? War Simon vielleicht die ganze Zeit mit Kai zusammen, in der sich die beiden einen Spaß daraus gemacht haben, mich an der Nase herumzuführen? Aber warum dann das lange Warten, dieses Hinauszögern und das Zappeln lassen? War es notwendig, mein Herz ein zweites Mal zu brechen? Ich war doch vor zwei Jahren bereits am Boden zerstört, hat das denn nicht gereicht? Mussten die beiden nochmals auf meinem Herzen herumtrampeln?

Tränen steigen mir in die Augen und für einen Moment verschwimmt Simons Anblick vor mir. Ich verstehe die Welt nicht mehr. Wie konnte er mir nur so etwas antun, nachdem er mir seine Liebe gestanden hat?

»Philipp?«, seine Stimme klingt dumpf in meinen Ohren und wird vom Motorenlärm verschluckt, als Kai in seinem Auto davonfährt. Immer noch stehe ich wie festgewachsen auf dem Gehweg, zittere am ganzen Leib und kann nichts tun, als meinen Freund anzustarren. Endlich kommt Bewegung in Simon. In Hausschuhen überquert er die Straße, statt zurück ins Haus zu gehen und sich seine Jacke zu holen.

»Philipp, was ist plötzlich los mit dir? Und was machst du überhaupt hier? Waren wir etwa verabredet? Tut mir leid, falls ich das Date vergessen habe, aber –« Simon steht nur eine Handbreit von mir entfernt und beugt sich nach der Schachtel mit den Donuts. »Sind die für mich?« Er lächelt mich aufmunternd an und benimmt sich, als sei nichts gewesen. Als er mit der freien Hand meinen Arm umfassen will, platzt mir der Kragen. Ich mache einen Satz rückwärts.

»Du Arschloch! Wie konntest du mir das nur antun?! Hast du dich deshalb so um mich bemüht? Mich deshalb zappeln lassen und darauf gewartet, bis ich dir mein Herz auf einem Silbertablett präsentiere? Nur, um dich dann mit meinem Ex hinter meinem Rücken über mich lustig zu machen?«, schreie ich ihn unter Tränen an.

Simon erstarrt, sein Gesicht wird kreidebleich. »Moment ... Kai ist – dein Ex?«, fragt er dünn. Seine Augen werden groß vor Schreck.

»Als ob du das nicht gewusst hättest!«, schleudere ich ihm entgegen. »Warum sonst hättest du dich mit ihm getroffen? Hat es Spaß gemacht, mit uns beiden Sex zu haben? Sag schon!« In meiner blinden Wut presche ich vor und stoße ihm mit den Händen vor die Brust, sodass Simon wie benommen einige Schritte nach hinten taumelt.

»Wovon redest du?«, fragt er irritiert. Die Verwirrung spiegelt sich in seinem Gesicht und lässt mich kurz innehalten. Doch der Schmerz in meiner Brust ist zu groß, die Enttäuschung über meine Liebe zu schwer, als dass ich seinen Worten Glauben schenken kann. Ich habe keine Lust mehr auf dieses Spiel, will seine Ausflüchte nicht hören. Schließlich weiß ich, was ich gesehen habe! Und ich kenne Kai nur zu gut. Kaum ein Mann konnte seiner Anziehungskraft bisher widerstehen, auch keiner wie Simon.

»Ich habe gesehen, wie du ihn angesehen und geküsst hast. Genauso siehst du auch mich an. Du hast mit meinen Gefühlen gespielt, dabei habe ich wirklich geglaubt, dass unsere Liebe etwas Besonderes ist. Du hast mich mit deinen Worten über Zukunft und wahre Gefühle um den Finger gewickelt, aber endlich bin ich aus diesem rosaroten Traum erwacht. Endlich sehe ich klar, dass du mich all die Zeit nur benutzt hast, um mein Herz in Stücke zu brechen. Danke, Simon! Auf diese Erfahrung hätte ich getrost verzichten können.« Außer mir vor Zorn wische ich mir die Tränen aus dem Gesicht, die mir über die Wangen laufen. Ich hasse es, vor ihm weinen zu müssen, aber sein Betrug hat mich noch tiefer getroffen als Kais vor Jahren. Mit Simon konnte ich mir tatsächlich eine Zukunft vorstellen, er berührte mich tief in meinem Herzen, in seinen Armen fühlte ich mich geborgen und sicher. Doch das alles ist bloß ein Traum, eine Illusion, etwas, das ich mir tief in meinem Inneren wünschte. Im Endeffekt ist Simon genauso ein Mann wie alle anderen auch, mit denen ich etwas hatte! Seine Liebe war bloß vorgespielt, um mich zu verletzen.

»Phil, hör mir doch mal zu! Lass es mich dir erklären. Du hast da was in den falschen Hals bekommen«, entgegnet Simon endlich, nachdem er den ersten Schock über meinen Ausbruch überwunden hat. Er greift nach mir und hält mich am Handgelenk fest, damit ich nicht weglaufen kann. Doch ich reiße mich energisch von ihm los und bringe erneut Abstand zwischen uns. Verärgert wirbele ich zu ihm herum, verberge meine Tränen nicht einmal, die mir unaufhörlich über die Wangen strömen.

»Ich habe deine Lügenmärchen satt. Endlich verstehe ich, warum du dich so um mich bemüht hast. Du wolltest, dass ich mich in dich verliebe, um mir dann das Herz zu brechen. Sicher hast du mit Kai hinter meinem Rücken über meine Naivität gelacht. Weil ich dir auf den Leim gegangen bin ... Hat es euch wenigstens Spaß gemacht, mich zu verarschen? Dass Kai ein Arsch ist, weiß ich längst, aber ich hätte nicht gedacht, dass du genauso ein mieser Betrüger bist wie mein Ex!«

»Du verstehst das völlig falsch ...«, wiederholt er eindringlich.

»Ach ja? Was gibt's da denn falsch zu verstehen, wenn du dich mit Kai triffst und nicht einen Gedanken daran verschwendet hast, es mir zu sagen? Ich habe mich wirklich in dir getäuscht. Du redest immer von etwas *Echtem*. Von Zukunft. Und dabei bist du es, der sich ausgerechnet mit meinem Ex-Freund trifft, und das hinter meinem Rücken! Hast du denn nichts über seinen Ruf gehört? Weißt du etwas nicht, mit wie vielen Männern er bereits nur zum Spaß geschlafen hat?«

Wut flammt in Simon auf, ich erkenne ein zorniges Blitzen in seinen braunen Augen. »Ach ja? Seinen Ruf? Und was ist mit dir? Welchen Ruf hattest du, bevor wir zusammengekommen sind, Phil? Hast du nicht auch jeden Schwanz gelutscht, der dir in die Finger kam? Fass dir an deine eigene Nase, bevor du über andere Menschen urteilst!«

Das sitzt.

Seine Worte treffen mich wie ein Fausthieb mit voller Wucht. Simon hat völlig recht, ich habe mich regelrecht verhalten, als wäre ich sexsüchtig und keinen Deut besser als Kai. Als wäre Sex das Einzige im Leben, das mich irgendwie durch den Tag bringt. Dabei wollte ich es Kai nur heimzahlen, ihn wissen lassen, dass nicht nur er begehrenswert ist. Doch damit habe ich mir ein Eigentor geschossen, denn meinen Ex hat es nicht interessiert, mit wem ich wie lange zusammen gewesen bin. *Ich* habe ihn schlichtweg nicht mehr interessiert. Da konnte ich mit so vielen Männern schlafen, wie ich wollte, es brachte nicht den gewünschten Effekt.

»Du bist echt ein Arschloch!«, schleudere ich Simon entgegen, weil ich nicht weiß, was ich auf seine Anschuldigung erwidern kann. Dann mache ich auf dem Absatz kehrt und renne die Straße hinunter.

»Philipp, warte!«, ruft Simon, ich nehme seine Schritte hinter mir wahr, drehe mich jedoch nicht um. Ich erhöhe mein Tempo, renne über die Straße, ohne auf den Verkehr zu achten. In den Hausschlappen ist er langsamer als ich in meinen Sneakers. Ein Auto hupt, doch ich schaffe es noch rechtzeitig den Gehweg zu erreichen. Blindlings renne ich weiter in Richtung Bahnhof. Simon folgt mir immer noch.

Es wäre ein Leichtes, einfach stehen zu bleiben, mich umzudrehen und in seine Arme zu werfen. Mich bei ihm zu entschuldigen und ihm verzeihen, dass er mich mit meinem Ex-Freund hintergangen hat. Doch dieser Schmerz und der Verrat darüber sitzen tief. Es hätte jeder andere Mann oder auch eine Frau sein können, doch warum musste sich Simon ausgerechnet mit Kai treffen, der mein Herz vor Jahren in tausend Stücke gebrochen hat? Kai ist schuld daran, dass ich so geworden bin, wie ich heute bin. Seinetwegen hab ich den Glauben an die Liebe verloren. Simon hat mir diesen Glauben Stück für Stück zurückgegeben, hat mein Herz zusammengeflickt. Doch zu welchem Preis? Um es mir wieder aus der Brust zu reißen!

Weil Simon aufholt und ich nicht weiß, wann die nächste Bahn zurück nach Essen fährt, renne ich kurzerhand auf den Taxistand vor dem Bahnhof zu.

»Philipp! Bleib bitte stehen!«, höre ich ihn rufen. Er ist deutlich außer Atem, ziemlich abgehetzt. Ich drehe mich kurz um, schaue ihn an. Rote Flecken bilden sich auf seinen Wangen. Einen Herzschlag lang warte ich und versuche zu Atem zu kommen. Eine Straße trennt uns, die vorbeifahrenden Autos machen es ihm unmöglich, mich einzuholen. Ich nutze den Moment, reiße die Tür eines Taxis auf und springe auf die Rückbank.

»Fahren Sie«, rufe ich dem Fahrer zu. »Fahren Sie endlich!«

Der Mann drückt quietschend das Gaspedal durch und fährt los, ehe Simon den Taxistand erreichen kann.

Ich drehe mich um und schaue aus dem Rückfenster, wie er immer kleiner und kleiner wird. Dann erst sinke ich ins Polster zurück und hole tief Luft. Mein ganzer Körper zittert, ich schlinge mir die Arme um den Oberkörper.

»Wo soll's überhaupt hingehen?«, fragt mich der Taxifahrer. Kurz überlege ich, stelle mit Erschrecken fest, dass ich nicht genug Geld für eine Fahrt von Mülheim bis Essen dabeihabe, denn meine Fahrkarte habe ich mit dem Handy geladen. Nach einigem Zögern nenne ich dem Mann die Adresse meiner Eltern. Muss meine Mama mir das Geld eben vorstrecken ... Nachdem das Adrenalin meinen Körper verlässt, sacke ich in mir zusammen und beginne hemmungslos zu schluchzen.

Kapitel 20

»Ach Schatz, bitte lass den Kopf nicht hängen. Es wird noch der Tag kommen, dann lachst du über all das hier. Dann wirst du mit deinem Partner glücklich sein und die ganzen Idioten vergessen haben, auf die du dich je eingelassen hast«, sagt meine Mutter liebevoll und streicht mir über den Kopf. Ich liege auf dem Sofa in eine Decke eingerollt und schluchze ins Kissen, während meine Mutter tröstend auf mich einredet. Doch ihre Worte dringen kaum zu mir durch, so heftig weine ich.

»Aber ... ich habe Simon wirklich geliebt, Mama«, jammere ich tränenerstickt.

Sie reicht mir ein Taschentuch, damit ich mir die Nase putzen kann. Dann hält sie mir einen Becher mit Kakao entgegen. »Trink das, Schatz. Danach geht's dir sicher besser.«

»Wie soll mir bitte ein heißer Kakao helfen, über meinen Liebeskummer hinwegzukommen?«, frage ich mit skeptischem Blick in den Becher.

Meine Mutter lächelt aufmunternd. »Zumindest hat er dir früher immer die Laune verbessert. Warum also nicht heute?«

»Weil ich damals noch ein kleines Kind gewesen bin, Mama. Da waren meine größten Probleme ein aufgeschlagenes Knie oder eine schlechte Note in der

Schule«, brumme ich, nehme jedoch einen Schluck von dem süßen Getränk.

»Wie du meinst«, entgegnet sie und erhebt sich von der Couch. »Ruh dich ein bisschen aus. Du kannst so lange bei uns bleiben, wie du willst. Ich werde solange in die Küche gehen und das Abendessen vorbereiten. Dein Vater kommt sicher jeden Moment aus dem Büro nach Hause.« Mit diesen Worten lässt sie mich allein im Wohnzimmer zurück.

Betrübt nippe ich an dem Kakao und starre vor mich hin. Ich kann immer noch nicht fassen, was ich gesehen habe. Simon hat mich tatsächlich betrogen – und das auch noch mit meinem Ex! Statt es mit allen Mitteln zu leugnen und mich vom Gegenteil zu überzeugen, hat er mich sogar noch mit Kai in einen Topf geworfen und mich beschuldigt, nicht besser zu sein als er. Und dabei redete er ständig von etwas *Echtem*, dass er sich mit mir eine Zukunft vorstellen kann ... So ein Heuchler! Er hat meine Gefühle schamlos ausgenutzt und mit Füßen getreten.

Ich stelle den Becher auf den Couchtisch vor mir und greife mit der Hand in den Kragen meines Pullovers, um die Silberkette hervorzuholen. Lange betrachte ich Simons Geschenk, lasse den Schmuck durch meine Finger gleiten und starre auf den Ring, der an der Kette baumelt. Es war alles gelogen, alles bloß ein Spiel, weiter nichts. Tränen verschleiern meine Sicht, doch ich blinzle sie verärgert weg. Dann löse ich den Verschluss der Kette und zerre sie mir vom Hals, als hätte ich mich an ihr verbrannt. Das Schmuckstück fällt auf den Couchtisch, der Ring löst sich und kullert über den

Tischrand zu Boden. Mit brennenden Augen sehe ich auf den Ring zu meinen Füßen.

Ich habe mich in Simon getäuscht, habe mich von ihm blenden lassen. An meiner Naivität bin ich selbst schuld, hätte ich ihm bloß nicht so schnell vertraut. Doch mein Herz hat sich so sehr nach seiner Liebe und Zuneigung gesehnt, dass ich unvorsichtig geworden bin. Dabei hätte ich es nach der Sache mit Kai besser wissen sollen und mich nicht Hals über Kopf in diese Beziehung stürzen. Sex ist ja eine Sache – aber sein Herz zu verschenken, damit sollte man echt aufpassen, sonst wird man bitter enttäuscht.

Das Handy in meiner Hosentasche vibriert. Bisher konnte ich es ignorieren, weil meine Mutter im Raum war, jetzt hingegen klingt die Vibration ohrenbetäubend. Mit wild klopfendem Herzen ziehe ich das Smartphone hervor und sehe auf das Display. Es ist ein Anruf von Simon. Einer von bisher zehn verpassten. Und obwohl mein Herz mich drängt, das Gespräch anzunehmen und ihn anzuhören, weigert sich mein Verstand.

Entschieden drücke ich ihn weg und schalte mein Handy aus. Ich kann jetzt nicht mit ihm reden, denn der Schmerz ist noch zu frisch. Dann erhebe ich mich vom Sofa und gehe zu meiner Mutter in die Küche, um ihr mit dem Abendessen zu helfen, weil ich es gerade kaum ertrage, allein zu sein.

***

Das ganze Wochenende verbringe ich bei meinen Eltern. Über Simon reden wir nicht mehr, dieses Thema schwebt wie ein unsichtbares Schwert über meinem

Kopf, denn sobald ich an ihn denke, weil er mich erneut auf dem Handy anruft, kommen mir die Tränen. Aus diesem Grund versuchen meine Eltern, so gut es geht, mich mit anderen Dingen abzulenken.

Mama schleppte mich am Samstagvormittag mit zum Wochenmarkt, damit ich den schweren Korb mit dem Gemüse für sie tragen konnte, und Papa sorgte dafür, dass ich den Rest des Tages mit ihm in der Garage herumwerkelte. Warum er gerade im Januar auf die Idee gekommen ist, die kaputte Regenrinne im Garten zu reparieren, hat sich mir nicht erschlossen, doch ich war sehr froh über diese Ablenkung. So konnte ich mich wenigstens mit irgendwas beschäftigen, statt in Liebeskummer zu versinken.

Sonntag kam Tante Gerti, Papas ältere Schwester, zu Besuch. Gertrude, von allen nur liebevoll Gerti genannt, ist lange verwitwet und gar nicht so unglücklich über ihr Schicksal, Ehemann Nummer drei unter die Erde gebracht zu haben. Mein Vater hat sich immer über sie aufgeregt, dass es kein Mann wegen ihrer Eigenheiten länger als ein Jahr mit ihr aushalten würde, doch das schien seine Schwester nicht im Geringsten zu stören.

»Du solltest dich nie von deinem Partner abhängig machen, Philipp«, sagte sie mit erhobenem Zeigefinger zu mir. »Denn sobald du von jemand anderem abhängig wirst, verlierst du deinen eigenen Stolz.«

»Bring dem Jungen nicht solchen Blödsinn bei«, beschwerte sich meine Mutter. »Er leidet so schon genug.«

Ich sank in mich zusammen. Eigentlich mochte ich meine Tante sehr gern und freute mich, wenn sie uns besuchte. Doch dieses Mal frustrierten mich ihre Geschichten über ihre vergangenen Beziehungen, denn ich konnte dabei nicht aufhören, an Simon und seinen Verrat zu denken.

Am Montag in der Uni versuche ich gar nicht erst zu überspielen, wie schlecht es mir geht. Markus weiß sowieso Bescheid, dass ich mich von Simon getrennt habe. Ihm geht's gerade nicht besser als mir, denn auch er leidet an der Trennung zu Julian. Irgendwie scheint keine der Beziehungen meiner Freunde gerade unter einem guten Stern zu stehen.

»Alter, du siehst aus, als hätte man dich gekaut und wieder ausgespuckt«, meint Heiko mit einem mitleidigen Blick, als er sich auf den freien Platz neben mich fallen lässt. Da wir beide noch früh dran sind, ist der Hörsaal kaum gefüllt. Nach Weihnachten glänzen nur wenige meiner Kommilitonen mit ihrer Anwesenheit. Auch ich habe zuerst überlegt, zu Hause zu bleiben, doch da wäre mir vermutlich die Decke auf den Kopf gefallen. Markus ist gerade auch keine angenehme Gesellschaft, denn er hockt fast nur in seinem Zimmer und lernt wie bekloppt oder verbreitet schlechte Laune, wenn er wieder mal mit seinem Stiefvater telefoniert.

»Danke, Mann. Genauso fühle ich mich auch«, entgegne ich matt und gähne herzhaft. Am Wochenende habe ich nur wenig Schlaf bekommen, weil ich mir den Kopf über Simon und Kai zerbrochen habe. Leider bin ich zu keinem anderen Schluss gekommen, als dass ich mich in meinem Freund getäuscht haben muss. Die Zeichen sind eindeutig, denn nun kann ich fast schon ahnen, warum er mich so lange hingehalten hat, ohne mit mir zu schlafen. Vermutlich wollte er bloß sichergehen, dass er damit seine Beziehung zu Kai nicht ruiniert. Ach, keine Ahnung! Es ist verdammt kompliziert und tut weh, wenn ich nur daran denke. Deshalb versuche ich auch, jeden Gedanken an ihn, so gut es geht, aus meinem Kopf zu vertreiben. Bisher konnte ich seine Anrufe und Nachrichten zumindest erfolgreich ignorieren, auch wenn ich wirklich versucht war, zumindest seine Nachrichten zu lesen.

Heiko breitet seine Lektüre und Stifte auf dem Tisch vor sich aus.

»Es ist echt schade, dass du noch mal bei null anfangen musst. Ich wollte dir eigentlich meine neue Freundin vorstellen, die ich im Skiurlaub kennengelernt habe. Sie heißt Sandra und kommt aus Hannover. Zwischen uns hat es oben auf der Almhütte richtig gefunkt«, erzählt mir Heiko mit verliebtem Glänzen in den Augen. »Wir hätten uns zu viert treffen können, wäre das zwischen dir und Simon nicht so schnell in die Brüche gegangen. Du hast aber auch Pech, was deine Beziehungen zu Männern angeht.«

Natürlich musste ich auch Heiko über die Trennung informieren, denn er rief direkt Samstagabend bei mir an und lud mich zu einem Pärchendate ein, das ich absagen musste. Ich zucke die Achseln, während ich gedankenverloren Kringel auf meinen Collegeblock zeichne.

»Es freut mich, dass du dich verliebt hast. Aber ist Hannover nicht ziemlich weit weg?«, frage ich nur wenig interessiert. Auch wenn ich mich für Heiko freue, kann ich mich gerade nur schwach für seine Erzählung begeistern.

»Es geht. Wenn ich mit dem Auto fahre, bin ich in knapp zwei Stunden bei ihr. Aber du hast recht, eine

Fernbeziehung wird nicht leicht. Sollte es jedoch halten, ziehe ich im Sommer zu ihr. Schließlich habe ich dann meinen Bachelor in der Tasche und muss mich sowieso um einen Job bewerben. Da kann ich mich auch genauso gut in Hannover nach einer Stelle umsehen«, meint er zuversichtlich. Ein bisschen beneide ich meinen Kumpel, weil er anscheinend einen konkreten Plan hat, was er nach dem Studium machen will. Ich hingegen habe noch nicht einmal ein Thema für meine Bachelorarbeit festgelegt.

»Auf jeden Fall ... was ich sagen wollte: Du musst nach vorn schauen«, sagt Heiko schließlich und klopft mir auf die Schulter. Ich zwinge mich zu einem Lächeln. Das ist leichter gesagt als getan.

***

Nach der letzten Vorlesung bummele ich noch durch die Stadt, weil ich keine Lust habe, zu Hause bloß an die Wand zu starren. Mein Handy bleibt stumm, vermutlich hat Simon eingesehen, dass seine Bemühungen sinnlos sind und ich sowieso nicht mit ihm reden werde. In der Stadt gönne ich mir ein Stück Pizza und nehme mir noch einen Kaffee to go mit, ehe ich mich auf den Heimweg mache. Als ich den Wohnungsflur betrete, höre ich Markus mit jemandem reden. Zwar verstehe ich nicht, was genau er sagt, doch er klingt ziemlich aufgebracht. Um ihn nicht zu stören, verziehe ich mich direkt in mein Zimmer. Irgendwann verstummt sein Gespräch und etwas fliegt scheppernd gegen die Wand. Ich kann mir fast denken, dass ihn sein Stiefvater erneut terrorisiert, sodass Markus vor Wut sein

Smartphone kaputtmacht. Es ist nicht das erste Mal, dass er deswegen ein neues Handydisplay braucht.

Ich starte meinen Laptop und setze mich an meine Seminararbeit, die ich diese Woche einreichen muss. Leider kann ich mich nur schwer auf das eigentliche Thema konzentrieren, denn meine Gedanken schweifen zu Simon. Dennoch gebe ich mein Bestes, um wenigstens ein paar Zeilen zu Papier zu bringen.

Keine Ahnung, wie lange ich vor meinem Laptop hocke, doch das plötzliche Klingeln der Haustür reißt mich aus meinen Gedanken. Ich verlasse mein Zimmer. Im Flur treffe ich auf Markus, der gerade den Hörer der Gegensprechanlage auflegt.

»Es ist Simon«, sagt er ernst. Augenblicklich versteife ich mich. Ich muss schlucken, meine Kehle ist von jetzt auf gleich wie ausgedörrt. Markus bemerkt meine Reaktion sofort und legt mir die Hand auf den Arm. »Was soll ich ihm sagen? Er wird gleich hier oben sein ...«

»Ich bin nicht da«, krächze ich heiser, weil ich mich einfach nicht in der Lage fühle, ihm gegenüberzutreten. »Ich kann nicht mit ihm reden.«

Markus nickt, ein trauriger Ausdruck macht sich auf seinem Gesicht breit. »Wir haben es gerade wohl echt nicht leicht ... Erst die Sache mit Julian an Neujahr und nun auch noch deine Trennung. Aber wir schaffen das, okay? Du kannst immer mit mir reden, wenn du etwas auf dem Herzen hast.«

Ich nicke stumm, unfähig, etwas zu erwidern. Mit heftig klopfendem Herzen starre ich die offene Wohnungstür an. Jeden Moment wird Simon hier auftauchen, und Markus wird ihn für mich abweisen ... Um nicht schwach zu werden, verziehe ich mich zurück in mein Zimmer, lasse die Tür jedoch angelehnt und presse das Ohr von innen dagegen, um zu lauschen.

»Hey ... ähm ... ist Philipp da? Ich muss dringend mit ihm reden. Er geht nicht an sein Handy«, vernehme ich Simons gedämpfte Stimme.

»Er ist nicht da«, entgegnet Markus in scharfem Ton. »Und auch wenn – er hat dir nichts mehr zu sagen, nach der Nummer, die du mit ihm abgezogen hast!«

»Es war ein Missverständnis. Ich wusste nicht, dass Kai sein Ex-Freund ist«, verteidigt sich Simon hartnäckig. »Ich liebe Philipp.«

Mein Herz macht einen freudigen Satz. Sofort will ich meine Deckung aufgeben und zu Simon eilen, doch mein Kopf verbietet es mir. Er kann mir noch so viel erzählen, ich glaube ihm nach dieser Sache kein Wort!

»Das hätte dir vorher klar sein müssen, bevor du ihn hintergangen hast. Weißt du eigentlich, wie schlimm dein Verrat für Phil war? Wie sehr er damals wegen Kai gelitten hat? Und nun ziehst du mit ihm das gleiche Spielchen ab wie sein Ex-Freund? Versetz dich in seine Lage, Mann! Also ich an seiner Stelle hätte dich so was von in den Wind geschossen«, zischt Markus mit unterdrückter Wut. Er setzt sich sehr für mich ein, das rechne ich ihm hoch an. Ich selbst wäre jetzt nicht in der Lage, Simon die Stirn zu bieten. Alles, was ich kann, ist bloß davonlaufen ...

»Wie oft soll ich noch sagen, dass es ein Missverständnis war. Wenn er mich doch nur anhören würde, dann könnte ich ihm alles erklären«, erwidert Simon beinahe flehentlich. Dann höre ich eine ganze Weile nichts mehr. Angespannt öffne ich die Tür einen Spalt breit und sehe hinaus, erkenne jedoch kaum etwas, ohne mich komplett in den Flur zu wagen. Nachdem ich mir sicher bin, dass Simon gegangen ist, atme ich tief durch den Mund aus und schleiche in den Flur, wo ich beinahe mit Markus zusammenstoße, der dicht vor mir auftaucht.

»Dein Kerl ist echt bekloppt, so viel Geld für Blumen auszugeben. Die waren sicher schweineteuer«, meint er mir einem frechen Grinsen. »Oder er ist verknallt!«

Total überrascht sehe ich die Rosen an, die mir Markus reicht. Der Strauß ist noch größer und schöner als der, den mir Simon das erste Mal mitgebracht hat.

»Vielleicht solltest du doch mit ihm reden?«

Ich zucke die Achseln, weiß auf einmal nicht, was ich denken oder fühlen soll. Starre stumm auf die Rosen in meiner Hand und erneut bilden sich Tränen hinter meinen Augenlidern.

***

Es ist mitten in der Nacht, als ich lautes Schreien höre. Türen knallen, Stimmen reden wild durcheinander. Benommen richte ich mich im Bett auf und reibe mir über die Augen. Erst glaube ich, dass es ein Traum gewesen ist, aus dem ich erwacht bin, doch dann werden die Geräusche deutlicher, sodass ich einige Wortfetzen vernehme.

»Ich habe dich gewarnt, Markus!«, höre ich einen fremden Mann. »Du solltest diesen Jungen ein für alle Mal in Ruhe lassen. Du wirst noch sehen, was du davon hast! Bernd wird dich anzeigen, solltest du dich bei Julian blicken lassen!«

»Du und dein homophober Kumpel machen mir keine Angst mehr. Julian ist volljährig und kann selbst entscheiden, mit dem er zusammen sein will. Sollte ihn Petra oder Bernd noch mal in seinem Zimmer einsperren, dann kann er genauso gut zur Polizei gehen und die beiden anzeigen!«, schreit Markus zurück. Nun knallt eine Tür so laut, dass ich im Bett zusammenzucke. Dann wird es gespenstisch still in der Wohnung. Ein paar Herzschläge lang lausche ich in die Stille, ehe ich die Bettdecke zurückschlage und aus dem Bett steige. Habe ich mir den Streit nur eingebildet? Auf Zehenspitzen verlasse ich mein Zimmer und schleiche zu Markus rüber. Tatsächlich sehe ich ihn im Dunkel, wie er sich seine Motorradhose überzieht.

»Markus?«, frage ich in die Stille hinein.

Er dreht sich zu mir um. Sein Gesicht kann ich im schwachen Licht der Straßenlaternen, das durch sein Schlafzimmer fällt, nur schwer erkennen. »Habe ich dich geweckt? Das wollte ich nicht, sorry.«

»Ich mache ein paar Schritte auf ihn zu. »Was ist passiert? Ich habe Stimmen gehört. War es dein Stiefvater?«

Markus nickt, ballt kurz die Hand zur Faust, ehe er eilig an mir vorbeigeht.

Ich wirbele herum, plötzlich hellwach. »Was wollte er hier, Markus? Und – wo willst du jetzt noch hin?«, frage ich ihn.

Markus antwortet nicht sofort, verharrt einen Moment, bevor er sich zu mir umdreht, seinen Motorradhelm bereits in der Hand. »Ich muss etwas erledigen«, lautet seine knappe Antwort.

»Erledigen? Um diese Uhrzeit?« Ich bin total verwirrt, immer noch etwas verschlafen und besorgt, weil mein Kumpel sich so merkwürdig verhält. In den letzten Wochen hatte er es nicht leicht, weil er wegen seiner Beziehung zu Julian ständig mit seinem Stiefvater aneinandergeraten ist. Und ich konnte ihm auch kaum eine Stütze sein, weil ich wegen der Trennung zu Simon den Kopf nicht freibekommen kann.

Markus tritt nah an mich heran und zieht mich auf einmal in eine feste Umarmung, was meine Sorgen nur noch verstärkt.

»Mach dir keine Sorgen um mich, Phil. Ich werde nichts Blödes anstellen«, flüstert er in mein Ohr und streichelt mir beruhigend über den Rücken. Dann löst er sich von mir und öffnet die Wohnungstür. Ohne ein weiteres Wort des Abschieds lässt er mich allein zurück.

Benommen sehe ich die geschlossene Tür an. Nun verstehe ich gar nichts mehr. Wieso war Markus' Stiefvater überhaupt hier, wenn er doch keinen Kontakt mehr zu Julian hat? Und wieso kümmert es ihn überhaupt noch, was er macht, wenn sich die beiden doch nicht ausstehen können? Die Beziehung zu Markus' Eltern war schon immer sehr kompliziert, doch er kam immer damit zurecht, solange er keinen Kontakt zu seiner Familie hatte.

Erschlagen von dem Ereignis schlurfe ich zurück in mein Zimmer, gehe zum Fenster und spähe hinaus. Es ist stockfinster und dicke Regentropfen prasseln gegen die Fensterscheibe. Unten im Hof sehe ich das Licht von Markus' Motorrad, wie es immer kleiner wird. Verdammter Mist, ist der Kerl lebensmüde, bei diesem Sauwetter aufs Motorrad zu steigen? Egal, was er erledigen muss, hätte das nicht bis Sonnenaufgang warten können? Er wird sich noch umbringen!

Plötzlich läuft es mir eiskalt den Rücken runter, und mein Puls beschleunigt sich. Will er etwa genau das?! Nein, so ist Markus nicht! Er sucht immer eine Lösung für ein Problem –Selbstmord wäre da einfach keine Option. Mir bricht der Schweiß aus, und ich beginne am ganzen Körper zu zittern, dass ich mich kaum unter Kontrolle habe. Ich habe furchtbare Angst um Markus. Hastig stürze ich zu meinem Bett, wo ich mein Smartphone vom Nachttisch nehme. Meine Hände zittern so stark, dass ich kaum durch meine Kontakte scrollen kann. Endlich schaffe ich es und wähle Markus' Nummer. Leider springt gleich die Mailbox ran. Deshalb versuche ich es bei Julian, doch auch dieser scheint tief im Land der Träume zu sein, sodass er sein Handy nicht hört. Als Letztes schwebt mein Finger über Simons Nummer, ich zögere, ihn anzurufen, überwinde mich jedoch und drücke mir das Handy ans Ohr. Es klingelt zweimal, dreimal, doch dann springt auch bei ihm die Mailbox an.

Seufzend sinke ich zurück ins Bett und rolle mich auf der Matratze zusammen, das Handy fest umklammert. Ein bisschen bin ich darüber erleichtert, weil Simon nicht abgenommen hat, denn was sollte er mir sagen? Dass mit Markus sicher alles okay ist? Schließlich kennt er seine Hintergrundgeschichte nicht, er weiß nicht, warum er sich so sehr mit seinen Eltern fetzt.

Meine Atmung geht heftig, ich bin immer noch panisch und versuche mich selbst zu beruhigen. Es wird sicherlich nichts passieren, ich mache mir unnötig Gedanken, da bin ich sicher ...

***

Ich schrecke zusammen, als das Smartphone in meiner Hand plötzlich klingelt. Vermutlich bin ich kurz weggenickt, während ich auf einen Rückruf von Markus wartete. Im ersten Moment hoffe ich einfach, dass er es ist, doch das Display zeigt eine unbekannte Nummer an.

»Hallo?«, frage ich zögernd und versuche dabei nicht so verschlafen zu klingen.

»Hallo«, meldet sich ein mir unbekannter Mann. Im Hintergrund höre ich Verkehrslärm. »Hier ist Herr Siebert von der Polizei. Mit wem spreche ich bitte?«

Für einen Augenblick versagt mir die Stimme. Polizei? Was hat das zu bedeuten?

»Hallo?« Der Polizist klingt drängend.

»Ähm, ja. Hier ist Philipp Friedrich«, antworte ich endlich.

»Herr Friedrich, Sie waren als Notfallkontakt auf dem Smartphone von Herrn Richter gespeichert ...« Die Worte des Mannes dringen zwar zu mir durch, doch ich kann den Zusammenhang nicht erfassen.

Notfallkontakt.

Polizei.

O mein Gott!

»Was ist mit Markus?« Meine Stimme überschlägt sich beinahe, sodass ich fürchte, der Mann könnte mich nicht verstanden haben. Eine kleine Pause entsteht, in der ich tief Luft hole und meine Frage nochmals wiederhole.

»Herr Richter ist in einen Unfall auf der A3 Richtung Köln verwickelt worden und wird jetzt für den Transport ins Krankenhaus bereitgemacht. Können Sie mir bitte weitere Familienangehörige nennen, damit ich sie informieren kann? Ich nehme mal an, Sie sind ...?«

»Ich ... ich bin sein Mitbewohner«, presse ich atemlos hervor, bevor mir meine Stimme vollends versagt und ich zu schluchzen beginne. Markus hatte einen Unfall ... Ich hätte ihn nicht gehen lassen dürfen! Es ist meine Schuld!

»Herr Friedrich, bitte beruhigen Sie sich. Leider kann ich Ihnen nichts über Herrn Richters Zustand sagen, doch hierfür können Sie sich im Krankenhaus melden«, versucht mich der Polizist in sachlichem Ton zu beruhigen. Dann gibt er mir die Adresse des Krankenhauses durch, in das Markus gebracht wird. Wie kann er so gelassen bleiben, wenn Markus gerade womöglich mit dem Leben ringt?

»Seine Mutter ...«, gebe ich unter Schluchzern zurück, räuspere mich dabei, um meine Worte deutlicher klingen zu lassen. »Ich kenne ihren Vornamen nicht. Aber sie wohnt mit ihrem neuen Mann, Johannes Richter, in Köln.«

»Danke. Ich werde die Eltern informieren.« Mit diesen Worten beendet der Polizist das Gespräch. Entgeistert starre ich auf das Handy in meiner Hand, kann irgendwie nicht begreifen, ob dieses Gespräch tatsächlich real gewesen ist oder ob ich immer noch schlafe.

Vielleicht ist das alles ja auch nur ein schlimmer Albtraum, aus dem ich erwachen muss. Um mich selbst davon zu überzeugen, kneife ich mir fest in den Unterarm. Sofort durchzuckt mich ein stechender Schmerz. Scheiße, ich träume nicht, das alles ist wirklich passiert. Tränen strömen über mein Gesicht, erneut rolle ich mich auf dem Bett zusammen und weine in mein Kopfkissen.

Was soll ich tun? Ich habe solche Angst um Markus. Was, wenn er es nicht schafft? Wieso ist er überhaupt gefahren? Er hätte doch wissen müssen, dass es bei diesem Regen gefährlich ist, mit dem Motorrad unterwegs zu sein. Wollte er etwa zu Julian?

Julian! Scheiße, ich muss ihn unbedingt informieren. Er muss wissen, was mit Markus passiert ist. Erneut nehme ich mein Handy und wähle Julians Nummer, doch auch hier springt nur die Mailbox an. Was soll ich nur tun? Zuerst muss ich ins Krankenhaus und nach Markus sehen!

Hastig springe ich aus dem Bett, stolpere dabei beinahe über meine Bettdecke und gehe zum Kleiderschrank, aus dem ich wahllos Kleidung heraushole. In Windeseile ziehe ich mich an. Dann schnappe ich mir erneut mein Smartphone und wähle. Mit wild klopfendem Herzen und angehaltenem Atem warte ich. Es dauert einen Moment, doch dann geht Simon endlich ran.

»Phil, bist du das?«, fragt er ziemlich verschlafen. Seine Stimme zu hören sorgt für erneutes Bauchkribbeln, doch ich versuche meine verwirrenden Gefühle außer Acht zu lassen, denn es geht um Markus.

»Simon«, murmele ich in den Hörer und kann ein neuerliches Schluchzen nur schwer unterdrücken. »Markus hatte einen Unfall. Er ist im Krankenhaus.«

»Scheiße. Bist du noch zu Hause? Rühr dich nicht vom Fleck, ich bin gleich bei dir!«, kommt es sofort vom anderen Ende. Simon beendet das Gespräch. Einen Herzschlag lang verharre ich inmitten meines dunklen Schlafzimmers, schaue auf das Smartphone in meiner Hand und horche in mich hinein. Simon hat mir keine Fragen gestellt. Er hat mich nicht um Entschuldigung gebeten und auch keine Erklärung für mein Verhalten in den letzten Tagen verlangt. Dennoch hat er mir sofort seine Hilfe angeboten, obwohl wir beide uns gestritten haben, ja womöglich nicht mal mehr zusammen sind. Wieder steigen mir Tränen in die Augen, die ich jedoch geflissentlich ignoriere, während ich mir im Flur Jacke und Schuhe anziehe. Dann verlasse ich die Wohnung.

Unten im Hof gehe ich ruhelos auf und ab. Der Regen ist schwächer geworden, hat jedoch immer noch nicht aufgehört. Ängstlich schaue ich zur Straße, wo ich jeden Moment mit Simons Wagen rechne. Tatsächlich biegt kurze Zeit später der Benz auf die Einfahrt vor dem Studentenwohnheim. Simon parkt nicht, er fährt einfach bis zur Haustür. Ich haste zu ihm und reiße die Beifahrertür auf.

»In welchem Krankenhaus liegt er?«, fragt Simon, statt mich zu begrüßen. Stammelnd nenne ich ihm die Adresse und er fährt los. Die kurze Fahrt über kann ich an nichts anderes denken als an meinen besten Freund, der vermutlich in Lebensgefahr schwebt. Zwar hat der

Polizist kaum etwas durchsickern lassen, doch ich hoffe inständig, dass die Ärzte ihm helfen können ...

Der Regen wird stärker, prasselt laut gegen die Windschutzscheibe. Im Inneren des Wagens herrscht eine gespenstische Stille, das Motorengeräusch ist das Einzige, das ich wahrnehme. Und mein eigener Herzschlag, der in meinen Ohren wie ein Echo hallt. Simon sagt kein Wort, sondern konzentriert sich auf die Straße vor uns. Ich kralle meine zitternden Hände in den Saum meiner Jacke, um meine Nervosität zu unterdrücken. Einerseits macht mich Simons Nähe wahnsinnig, weil ich nichts lieber tun würde, als ihn zu berühren. Andererseits kann ich den Gedanken, dass er mich betrogen hat, kaum ertragen. Und dann ist da auch noch die Sorge um Markus, die mich innerlich auffrisst.

Ich bin unsagbar froh, als wir endlich das Krankenhaus erreichen. Simon parkt in der Nähe des Haupteingangs, und ich stürme los, ohne auf ihn zu warten. Im Empfangsbereich des Krankenhauses ist es leer, und es riecht stark nach Desinfektionsmittel. Kurz sehe ich mich um, dann gehe ich zu der Dame hinter einem Glasfenster. Sie blättert gerade in einer Zeitschrift.

»Entschuldigen Sie. Heute Nacht müsste ein Freund von mir eingeliefert worden sein. Es gab einen Unfall auf der Autobahn«, sprudeln die Worte aus mir heraus.

Die Frau hebt den Kopf und sieht mich verständnislos an. »Melden Sie sich bei der Notaufnahme. Ich habe bisher keine Patienten aufgenommen«, entgegnet sie monoton und widmet sich erneut ihrer Zeitschrift. Wieder sehe ich mich nach allen Seiten um. Keine Ahnung, wo hier die Notaufnahme ist.

»Bitte, können Sie nicht im Computer nachschauen? Es gibt doch sicher eine Patientenakte.«

Eine Hand legt sich auf meine Schulter. Es ist Simon, der zu mir getreten ist. »Markus Richter«, erklärt er der Frau, die uns doch noch ihre Aufmerksamkeit schenkt. »Er wurde vor Kurzem hier eingeliefert. Wir sind Angehörige.« Dem selbstsicheren Ton seiner Stimme kann die junge Frau wenig entgegensetzen. Simons autoritäre Ausstrahlung scheint ihr zu imponieren, sodass sie sich nun dem Computerbildschirm zuwendet.

»Tatsächlich, ich habe hier einen Eintrag, doch leider darf ich Ihnen keine Auskunft erteilen«, sagt sie teilnahmslos und sieht erneut auf den Monitor.

Ich beuge mich zu ihr vor. »Bitte!«, flehe ich die Frau an, verstecke meine Tränen nicht vor ihr, die ich in meiner jetzigen Verfassung sowieso nicht zurückhalten kann. »Ich muss einfach wissen, was los ist. Ob es ihm gut geht!«

Mein lautes Schluchzen scheint sie zu erwärmen, denn sie lächelt aufmunternd. »Herr Richter wird gerade in OP 2 notoperiert. Der behandelnde Arzt ist Herr Franke, er leitet die Aufsicht. Ich kann jedoch nicht versprechen, dass Sie Glück haben, mit dem Arzt sprechen zu können«, erklärt sie.

Simon bedankt sich und führt mich zur Seite. Meine Beine tragen mich wie von selbst, denn mein Kopf ist wie leer gefegt. Wäre Simon jetzt nicht bei mir und würde nicht das Ruder übernehmen, ich wäre vermutlich vor Angst und Sorge zusammengebrochen.

Gemeinsam finden wir den OP 2, und Simon sorgt dafür, dass ich mich auf einen der Plastikstühle im Wartebereich setze, während er mir einen Kaffee bringt.

Das Getränk ist heiß und schmeckt furchtbar, holt mich jedoch ein wenig aus meiner Starre. Wieder muss ich weinen, denn diese Situation ist einfach zu viel für mich.

»Ich hätte ihn aufhalten sollen ... Es ist meine Schuld, dass er gefahren ist«, stammele ich unter Tränen und vergrabe mein Gesicht in den Händen.

Simons Arm ruht auf meinen Schultern und gibt mir die nötige Kraft, nicht vollends durchzudrehen. »Was ist denn passiert?«, fragt er leise.

»Ich weiß es nicht so genau. Ich habe einen Streit mitbekommen. Vermutlich war es sein Stiefvater Johannes. Seitdem er von Markus' Beziehung zu Julian erfahren hat, terrorisiert er ihn regelrecht mit Anrufen und spontanen Besuchen bei uns in der WG. Ich war sogar so blöd und habe ihn reingelassen, weil ich nicht wusste, wer er war«, schluchze ich laut auf. »Ich hätte Markus aufhalten sollen ...«

Simon umfasst meine Schultern und dreht mich zu sich herum, damit ich ihn ansehen muss. Die Wärme seiner Hände dringt durch den Stoff meiner Jacke und lässt mich wohlig erschaudern. Dieser Mann hat trotz allem, was zwischen uns vorgefallen ist, seine Wirkung auf mich nicht verloren.

»Philipp, hör bitte auf, dir Vorwürfe zu machen. Du hast keine Schuld an dem Unfall. Du hattest nichts mit dem Streit zu tun und auch wenn du Markus nicht aufhalten konntest, lag es nicht an dir, okay? Wenn jemand schuld ist, dann Markus, weil er nicht auf dich gehört hat. Niemand weiß, was in seinem Kopf vorgegangen ist. Oder warum er aufs Motorrad gestiegen ist. Das Wichtigste ist, dass wir hier sind, sobald er aus dem

OP raus ist und aufwacht. Alles andere ist nebensächlich.«

Ich atme tief ein und aus, versuche mich zu beruhigen. Seine Worte klingen logisch, dennoch habe ich Angst, dass die OP schiefgeht und wir zu spät sind.

»Ich muss Julian informieren. Er muss wissen, was passiert ist.«

Simon nickt zustimmend und lässt mich los, während ich mein Handy aus der Hosentasche ziehe und Julians Nummer wähle. Dieses Mal lasse ich so lange klingeln, bis ich endlich ein Geräusch am anderen Ende der Leitung höre.

»Julian?«, wispere ich mit zitteriger Stimme. Es dauert einen Moment, bis ich eine Antwort bekomme.

»Philipp, bist du das?«, kommt es verschlafen von Julian. Ich halte den Atem an, weil ich nicht weiß, wie ich die nächsten Worte formulieren soll. »Warum weckst du mich mitten in der Nacht? Was ist los?«

Ein Schluchzen entfährt mir und schnürt mir die Kehle zu.

»Was ist los?«, fragt Julian eindringlich. Ich merke, wie auch er sich anspannt, weil ich nicht antworte.

»Markus ... er ...«, stammele ich.

»Was ist mit Markus?«, kommt es prompt. Julian ist nun hellwach, Panik schwingt in seiner Stimme mit. Weil ich einfach keinen Ton herausbekomme, nimmt mir Simon das Handy ab und stellt es auf Lautsprecher.

»Julian, hier ist Simon. Bleib erst mal ganz ruhig«, beschwichtigt er Julian. »Philipp und ich sind im Krankenhaus. Markus hatte einen Motorradunfall.« Ich höre, wie Markus' Freund scharf die Luft einzieht. Simon nennt ihm die Adresse des Krankenhauses, dann legt er auf.

»Meinst du, Julian kommt her?«, frage ich besorgt.

»Natürlich. Immerhin ist es Markus, der hier operiert wird. Julian wird auf jeden Fall herkommen.«

Erneut beginne ich zu schluchzen und klammere mich an Simons Brust. Er wiegt mich sanft und streichelt mir beruhigend über meinen Rücken, ohne ein weiteres Wort zu sagen. Es tut mir gut, dass er gerade hier bei mir ist. In diesem Moment bin ich froh über seine Hilfe, froh darüber, dass er unseren Streit nicht zwischen uns stellt und mir den nötigen Trost gibt, den ich brauche.

Ich weiß nicht, wie viel Zeit verstrichen ist, seitdem wir hier sind, doch ich lasse Simon immer noch nicht los. Meinen Kopf gegen seine Schulter gelehnt starre ich auf die rote Lampe an der OP-Tür, die immer noch brennt. Als hastige Schritte zu hören sind, ruckt mein Kopf herum, und ich erkenne Julian nur wenige Meter von uns entfernt. Er sieht abgehetzt aus, mit roten Augen und roten Flecken auf den Wangen. Sofort springe ich auf und reiße ihn in meine Arme.

»Es tut mir so leid«, schluchze ich. »Es ist alles meine Schuld. Ich hätte ihn aufhalten sollen, ihm hinterherlaufen. Scheiße. Es ist alles meine Schuld!« Erneut strömt die Erinnerung an den Streit in mein Hirn, blendet meinen Verstand aus. Die Vorwürfe, Markus nicht aufgehalten zu haben, überfluten mich regelrecht.

»Was ist passiert?«, fragt er gefasst, während er mit schreckgeweiteten Augen auf die verschlossene OP-

Tür starrt, hinter der Markus gerade um sein Leben kämpft.

»Sein Vater war da«, beginne ich stockend. »Er ... sie haben so fürchterlich gestritten. Markus war so wütend und ist rausgerannt, ohne auf mich zu hören. Er wollte sicher zu dir. Und ich konnte gar nichts tun, habe nur Simon angerufen, der mit mir hierhergefahren ist.«

Simon kommt zu mir und führt mich von Julian weg zu den Plastikstühlen, drückt ihn auf die Sitzfläche. Wir setzen uns rechts und links neben ihn. Dann zieht er mich in eine lockere Umarmung und streichelt beruhigend über meinen Rücken, bis ich halbwegs zu mir komme.

»Ich habe ihn angerufen, mindestens zwanzigmal, aber es sprang nur die Mailbox an. Natürlich, ich weiß doch, dass er nicht ans Handy geht, wenn er fährt. Aber dass er überhaupt gefahren ist! Bei diesem Wetter! Nachts kann man mit dem Helm auch so schon kaum was sehen ... und dann noch dieser Regen. Ich dachte, er will sich umbringen!«, sprudeln die Worte nur so aus mir heraus. Julian wird immer blasser und schwankt leicht, ehe er sich zusammenreißt und neben mich auf einen der freien Stühle plumpsen lässt.

»Hat er auch fast geschafft«, stößt Simon bitter hervor und ballt die freie Hand zur Faust. »Dieser hirnlose Schwachkopf! Einfach aufs Motorrad zu steigen nach so einem Streit.« Verärgerung zeigt sich auf seinem Gesicht, doch die Sorge in Simons Augen überwiegt.

»Die Polizei hat zurückgerufen, nachdem sie Markus gefunden haben, da Philipps Nummer auf dessen

Handy angezeigt wurde. Außerdem war Phil der Notfallkontakt von Markus«, ergänzt Simon nach einer kurzen Pause. »Markus wurde von einem Pkw erwischt, der ihn beim Überholen nicht gesehen hat. Er ist ausgeschert, und Markus musste abbremsen. Seine Maschine geriet auf der nassen Fahrbahn ins Schleudern, und er ist gegen die Mittelleitplanke gekracht. Ein Autofahrer hinter ihm hat den Unfall gesehen und sofort Notarzt und Polizei verständigt. Das Motorrad hat einen Totalschaden. Wie es Markus geht, wissen wir nicht.«

Warum ich mich plötzlich wieder an die Worte des Polizisten erinnern konnte, weiß ich nicht mehr. Während der Autofahrt wurde ich von ihm nochmals informiert, da er seine Mutter nicht so schnell erreichen konnte. Er wollte auf Nummer sicher gehen, weshalb er mir diese Informationen bereits hat zukommen lassen. Das Telefonat schien mir unendlich weit weg, dennoch konnte ich mich daran erinnern, als Simon mich nach dem Unfall fragte, nachdem wir hier im Krankenhaus eingetroffen sind. Der Tatvorgang ist unwirklich, alles ergibt in meinem Kopf keinen Sinn und als ich darüber sprach, fühlte es sich so an, als würde ich über etwas reden, das uns gar nicht betrifft. Dabei geht es hier um Markus!

Julian lächelt zaghaft und drückt meine Hand. »Danke, dass du mir Bescheid gegeben hast.«

»Ich war mir sicher, dass du der Erste bist, den er sehen will, falls ... wenn ... er aufwacht.« Schluchzend vergrabe ich mein Gesicht an Simons Schulter. Auch Julian weint, ich kann ihn deutlich neben mir hören, obwohl er die Tränen, so gut es geht, zu unterdrücken versucht. Nur Simon bleibt stark, verzieht keine Miene und hält mich fest, gibt mir dadurch den nötigen Halt, um nicht vor lauter Sorge durchzudrehen.

Die Zeit vergeht nur langsam. Irgendwann öffnet sich endlich die Tür, und ein Mann im grünen OP-Kittel kommt heraus, streift sich die Einmalhandschuhe ab und wirft sie in einen Mülleimer. Sofort springt Julian auf und eilt dem Arzt entgegen.

»Wie geht es ihm?«, will Julian sofort wissen.

»Sind Sie ein Angehöriger von Herrn Richter?«, fragt der Arzt und reibt sich über die müden Augen. Die lange OP hat auch bei ihm Spuren hinterlassen. Leider kann ich seinem Gesicht nicht ansehen, ob Markus' Operation einen positiven Verlauf genommen hat.

»Er ist sein Partner«, erklärt Simon, der sich nun ebenfalls vom Stuhl erhoben hat, weil Julian nichts erwidern kann. Ich stehe auch auf und gehe auf den Arzt zu.

»Und Sie sind?«, fragt der Arzt an uns gewandt.

»Nur Freunde«, gebe ich mit dünner Stimme zurück.

»Ich bin Dr. Franke«, stellt sich der Arzt knapp vor. »Was ist mit den Eltern von Herrn Richter? Oder anderen Angehörigen?«

»Ich schätze, dass die Polizei Markus' Mutter mittlerweile informiert hat«, versichert Simon.

Der Arzt sieht uns der Reihe nach an, dann seufzt er und bedeutet uns, ihm in sein Büro zu folgen. »Herr Richter hat mehrere Frakturen erlitten. Das rechte Bein ist mehrfach gebrochen, drei gebrochene Rippen, ausgekugelte Schulter. Hinzu kommen innere Blutungen und eine gequetschte Lunge. Durch den harten Aufprall und den Schock ist er instabil. Wir haben ihn in ein künstliches Koma versetzt, damit sich sein Körper besser von den Verletzungen erholen kann«, erklärt Dr. Franke sachlich, nachdem wir vor dem Schreibtisch Platz genommen haben und er sich uns offiziell vorgestellt hat.

»Wird Markus wieder gesund?«, fragt Julian ängstlich.

»Er hat wahnsinniges Glück gehabt. Wäre er nur ein wenig schneller gefahren, dann weiß ich nicht, ob ich etwas für ihn hätte tun können. Es wird dauern, aber er wird sich ganz erholen.«

Mir fällt ein riesengroßer Stein vom Herzen. Ich bin so erleichtert, dass mir erneut Tränen in die Augen steigen. Die letzten Stunden waren die Hölle. Nicht zu wissen, ob er die OP überleben wird, hat mich alle Kraft gekostet, die ich aufbringen konnte. Ein Glück, dass Dr. Franke Mitleid mit uns hatte, denn sonst würden wir nicht hier sitzen. Eigentlich darf er solche privaten Patienteninformationen nur an Familienangehörige weitergeben ...

Julian kann den Arzt überreden, hierbleiben zu können, um Markus zu sehen. Bis dieser aus dem Koma erwacht, wird jedoch eine ganze Weile dauern.

Ich hingegen bin so fertig, dass es Simon kaum Mühe kostet, mich nach Hause zu fahren. Zurück in der WG schleppe ich mich in mein Zimmer, als würde ich eine tonnenschwere Last auf den Schultern tragen. Zwar bin ich unendlich erleichtert, dass Markus die OP gut überstanden hat, doch ich bin so erschlagen, dass ich kaum noch die Augen offen halten kann. Es muss bereits früh am Morgen sein und wäre heute ein ganz normaler Tag, so müsste sich Simon sicher bald auf den Weg zur Arbeit machen. Auch ich muss in wenigen Stunden in einer Vorlesung sitzen, doch das alles scheint mir so weit weg, als wäre es nicht real. Gähnend drehe ich mich zu Simon um, der die Tür meines Schlafzimmers leise geschlossen hat und nun etwas verloren mitten im Raum steht. Er wirkt abgespannt und unsicher, als wüsste er nicht, was er sagen soll. Ich selbst bin mir ebenfalls nicht sicher, doch insgeheim bin ich unendlich erleichtert, dass er heute bei mir gewesen ist. Ohne ihn wäre ich im Krankenhaus vermutlich vor Sorge zusammengebrochen.

»Bleibst du bei mir? Zumindest solange, bis ich eingeschlafen bin?«, frage ich leise, denn ich will gerade nicht über unseren Streit und meinen Schmerz nachdenken, sonst platzt mir der Schädel. Ich weiß, dass wir dringend reden müssen. Dass Simon heute für mich da gewesen ist, ohne auch nur mit einer Silbe unseren Streit zu erwähnen, bedeutet mir wirklich viel.

Ohne seine Antwort abzuwarten, schlüpfe ich aus meiner Hose, behalte das Shirt jedoch an. Dann setze ich mich auf die Bettkante. Simon zögert. Die Unsicherheit ist ihm deutlich anzusehen, und auch mein Herz macht auf einmal einen Satz. Als er sich jedoch langsam aus seinem Pullover und der Jeans schält, atme ich erleichtert aus.

Ich schlage die Decke zurück und kuschele mich bereits ins Bett, rücke bis zur Wand, damit Simon genug Platz neben mir hat. Er legt sich zu mir und nimmt mich in den Arm.

»Versuche, ein bisschen zu schlafen, Phil«, flüstert er mir ins Ohr. Ich schließe die Augen, atme seinen Geruch ein, den ich bereits so sehr vermisst habe, und schlafe tatsächlich sofort ein.

***

Ich erwache allein in meinem Bett. Gähnend taste ich nach meinem Handy, das auf dem Nachtisch liegt. Es ist bereits später Nachmittag, die Uni kann ich heute wohl vergessen. Obwohl ich mich fit und ausgeschlafen fühle, wäre mein Kopf sowieso nicht frei für neuen Unterrichtsstoff. Dafür ist die Nacht viel zu schlimm gewesen. Bevor ich aufstehe, schreibe ich Julian eine kurze Nachricht und erkundige mich nach Markus. Es dauert keine Minute, da bekomme ich die prompte Antwort, dass es ihm soweit gut geht, er jedoch vorerst noch im Koma bleibt, um sich von der OP zu erholen. Erleichtert atme ich aus. Er kommt in Ordnung, Gott sei Dank!

Weil ich leise Geräusche aus der Küche höre, verlasse ich auf leisen Sohlen mein Schlafzimmer. Simon ist bereits vollständig angezogen, steht mit dem Rücken zu mir an der Arbeitsplatte und bedient die Kaffeemaschine. Sein Anblick lässt mein Herz vor Freude hüpfen. Auch wenn ich immer noch verletzt bin, hofft ein kleiner Teil von mir, dass wir das mit der Beziehung hinkriegen. Ich bin ihm so unglaublich dankbar, weil er gestern für mich da gewesen ist, dass ich es kaum in Worte fassen kann. Also schalte ich kurzerhand mein Hirn aus, verdränge die Erinnerung an unseren Streit aus meinen Gedanken und überwinde die kurze Entfernung zwischen uns. Simon muss mich gehört haben, dennoch dreht er sich nicht zu mir um, als ich meine Arme von hinten um seine Taille schlinge und mich an seinen Rücken schmiege. Für einen Moment genieße ich einfach seine Nähe, genieße es, bei ihm zu sein, ehe ich ihn loslasse und einen Schritt rückwärts mache. Simon dreht sich langsam zu mir um und drückt mir einen vollen Becher Kaffee in die Hand.

»Ich dachte mir, dass du vielleicht einen Kaffee möchtest«, sagt er, statt einer Begrüßung. Ein schüchternes Lächeln umspielt seine Lippen. »Schließlich war die Nacht kurz.«

Ich nicke ihm zu und nehme einen Schluck von dem heißen Getränk. Auf einmal fühlt es sich seltsam an, mit ihm zu reden, als sei nichts gewesen. Als würde Kai nicht zwischen uns stehen. Seit unserer letzten Begegnung sind einige Tage vergangen, meine Wut ist verraucht, doch die Enttäuschung ist geblieben. Wenngleich ich traurig bin, welche Wendung unsere frische Beziehung genommen hat, will ich dennoch wissen, warum Simon sich mit Kai getroffen hat. Ich will die Wahrheit aus seinem Mund hören, auch wenn die Worte mir vielleicht erneut das Herz brechen werden. Doch warum ist er noch hier, wenn seine Gefühle sich geändert haben?

Ein kleiner Hoffnungsschimmer setzt sich in meinem Herzen fest. Auch wenn ich Angst habe, mich auf diese Hoffnung einzulassen, möchte ich dennoch mit ihm reden und die Sache ein für alle Mal klären.

»Musst du nicht zur Arbeit?«, frage ich, statt unseren Streit direkt anzusprechen.

Simon zuckt die Achseln, dann schüttelt er den Kopf. Er scheint ebenso nervös zu sein wie ich. »Habe heute Morgen mit meinem Chef telefoniert und mir freigenommen«, erklärt er, durchquert den Raum und setzt sich mit seinem Kaffeebecher auf die Couch im Wohnzimmer. »Ich wusste nicht, was du frühstücken willst, deshalb habe ich noch nichts vorbereitet. Eigentlich war ich kurz davor zu gehen ...«

»Warum bist du geblieben?«, will ich leise von ihm wissen, lehne mich mit dem Rücken gegen einen der Hocker an der Frühstückstheke, statt mich neben ihn zu setzen. Aus einiger Entfernung beobachte ich jede seiner Regungen.

Er stellt den Becher auf den Couchtisch und stützt seine Ellenbogen auf den Knien ab. Dann schaut er zu mir. »Weil ich dich vermisst habe«, sagt er fest. Die Traurigkeit, die dabei in seinen braunen Augen liegt, schnürt mir die Kehle zu. »Ich habe mich gefreut, dass du mich angerufen hast. Dass ich in so einer schweren Situation deine Stütze sein durfte. Danke, Phil ...«

»Ich muss mich bei dir bedanken«, entgegne ich und schlucke den Kloß in meinem Hals hinunter. »Ohne dich wäre ich vermutlich vor Sorge um Markus zusammengebrochen. Aber ... Warum bist du gekommen? Ich ... wir ... unsere letzte Begegnung ...« Ich verstumme, kann nicht in Worte fassen, was ich ihm eigentlich sagen will. Mein Inneres hat sich zu einem Knoten geformt, der sich nur schwer entwirren lässt. Langsam zweifele ich daran, was ich wirklich gesehen habe.

»Weil ich dich liebe«, entgegnet Simon geradeheraus. Seine Worte treffen mich unvorbereitet, und ich lasse fast meinen Kaffeebecher fallen. Schnell stelle ich ihn auf die Frühstückstheke, halte mich dabei mit einer Hand an der Tischkante fest, um nicht in die Knie zu gehen. Simons Art, die Dinge einfach beim Namen zu nennen, hat mich von Anfang an buchstäblich umgehauen. Jetzt zieht mir sein plötzliches Geständnis den Boden unter den Füßen weg. Wie kann er nur so etwas sagen, nachdem er sich hinter meinem Rücken mit meinem Ex-Freund getroffen hat? Erneut steigen Tränen in mir auf, brennen heiß hinter meinen Augenlidern. Ich blinzle mehrmals, atme tief ein und aus, um Kontrolle über meine Gefühle zu bekommen, schaffe es jedoch nicht mehr. Dafür bin ich immer noch so fertig von letzter Nacht und den vergangenen Tagen, in denen meine Gefühle und Gedanken regelrecht Achterbahn fuhren. Einige Tränen lösen sich aus meinen Augenwinkeln, erst sind es wenige, doch dann kann ich sie kaum noch zurückhalten. Unaufhaltsam strömen sie über mein Gesicht, während ich immer noch zitternd gegen den Hocker lehne und nicht wage, einen Schritt nach vorn zu machen.

»Warum, Simon? Warum dann das Spielchen mit Kai und mir? Wieso hast du dich auf Kai eingelassen, wenn du mich liebst? Bin ich dir nicht genug? Reicht es nicht, mir mein Herz zu stehlen? Musstest du es auch noch brechen?«

Seine Miene wird ernst, er strafft die Schultern und setzt sich aufrecht hin, ehe er mir fest in die Augen sieht. Ich kann seinem Blick kaum standhalten, ohne den Kopf abzuwenden. Meine Tränen nehmen mir ohnehin die Sicht.

»Ich habe nichts mit Kai, das musst du mir glauben. Könnte und würde ich nie, denn er ist mein Bruder.«

Kapitel 21

Es vergehen einige Sekunden, in denen es mucksmäuschenstill in der Wohnküche ist. Es dauert noch weitere Sekunden, bis seine Worte zu mir durchdringen und ich sie verstehe. Mit weit aufgerissenen Augen starre ich Simon an.

Was hat er da eben gesagt?

Er nickt leicht, erhebt sich vom Sofa und macht einen Schritt auf mich zu. »Du hast richtig gehört, er ist mein Bruder. Na ja, eigentlich Adoptivbruder, wenn du es genau wissen willst«, erklärt Simon mit verlegenem Blick. Dann nimmt er meine Hand und dirigiert mich zurück zum Sofa. Ich lasse mich widerstandslos von ihm führen, bin gerade total neben der Spur, denn ich verstehe nicht, was er mir zu sagen versucht.

Kai ist sein Bruder? Derjenige, mit dem er sich gestritten hatte? Wegen dem er Probleme mit seinen Eltern hat? Wie passt das alles zusammen?

Weil ich immer noch keinen Ton herausbringe und ihn bloß fassungslos ansehe, lässt Simon meine Hand los. Sofort vermisse ich seine Wärme. Er seufzt und legt seinen Kopf in den Nacken, drückt ihn gegen die Sofalehne und schließt für einen Moment die Augen.

»Ich habe ja schon mal erwähnt, dass ich es in meiner Jugend nicht ganz leicht hatte ...«, beginnt er mit seiner

Erzählung. »Ich bin in einem Kinderheim aufgewachsen. Als Baby hat mich meine leibliche Mutter zur Adoption freigegeben, weil sie erst sechzehn Jahre alt war, als sie mich bekam. Viel zu jung und unerfahren, um ein Kind großzuziehen, wurde mir später erzählt. Man müsste annehmen, dass sich viele Leute um ein süßes Baby reißen würden, doch ich hatte kein Glück mit den Familien. Als Baby und Kleinkind war ich nicht gerade pflegeleicht, sodass ich von einer Familie zur nächsten weitergereicht wurde. Später hieß es dann, junge Eltern wollten lieber ein Kleinkind statt einen pubertierenden Teenager aufnehmen.« Ein bitterer Zug zeichnet sich auf Simons Gesicht ab, und er ballt die Hand zur Faust. »Du kannst dir sicher denken, dass der Umstand, von einer Familie zur nächsten geschoben zu werden, mich nicht gerade zu einem aufgeschlossenen Kind gemacht hat. Ich war sehr in mich gekehrt, redete wenig und konnte mich kaum integrieren, aus Angst, erneut abgelehnt zu werden. Als ich zwölf Jahre alt war, habe ich meine Bisexualität bemerkt, denn mich interessierten nicht nur die Mädchen im Heim, sondern auch die Jungs aus der Schule und vom Fußball. Zu dieser Zeit wurde ich noch stiller, fraß meinen Kummer immer weiter in mich hinein und begann mir selbst wehzutun ...«

»Warum hast du mir nie etwas davon erzählt?«, fragte ich zögernd. Schrecklich, wie lange Simon mit dieser Last, nicht angenommen zu werden, leben musste. Mein Herz zieht sich vor Kummer zusammen. Warum hat er mir nicht früher davon erzählt? Er hätte Kai erwähnen können, statt immer nur von seinem geheimnisvollen *Bruder* zu sprechen. Zwar hätte ich nichts an seiner Vergangenheit ändern können, doch wenigstens seine Zukunft könnte ich beeinflussen. Ein bisschen schäme ich mich jetzt für meine Eifersucht wegen Kai. Aber woher sollte ich auch ahnen, dass er sein Adoptivbruder ist? Simon hat nie auch nur ansatzweise einen Namen erwähnt und sowieso sehr wenig über seine Familie gesprochen. Jetzt weiß ich auch, warum. Seine Familie ist sein wunder Punkt, etwas, das er sich hart erkämpfen musste und was doch aus seinen Händen geglitten ist.

»Ich rede nicht gern über diese Zeit, denn am liebsten würde ich einfach alles vergessen, was vor der Adoption gewesen ist«, erklärt Simon fest. Ein bitterer Unterton schwingt in seiner Stimme mit. Ich rutsche etwas näher zu ihm heran und lehne mich leicht gegen seine Schulter. Simon lässt diese Nähe zu, verschließt sich nicht vor mir. Dass er mich in sein Innerstes blicken lässt, macht mich total verlegen. Dennoch bin ich über seine Ehrlichkeit und sein Vertrauen ziemlich froh.

»Ich hatte eine enge Beziehung zu dem Sozialarbeiter, der für mich zuständig gewesen ist. Ihm habe ich als Erstes gebeichtet, dass ich mich für Jungs und Mädchen interessiere. Du kannst dir denken, dass dieser Umstand eine Adoption nicht gerade leichter machte. Deshalb war ich umso glücklicher, dass mich die Wagners aufnehmen wollten. Ich war vierzehn, Kai gerade zwölf geworden. Du kannst dir nicht vorstellen, wie glücklich ich darüber gewesen bin, Eltern und sogar einen kleinen Bruder bekommen zu haben, den ich vom ersten Moment über alles liebte. Kai war ein fröhlicher Junge, sehr wissbegierig und folgte mir auf Schritt und Tritt wie ein kleiner Hund. Seine Fröhlichkeit und sein Vertrauen halfen mir zu dem Menschen zu werden, der ich heute bin.« Ein leises Lachen folgt, als sich Simon an diese Zeit zurückerinnerte. »Die Wagners hatten kein Problem damit, als ich meinen ersten Freund mit nach Hause brachte, statt mit Mädchen auszugehen. Alles war perfekt, wie ein Traum. Ein Traum, der nicht lange währte ...«

Wieder kneift er die Augen fest zusammen und atmet tief ein, als würde er mit sich selbst ringen. Seine Worte kosten ihn viel Überwindung, sodass ich meine Hand auf seine lege, die er in den Stoff seiner Hose gekrallt hat.

»Und dann kam es zum Streit?«, mutmaßte ich mit bangem Herzen.

Simon nickt, wendet den Blick von mir ab und sieht geradeaus in die Küche, beobachtet den tropfenden Wasserhahn, den er eben nicht ganz zugedreht hatte. »Dann kam es zum Streit ...«, wiederholt er leise. »Es war wegen Kai. Ich sagte ja, dass wir eine enge Beziehung zueinander hatten. Eben wie Brüder, nur, dass wir keine waren. Vermutlich habe ich ihm ein falsches Bild vermittelt oder was auch immer ... Denn eines Nachmittags, als unsere Eltern noch auf der Arbeit und wir beide allein zu Hause waren, kam er in mein Zimmer und gestand mir seine Gefühle. Ich war erschrocken und zugleich ziemlich geschmeichelt, dass ich das Objekt seiner Begierde war, versuchte ihm jedoch glaubhaft zu machen, dass ich ihn bloß als Bruder sehe. Meine Ablehnung hat ihn verletzt, er beschuldigte mich, seine Gefühle nicht ernst zu nehmen. Obwohl ich Kai wirklich liebte – es immer noch tue – hätte ich nie auch nur ansatzweise etwas zwischen uns akzeptiert, was über Bruderliebe hinausgeht. Mir war meine neue Familie einfach zu wichtig, als dass ich sie für eine kurze Liebelei oder ein Experiment von Kais Seite aufs Spiel gesetzt hätte.«

Eine Pause entsteht, in der ich kaum zu atmen wage. O Mist, dass sich Kai tatsächlich in Simon verliebt hat, hätte ich nicht gedacht. Er fährt sich mit der Hand durchs Haar, unsicher, ob er nicht schon viel zu viel erzählt hat. Ich merke, dass es ihm schwerfällt weiterzusprechen. Deshalb nehme ich seine Hand in meine und drücke sie aufmunternd.

»Kai hat meine Abfuhr nicht akzeptiert«, erzählt er weiter. »Er hat alles darangesetzt, meine Aufmerksamkeit zu bekommen. Es ging sogar so weit, dass er versuchte, mir meine Freunde auszuspannen, sich mit ihnen einzulassen, nur damit sie sich von mir trennten. Zu dieser Zeit wurden auch unsere Eltern auf sein Verhalten aufmerksam. Kai ging oft aus, kam nur spät nach Hause und vernachlässigte die Schule immer mehr, um sich mit Männern zu treffen. All das tat er, um mir zu zeigen, was ich verpasste. Was ich statt all der anderen Männer haben könnte. Und ich bereute es ...«

Mir stockt der Atem. Heißt es, er empfindet doch etwas für Kai? Ist er vielleicht endlich schwach geworden ...? Simon bemerkt, dass ich seine Hand losgelassen habe, und greift seinerseits nach meiner. Sanft streicht er mit dem Daumen über meinen Handrücken.

»Es ist nicht so, wie du jetzt denkst. Ich bereue es nicht, dass ich Kais Annäherungsversuche abgeblockt habe, sondern dass ich ihn nicht mehr unterstützt habe. Ich hätte ihm der große Bruder sein sollen, der ich sein wollte, doch stattdessen habe ich mich nach seinem Liebesgeständnis von ihm distanziert. Wir haben uns binnen weniger Monate auseinandergelebt, was ich im Nachhinein sehr bereue. Vielleicht wäre alles anders gekommen, wenn ich mich anders verhalten hätte – ich weiß es nicht. Es war an meinem achtzehnten Geburtstag, als Kai die Bombe endgültig platzen ließ. Er überrumpelte mich mit einem Kuss vor unseren Eltern, denen er geradeheraus verkündete, dass er mich liebte und nicht länger mein Bruder sein wollte. Du kannst dir sicher vorstellen, wie unsere Eltern darauf reagiert haben. Mein Adoptivvater war entsetzt. Er beschuldigte mich, Kai verführt und zu diesen Gefühlen verleitet zu haben. Meine Mutter verurteilte mich, weil sich Kai durch mich so sehr zum Negativen verändert hatte. Wir stritten uns lange und heftig. Doch obwohl meine Mutter irgendwann einlenkte, als sich die Gemüter beruhigten, wollte ich nicht mehr bei ihnen bleiben. Ich habe gemerkt, dass sich beide auf Kais Seite geschlagen hatten, obwohl sie immer wieder betonten, wie sehr sie mich als ihren Sohn liebten und akzeptierten. Ihre Worte taten mir sehr weh, sodass ich noch in derselben Woche meine Sachen packte und nach Berlin zog. Ich brach jeglichen Kontakt zu ihnen ab und nahm den Mädchennamen meiner leiblichen Mutter an. Das ist auch einer der Gründe, warum du nicht wissen konntest, welches Verhältnis ich zu Kai habe. Wir haben schließlich andere Nachnamen.«

Ich schweige. Diese Geschichte muss ich erst mal verdauen, die mir schwer auf den Magen geschlagen ist.

Simon hat also nur versucht, seinem Bruder näherzukommen, als ich beide zufällig gesehen habe. Ich hätte ihm mehr vertrauen müssen, ihn wenigstens ausreden lassen, statt sofort auszurasten. Aber ich konnte nichts dafür, sah sofort rot, als ich Kai erkannte.

»Es tut mir leid«, murmele ich und wieder sind da Tränen, die sich an die Oberfläche bahnen wollen. Dieses Mal unterdrücke ich jedoch den Impuls, ihnen nachzugeben, schenke Simon stattdessen ein Lächeln. »Es tut mir leid, dass ich dir unterstellt habe, etwas mit Kai zu haben.«

»Ich weiß, wie es für dich ausgesehen haben muss. Ich war selbst geschockt darüber, als ich erfuhr, dass er dein Ex-Freund ist. Kai hatte viele Männer ... und vielleicht bin ich tatsächlich nicht ganz unschuldig daran, was aus ihm geworden ist. Doch er ist und bleibt mein Bruder, egal, was in der Vergangenheit zwischen uns vorgefallen ist«, meint er traurig. »Wenn ich mich nicht von ihm abgekapselt hätte, hätte er sich vielleicht wieder zusammengerissen und diese sinnlosen Männergeschichten sein gelassen, ich weiß es nicht. Vielleicht hätte er sich dann auch nicht angesteckt ...«

»Das kannst du nicht wissen.« Kurz denke ich an meine Beziehung zu Kai zurück, doch stelle erleichtert fest, dass wir immer ein Kondom benutzt haben. Wenn er sich angesteckt hat, dann muss es in der Zeit nach unserer Trennung geschehen sein. Um Simon zu zeigen, dass ich zu ihm halte, lege ich meine Arme um ihn und bette meinen Kopf auf seine Schulter. Er drückt mich fest an sich.

»Es tut mir leid, dass ich dich angeschrien und dir Untreue unterstellt habe«, gestehe ich ihm. »Aber in dem

Moment habe ich echt gedacht, Kai hätte dich ebenfalls um den Finger gewickelt. Dich in inniger Umarmung mit ihm zu sehen hat mich wahnsinnig verletzt. Hätte ich gewusst, dass er dein Bruder ist ...«

»Daran bin ich genauso schuld. Ich hätte dir viel früher davon erzählen müssen, doch irgendwie wollte ich die Sache nicht ansprechen ... Jeder Gedanke an meine Familie schmerzt, auch wenn es lange nicht mehr so schlimm ist wie früher.« Sanfte Küsse folgen seinen Worten. Er drückt seine Lippen in meine Locken, tastet sich langsam weiter vor, küsst meine Schläfe und meine Wange. Dann presst er seine Nase in mein Haar.

»Den Umstand, dass ich Kontakt zu Kai habe, kann ich nicht ändern. Dass ihr eine gemeinsame Vergangenheit habt, macht die Sache komplizierter. Aber ich kann den Kontakt zu meinem Bruder nicht abbrechen. Er ist meine Familie und bedeutet mir viel«, gesteht er.

Ich hebe den Kopf und sehe ihn an. »Schon okay. Ich will nicht, dass du den Kontakt zu Kai abbrichst. Ich kann dir zwar nicht versprechen, dass ich mich mit ihm verstehen werde. Aber ich werde versuchen, mit ihm klarzukommen, sollten wir uns über den Weg laufen. In der Uni sehe ich ihn ab und zu – und weißt du was? Seitdem wir zusammen sind, tut sein Anblick nicht mehr weh. Ich bin über ihn hinweg – und das habe ich deiner Liebe zu verdanken. Wenn du mir noch eine Chance gibst, werde ich mein Bestes geben, alles richtig zu machen.«

Simon schenkt mir ein Lächeln. »Du bekommst so viele Chancen, wie du nur willst. Nach jedem Streit ... Denn ich will dich nicht mehr in meinem Leben missen. Einmal habe ich dich fast verloren, das wird mir nicht noch mal passieren.« Er küsst mich, sanft und zärtlich. Vertreibt damit jede noch so kleine Unsicherheit aus meinen Gedanken. Liebe ist das einzige Gefühl, das zurückbleibt. Ich liebe Simon. Und das zeige ich ihm mit meinem Kuss.

Epilog

Drei Monate später

»Es gibt noch so viel zu tun. Jetzt, wo es Markus besser geht, will er, so schnell es geht, eine Wohnung für sich und Julian finden. Der Kleine ist bald mit seinem Abitur durch und kehrt nach Essen zurück. Bis das neue Semester beginnt, dauert es zwar, aber die beiden wollen keinen Tag länger voneinander getrennt sein. Ist das nicht süß?«, sage ich seufzend. Es macht mich unsagbar glücklich, Markus mit Julian zusammen zu sehen. Die beiden mussten verdammt viel durchstehen, doch endlich haben sie es geschafft und eine gemeinsame Zukunft mehr als jeder andere verdient.

Zärtlich streicht mir Simon einige Strähnen aus dem Gesicht. Ich verlagere mein Gewicht und rutsche noch etwas näher an ihn heran, schwinge mein Bein über seinen Schoß und mache es mir auf ihm bequem. Mit einem zufriedenen Seufzen presse ich mein Becken gegen seins und merke sofort, wie sein Körper auf diese Geste reagiert. Sein Blick verändert sich, und er legt seine Hände an meine Hüften. Doch statt meiner Aufforderung zu folgen, verharrt er reglos in dieser Position. Simon ist ein Meister darin, sich zurückzuhalten – und mich damit wahnsinnig zu machen!

»Sie haben das Glück verdient, nach allem, was sie in letzter Zeit durchmachen mussten«, bestätigt Simon mit ruhiger Stimme, ohne seinen Blick von mir zu lösen. Der Kaffee, den ich uns eben gekocht habe, steht unberührt auf dem Couchtisch, zusammen mit den Keksen, die meine Mutter mir bei meinem Besuch am Sonntag mitgegeben hat.

»Ich muss später noch zur Uni wegen der Bachelorarbeit und den Vermieter anrufen. Wenn Markus hier auszieht, brauche ich schließlich einen neuen Mitbewohner«, rede ich weiter, »oder ich muss mir etwas anderes suchen.«

Ein Moment wird Simon nachdenklich, dann entspannen sich seine Züge, und ein mildes Lächeln umspielt seine Lippen. Sofort würde ich ihn am liebsten küssen. Noch vor wenigen Monaten habe ich kaum zu hoffen gewagt, dass wir unsere Beziehung wieder auf die Reihe kriegen, nachdem es dieses Missverständnis mit Kai gegeben hat. Doch nun sitzen wir hier, halten uns im Arm. Ich könnte nicht glücklicher sein.

»Wieso kommst du nicht mit zu mir?«, fragt mich Simon und sieht mich fest an. Ich bemerke dieses schüchterne Funkeln in seinen braunen Augen, das ihn viel jünger erscheinen lässt.

»Wie, zu dir?«, entgegne ich irritiert, will schon von seinem Schoß runterrutschen, doch er hält mich zurück. Statt mich freizulassen, legt er nun beide Hände an meine Wangen und zieht mein Gesicht zu sich heran, bis sich unsere Nasenspitzen berühren. Ein angenehmes Kribbeln breitet sich in meinem Körper aus. Ich ahne, worauf er hinauswill, wage jedoch kaum zu hoffen ...

»Ich habe schließlich Platz genug, und du bist in letzter Zeit eh viel mehr bei mir als in der WG. Wieso ziehst du dann nicht ganz zu mir? Natürlich wäre der Weg zur Uni für dich länger, aber an einigen Tagen könnte ich dich mit dem Auto mitnehmen ...«

»Du willst, dass ich bei dir einziehe?« Sogleich beginnt mein Herz wie wild zu rasen, mein Puls beschleunigt sich und Röte steigt in meine Wangen. Er hat es tatsächlich ausgesprochen! Unsere Beziehung ist noch frisch, und ich habe geglaubt, dass Simon mit dieser Frage noch länger warten würde, denn er liebt es, mich hinzuhalten. Deshalb freue ich mich umso mehr über sein Angebot. Wir sehen uns lange an, und ich kann das Lächeln, das sich auf meinem Gesicht ausbreitet, kaum noch unterdrücken.

»Das würde ich wirklich gern«, murmele ich nah an seinen Lippen und küsse ihn.

***

»Ich bin wieder zurück«, rufe ich in den dunklen Flur, als ich die Haustür hinter mir zuziehe und den Schlüssel an das Schlüsselbrett über der Kommode hänge. Das kleine Herz baumelt gegen die Wand, das an meinem Schlüssel hängt. Simon hat es mir gestern geschenkt, nachdem wir gemeinsam die letzten Kisten ausgepackt haben. Ich habe nicht viele Sachen aus der WG mitgenommen.

Gestern habe ich das letzte Mal in der WG übernachtet, weil ich noch ein paar Dinge klären musste. Nun, nachdem der Nachmieter einzieht, werde ich mir auch wegen der Miete keine Gedanken mehr machen. Zwar konnte ich die WG vorzeitig kündigen, musste leider eine Miete noch begleichen, weil Markus ebenfalls noch nicht gekündigt hat. Aber diesen Preis nehme ich gern in Kauf, wenn ich dafür früher bei Simon einziehen kann. Ich bin sowieso immer noch völlig von der Rolle, dass er mir dieses Angebot gemacht hat. Gerechnet habe ich nicht damit, denn nach unserem Streit musste das Vertrauen wieder langsam wachsen.

Mit Kai habe ich mich zwar nicht vertragen, denn ich kann ihm einfach nicht verzeihen, dass er meine Gefühle damals so schamlos ausnutzte. Dennoch komme ich mit ihm zurecht und das reicht Simon. Er versteht, dass es mir schwerfällt, meinen Ex wie einen Freund zu behandeln, der er gar nicht ist. Und das ist für ihn okay. Niemand von uns kann etwas dafür, dass ich mit Simons Adoptivbruder in der Vergangenheit solche schlechten Erfahrungen gemacht habe. Wir werden lernen, damit umzugehen, denn ich kann nicht verhindern, dass Kai seinen Bruder ab und zu hier im Haus besuchen wird. Damit werde ich leben müssen, aber wenn ich dafür mit Simon zusammen sein kann, werde ich mich damit arrangieren müssen. Ich bin über meine alte Beziehung hinweg, was ich meinem Partner zu verdanken habe.

»Simon, bist du da?«, rufe ich nun etwas lauter, weil ich keine Antwort erhalte, schlüpfe aus meinen Schuhen und hänge die Jacke an die Garderobe. Eigentlich müsste er längst von der Arbeit zurück sein, denn ich bin derjenige, der viel zu lange in der Uni getrödelt hat, statt pünktlich nach Hause zu kommen. Nach Hause ... das klingt so unglaublich gut!

Mit einer Hand taste ich nach dem Lichtschalter. Mein Blick fällt direkt auf den Fußboden, auf dem rote Rosenblätter verstreut liegen und wie ein Pfad quer durch den Flur führen. Mein Herz macht einen aufgeregten Satz. Also ist er schon zu Hause.

Neugierig folge ich dem Blütenweg, der vor der verschlossenen Schlafzimmertür endet. Aufgeregt drücke ich die Türklinke runter. Drinnen erwartet mich ein Meer aus Rosenblättern auf dem Boden und auf dem Bett. Vorsichtig umgehe ich die Blüten, habe Angst auf sie zu treten, um ihre Pracht nicht kaputtzumachen. Wie viele Rosen hat dieser verrückte Kerl bloß kaufen müssen, um mich so zu überraschen?

Überrumpelt sehe ich mich in Simons – unserem – Schlafzimmer um. Er hat aufgeräumt, denn gestern Abend lagen hier noch einige meiner Klamotten, die nicht in den Kleiderschrank gepasst haben. Dafür wollte er noch eine Kommode besorgen, die ich nun an der Wand rechts neben dem Bett sehe. Wann hat er denn geschafft, das alles zu Ende einzurichten? Wir hatten doch abgemacht, es heute zusammen zu erledigen, sobald ich hier bin.

Das flackernde Licht von unendlich vielen Teelichtern, die auf der Kommode, der Fensterbank und den beiden Nachttischen stehen, zieht mich in den Bann. Das Leuchten erzeugt eine unglaublich romantische Atmosphäre, die mein Herz noch schneller schlagen lässt. Gott, dieser Kerl ist ein hoffnungsloser Romantiker! Vorsichtig gehe ich auf das große Bett zu, wische einige der Blüten mit der Hand zur Seite und setze mich. Ich bin so sprachlos und überrumpelt von dieser Überraschung, dass ich kaum wahrnehme, wie Simon aus dem angrenzenden Badezimmer auf mich zukommt und mir eine Champagnerflöte in die Hand drückt.

»Willkommen zu Hause, Phil«, sagt er liebevoll und gibt mir einen kurzen Kuss auf den Mund. Zittrig ergreife ich das Glas und führe es an die Lippen. Der Champagner prickelt in meiner Kehle, sorgt dafür, dass mein Bauch noch heftiger kribbelt. Mein Blick verschwimmt, ich bin gerührt von dieser Geste, kann kaum zu ihm aufsehen, ohne in Tränen auszubrechen. Simon ist so unglaublich, ich kann einfach nicht in Worte fassen, was ich gerade fühle.

»Hey, gefällt's dir etwa nicht?«, fragt er besorgt und setzt sich neben mich. »Ich hatte gehofft, dir eine kleine Freude zu machen. Bin extra früher von der Arbeit gekommen ...«

Ich blinzle kurz, dann stelle ich mein Glas auf den Nachtschrank neben mir. Simon setzt sich neben mit und streicht mit den Daumen sanft über meine Wange, um die verräterischen Tränen aus meinen Augenwinkeln zu wischen. Wir sehen uns lange an.

»Es ist toll«, flüstere überwältigt, greife mit den Händen an seine stoppeligen Wangen und ziehe ihn zu mir herunter. »Ich liebe dich. So sehr, das kannst du dir gar nicht vorstellen.«

Simon schmunzelt. »Doch, ich denke schon. Mir geht es nicht anderes mit dir, Philipp. Ich würde dich am liebsten nie mehr gehen lassen.«

»Dann tu es nicht«, erwidere ich leise und küsse ihn sanft. Ziehe ihn noch näher zu mir heran. Er schlingt die Arme um mich, erwidert meinen Kuss erst zärtlich, dann immer leidenschaftlicher. Dieser Mann ist so unglaublich, dass ich keine Worte dafür habe. Vielleicht war es Schicksal, dass Kai erst mein Herz brechen musste, damit Simon es wie ein Puzzle zusammensetzen konnte? Ich weiß es nicht – und es ist mir auch egal. Die Vergangenheit interessiert mich nicht mehr, ich will nur noch an die Zukunft denken. Und diese fängt verdammt gut an.

»Ich möchte mit dir schlafen«, raunt Simon mir heiser ins Ohr, nachdem er unseren Kuss für einen Augenblick unterbrochen hat. In seiner Stimme schwingt unterdrücktes Verlangen mit, das mich sofort ansteckt. Als Antwort schlinge ich meine Arme um seinen Hals und verwickele ihn erneut in einen leidenschaftlichen Kuss. Mein Freund nimmt dies als Bestätigung und drängt mich nach hinten in die Kissen. Sein Gewicht drückt mich tief in die Matratze, und ich seufze zufrieden. Ich liebe es, mit Simon zu schlafen. Der Sex mit ihm ist immer wieder ein neues Abenteuer, zeigt mir bei jedem Mal, wie sehr er mich liebt und begehrt. Nie hätte ich für möglich gehalten, dass Sex mehr sein kann als ein Orgasmus. Aber mit Simon habe ich gelernt, dass er mehr bedeutet, wenn man diese Intimität mit einem geliebten Menschen teilt.

»Jetzt ruinieren wir die schönen Rosenblätter«, murmele ich.

»Nicht schlimm. Ich kaufe dir so viele Rosen, wie du willst.« Simon bedeckt mein Gesicht mit Küssen, schiebt dabei bereits seine Hände unter mein Shirt und streicht über meine Brustwarzen. Er weiß mittlerweile genau, was er tun muss, damit ich vor Verlangen nach ihm wahnsinnig werde. In dem letzten halben Jahr unserer Beziehung habe ich gelernt, ihm zu vertrauen und mich ihm vollends hinzugeben. Das habe ich bisher nicht bereut. Simon ist ein sehr hingebungsvoller Liebhaber. Er ist zärtlich und gleichzeitig fordernd, dabei nie grob und achtet immer darauf, dass wir beide voll auf unsere Kosten kommen.

Ich helfe ihm dabei mir das Shirt auszuziehen, dann streift auch er sein eigenes über den Kopf. Heute verliert er keine Zeit mit einem langen Vorspiel – und das ist mir nur recht. Während Simon sich Jeans und Unterwäsche auszieht, strample ich auch meine Hose von den Beinen. Dann kniet er sich über mich und packt mit den Händen meine Hüften, um mich auf dem Bett zu fixieren. Mit einer schnellen Bewegung zieht er mir die Boxershorts aus. Meine Erektion bereits im Mund, tasten sich seine Finger zu meiner Öffnung, um mich auf den Sex vorzubereiten. Mit einem zufriedenen Laut stoße ich mein Becken ein wenig vor, als ich zwei feuchte Finger in mir spüre. Wir sind längst über den Punkt hinaus Kondome zu nutzen. Unsere Beziehung ist stabil, wir sind einander treu und haben uns vor Kurzem testen lassen, sodass keine Gefahr einer Ansteckung besteht.

»Du hast es ja heute besonders eilig, doch wenn du so weitermachst, dann komme ich ohne dich«, necke ich Simon keuchend. Ich liebe es, wenn er mich mit dem Mund befriedigt. Genauso gern tue auch ich ihm diesen Gefallen.

»Ich habe dich vermisst. Außerdem müssen wir doch noch das Bett einweihen.« Mit einem schelmischen Grinsen kommt mein Freund zu mir hoch und küsst mich lange und innig, während ich nur zu gern die Beine spreize, damit wir endlich miteinander verschmelzen können.

»Das haben wir doch zu genüge eingeweiht«, gebe ich mit einem leisen Lachen zurück. Auch er lacht, hält mich noch einen Moment hin.

»Schon ... Aber ab heute werde ich offiziell neben dir einschlafen und wieder aufwachen. Das muss gebührend gefeiert werden.« Als er langsam in mich eindringt, stöhne ich ungehalten und schlinge meine Beine fest um seine Hüfte, sodass er mit einem Ruck in mich gleitet. Sein lustverhangener Blick sagt mehr, als Worte es in diesem Moment tun können. Ich blinzle ein paar Mal, um der Emotionen Herr zu werden, die mich stets aufs Neue überkommen, wenn ich diesem Mann so nah bin. Seine Worte machen mich sprachlos, denn ich freue mich ebenfalls darüber, nun jeden Tag bei ihm sein zu können.

Simon ist der Mann, nach dem ich insgeheim gesucht habe. Den ich nicht in Kai und auch nicht in all den anderen Typen, mit denen ich im Bett gewesen bin, gefunden habe. Mit Simon fühlt sich mein Leben perfekt an. Als wäre ich nach einer langen Reise endlich angekommen. Als hätte meine endlose Suche nach Liebe endlich ein Ende. Mit jedem Stoß treibt Simon sich noch tiefer in meinen Körper, in meine Seele, in mein Herz. Er ist überall, in meinen Gedanken, in meinen Gefühlen, einfach in mir. Und er darf nie wieder weg. Das werde ich nicht zulassen, solange es in meiner Macht steht. Nie mehr werde ich diesen Mann loslassen und an seiner Liebe zweifeln!

Seine Bewegungen werden immer schneller und fahriger, ich klammere mich an ihn und komme ihm bei jedem Stoß entgegen, bis ich es kaum noch aushalten kann und meine eigene Faust um meinen Schwanz schließe. Nach nur wenigen Handbewegungen komme ich zum Höhepunkt und auch Simon folgt mir nur wenige Sekunden später. Mit einem zufriedenen Lächeln sinkt er auf mich, entzieht sich mir. Ich rolle mich auf die Seite und kuschele mich in seine ausgebreiteten Arme. O ja, das ist der Ort, an dem ich immer sein will.

»Alles okay? War ich zu grob?«, fragt Simon mit einem besorgten Blick in mein Gesicht.

Ich lächle ihn an und küsse seine Nasenspitze. »Nein, es war genau richtig. Für Blümchensex haben wir später noch genug Zeit«, entgegne ich mit einem unterdrückten Gähnen. »Dafür haben wir noch alle Zeit der Welt.«